청명
淸明

청명절에 비 어지럽게 내리니
길 가는 나그네는 시름겨워지네
술집이 어디 있는가 물으니
목동이 멀리 살구꽃 핀 마을을 가리키네

淸明時節雨紛紛
路上行人欲斷魂
借問酒家何處有
牧童遙指杏花村

天龍神舞

천룡신무

천룡신무 2
월인 新무협 판타지 소설

초판 1쇄 찍은 날 § 2005년 7월 6일
초판 1쇄 펴낸 날 § 2005년 7월 13일

지은이 § 월인
펴낸이 § 서경석

편집장 § 문혜영
편집책임 § 장상수
편집 § 이재권 · 유경화

펴낸곳 § 도서출판 청어람
등록번호 § 제1081-1-89호
등록일자 § 1999. 5. 31
어람번호 § 제2-0642호

주소 § 경기도 부천시 원미구 심곡1동 350-1 남성B/D 3F (우) 420-011
전화 § 032-656-4452 팩스 § 032-656-4453
http://www.chungeoram.com
E-mail § eoram99@chollian.net

ⓒ 월인, 2005

ISBN 89-5831-618-7 04810
ISBN 89-5831-616-0 (세트)

천룡신무

天龍神舞

월인 新무협 판타지 소설

2

각성(覺性)

도서출판 청어람

목차

第十一章
마부노인

마부노인

　　　　　　　백운 노인과 조수아, 그리고 진우청은 아침을 먹은 후 비무대회장으로 떠났다.

　그들이 해천 노인의 집에서 떠난 조금 뒤 이여옥이 집안일을 돌보아주는 소녀의 부축을 받으며 해천 노인에게로 왔다.

　자리를 마주한 채 착잡한 심정을 애써 감추며 손녀를 쳐다보던 해천 노인은 평소와는 달리 예사롭지 않은 빛이 어려 있는 손녀의 표정에 의아한 심정이 되었다.

　손녀는 자신의 걱정을 덜어주기 위해 언제나 밝은 표정으로 자신을 대했다. 그것이 해천 노인으로선 오히려 가슴이 아팠지만 손녀는 항상 그런 표정을 잃지 않았다.

　오늘 역시 그런 표정은 변함이 없었다.

　그러나 그 표정 뒤로 뭔가 다른 기색 한 가닥을 발견한 해천 노인은 손녀의 얼굴을 응시하며 입을 열었다.

"할 말이 있느냐?"

해천 노인의 질문에 이여옥은 잠시 동안 아무 말도 않고 고개만 숙이고 있었다.

잠시 후, 이여옥이 고개를 들었다.

"주저하지 말고 말해 보거라."

그래도 얘기하기 힘든지 쉽사리 본론을 끄집어내지 못하는 이여옥을 향해 해천 노인은 부드러운 어조로 편안한 분위기를 만들어주었다.

한참을 더 망설이던 이여옥은 마침내 본론을 끄집어냈다.

"인가장의 제안을 받아들이겠습니다."

"……?"

이여옥의 말에 해천 노인은 뭘 잘못 들었지 않나 하는 표정으로 두 눈을 크게 떴다.

"방금… 뭐라고 했느냐?"

해천 노인은 자신도 모르게 높아진 음성으로 물었다.

"이젠 그만 인가장의 제안을 받아들이겠습니다."

이여옥은 낮지만 또렷한 목소리로 답했다.

이여옥이 두 번이나 반복해서 말했지만 해천 노인은 아직도 뭘 잘못 들은 것이 아닌가 하는 심정이었다.

인가장의 요구라면 그 뱀 같은 놈인 인장호가 얼마 전에 불쑥 전해온, 자신들의 일에 손녀 이여옥이 필요하니 자신들과 같이 무슨 일을 하게 해달라는 요구인 것이다.

무엇 때문에 그러는지는 짐작조차 가지 않았지만 자신의 손녀가 그런 인간들과 무슨 일을 하는 것은 상상할 수 없었다. 손녀 이여옥은 온

실에서만 자란 한 떨기 난초 같았다. 그런 반면 인가장과 인장호 그놈
은 맹독을 지닌 독사나 마찬가지였다.

그들과 같이 무슨 일을 하게 된다면 그놈들의 숨결 속에서 뿜어져
나오는 독기만으로도 손녀는 질식을 하거나 중독되어 죽을 것이다.

“어떻게 그런 결심을 하게 되었느냐?”

해천 노인의 목소리가 점점 더 격앙되었다.

인장호로부터 그런 제안이 있었다는 것을 알게 되었을 때 손녀는 해
천 노인 자신과 마찬가지로 일언지하에 거절했다.

밖으로 나가는 일은 거의 없었지만 인장호가 어떤 인간인지는 잘 알
고 있기 때문이었다.

어제까지도 그런 생각은 변함이 없었다. 그래서 해천 노인은 백운
노인을 불러 손녀를 부탁한 것이다.

“저, 이젠 살고 싶어요.”

이여옥의 목소리에 해천 노인은 가슴이 콱 막혀오는 느낌에 잠시 숨
을 멈추었다.

“그들의 제안을 받아들이지 않으면 전 아마 살아날 수 없을 거라는
생각이 들어요. 이곳을 떠나 도망칠 수도 없고, 이젠 약도…….”

이여옥은 말끝을 흐렸다.

해천 노인은 손녀가 눈치채지 못하도록 각별히 신경 썼지만 인장호
의 농간으로 돈을 아무리 준다고 해도 약을 구할 수 없는 사정을 이미
알고 있는 모양이었다.

“그 문제라면 백운에게 부탁을 해놓았다. 그러니…….”

“아니에요, 할아버지. 그럼 백운 할아버지께서 위험해지실 거예요.”

이여옥은 고개를 흔들고 다시 말했다.

"이제까지 그들이 어떤 짓을 해도 상관없다고 생각했어요. 그렇게 오래 남은 것 같지도 않은 생명, 조금 더 짧아진다고 해서 크게 억울할 것도 없었으니까요. 하지만… 이젠 살고 싶어요, 할아버지."

이여옥의 눈에서 눈물이 흘러내렸다.

손녀의 눈물을 지켜보던 해천 노인은 바윗덩어리처럼 무거운 한숨을 내쉬었다.

이 고장을 떠나는 부모에게서 자신에게로 맡겨지던 날 서럽게 한 번 울고는 여태껏 단 한 번도 눈물을 보이지 않은 아이였다.

그런 아이가 어젯밤 봇물이 터진 듯 오열했다. 그리고 지금도 눈물을 흘리고 있었다.

그 두 눈물은 하나의 원인으로 귀결되어 있는 것 같았다.

"그 청년 때문이더냐?"

가슴에 올려진 무거운 납덩이를 억지로 내려놓으며 해천 노인은 조심스럽게 물었다.

고개를 숙인 이여옥은 대답을 하지 않았지만 해천 노인은 어렴풋이 손녀의 마음을 짐작할 수 있었다. 그 청년으로부터 손녀는 삶의 희망을 보았고, 그 희망의 끈을 애써 놓치지 않으려 하고 있는 것 같았다.

"범상치 않은 내력을 가진 청년이었다."

해천 노인은 뭔가 마음에 걸리는 것이 있는 듯한 기색으로 말을 이었다.

"그리고 막돼먹은 청년 같지도 않았다. 하지만… 결코 다정다감한 심성을 지닌 청년은 아닌 것 같았다."

해천 노인은 어젯밤 손녀 이여옥의 절규 같은 부탁에 '그거야 뭐 어려울 게 있겠소' 라는 짤막한 대답만 한 채 등을 돌리는 모습이나 오늘

아침을 든 후 포권만 한 번 해 보인 후 백운 노인을 따라 묵묵히 비무장으로 향하던 진우청의 모습을 떠올려 보았다.

어젯밤에는 어떻게 손녀에게 그런 춤을 추게 해주었는지 몰라도 결코 잔정이 많거나 손녀의 마음을 세심하게 읽어줄 청년 같지는 않았다.

"그렇지만……."

이여옥은 천천히 고개를 들었다.

양 볼에는 두 줄기 눈물 대신 강한 열망이 흘러내리고 있었다.

"저하고 한 약속을 꼭 지킬 사람 같았어요. 그것만으로도 전 모든 걸 감수할 수 있을 것 같아요."

해천 노인은 다시 말문이 막혀옴을 느꼈다.

"세상이 그렇게 아름답다는 걸 어제 처음 느꼈습니다. 그리고 나 자신도 그렇게 아름다울 수 있다는 것도……."

이여옥은 홀쭉하게 꺼진 자신의 치맛자락으로 눈을 돌렸다.

고목 뿌리처럼 뒤틀려 걸음걸이마저 그렇게 뒤틀리게밖에 걸을 수 없었기에 시든 화초 가지를 자를 때마다 같이 잘라 버리고 싶었던 다리였지만 어젯밤에는 그 다리가 자신의 몸에 붙어 있다는 사실이 그렇게 고마울 수가 없었다.

다리도 달라 보였고, 자신도 달라 보였고, 세상 모든 것이 달라 보였다.

이여옥은 진우청에게서 물씬 풍겨오는 사내의 체취와 함께 손가락 끝만으로도 자신을 깃털처럼 허공에 띄울 수 있는 힘을 느꼈다. 그리고 그 힘 속에서라면 자신은 활짝 핀 꽃이 될 수 있을 것 같았다.

이젠 살고 싶었다.

그리고 다시 한 번 춤을 추고 싶었다.

그래서 온통 꽃밭으로 변한 세상 속에서 선녀처럼 아름다운 여인이 되고 싶었다.

그렇게만 될 수 있다면 독사의 소굴이라도, 지옥의 불길 속에서라도 견딜 수 있을 것 같았다.

"하지만 다시 한 번 더 생각해 보거라. 그놈들은……."

해천 노인은 아무리 그렇다고 하더라도 인가장에 여옥을 보내는 것이 도저히 내키지 않았기에 다시 한 번 간곡한 어투로 만류했다.

"자신들의 일을 도와주면 내 체질을 고쳐 줄 수도 있다는 그들의 약속에 모험을 한번 해보고 싶어요, 할아버지."

이여옥은 해천 노인의 말을 자르며 조용히 말했다.

"그 말을 믿느냐?"

해천 노인은 불식간에 머리를 흔들었다.

"나를 원하고, 나와 함께 무엇인가를 꾸미려 하는 곳은 인가장이 절대 아니에요. 인가장의 말이라면 저 역시 반 푼도 못 믿지만 동방회라면 한번 믿어보고 싶어요."

이여옥은 차분하게 자기 생각을 말했다.

"네가 그런 사정들을 어찌 그리 소상히 알고 있는 것이냐?"

해천 노인은 의아한 표정을 지었다.

처음에는 막무가내로 이여옥을 보내달라고 하던 인가장은 며칠 전부터는 예전과 비교할 수 없이 정중한 태도로 이여옥의 동참을 권유했다. 그리고 자신들의 일을 도와주기만 하면 천형 같은 이여옥의 체질을 고쳐 줄 수 있다는 제안도 같이 해왔다. 물론 말도 안 되는 소리라 생각하고 귓전으로 흘려버렸다.

그러나 최근 인가장의 모든 움직임은 동방회의 사주라는 것이 점점 확실해지며, 손녀를 필요로 하는 곳도 인가장이 아니라 동방회가 아닐까 짐작하게 되었다.

그런데 뜻밖에도 손녀 역시 그것을 짐작하고 있었다.

"우연히 알게 되었습니다, 할아버지."

해천 노인의 질문에 이여옥은 대답을 회피하며 말을 이었다.

"이젠 제 운명과 정면으로 한 번 마주해 보고 싶어요, 할아버지. 왜 제가 이렇게 태어났는지, 그리고 인가장이나 동방회에서 왜 절 원하는지, 그곳에는 또 어떤 운명이 기다리고 있는지……."

이여옥의 눈빛이 강렬해졌다.

"여태껏 하늘도 많이 원망했어요. 이젠 그러고 싶지 않아요. 운명 속에 뛰어들어 한 번쯤은 운명을 극복하며 살아보고 싶어요, 할아버지."

말을 마친 이여옥의 눈에서 무엇으로도 꺾을 수 없는 의지가 엿보였다.

너무나 기구한 운명을 타고났기에 더 더욱 그 의지는 강한 것 같았다.

"내가 네 마음을, 그리고 너를 너무 몰랐구나……."

손녀의 눈에서 흘러넘치는 처절한 갈망과 희망을 읽은 해천 노인은 탄식을 하듯 말했다.

삶의 의욕을 잃고 있던 손녀는 그동안 온실의 화초보다 더 여려 보였지만 이젠 달라 보였다.

누구보다 불행하고 고독한 처지 속에서 이제까지 살아온 아이이니 어쩌면 자신의 염려와는 정반대로 더 강할지도 몰랐다.

그리고 스스로도 알지 못한 어떤 능력을 가지고 있을지도…….

인가장이라면 어림없겠지만 동방회라면 그걸 알아내고 무엇인가를 도모하려 하는지도 모를 일이었다.

해천 노인은 방 안에만 갇혀 있는 손녀가 어떻게 자신 주변의 일을 이렇게 정확히 알고 있을까 하는 것이 못내 궁금하기도 했지만 더 이상 질문을 하지 않았다.

이젠 그 무엇으로도 손녀의 뜻을 꺾을 수 없을 것 같다는 생각이 들었다.

"인가장에 연락을 하마."

해천 노인은 무겁게 고개를 끄덕였다.

"고마워요, 할아버지."

이여옥은 다시 굵은 눈물을 흘렸다.

"부모도 버린 자식을 이제까지 키워주신 은혜 몇 번을 다시 태어난다 해도… 흑!"

이여옥은 마침내 소리 내어 흐느꼈다. 그리고 바닥을 짚고 일어서려 애를 썼다.

"왜 이러느냐, 여옥아?"

해천 노인은 황망히 손녀의 손을 붙잡았다.

"이제 헤어지면 언제 할아버지를 다시 뵐지 모르겠어요. 할아버지께 절을 올리고 싶습니다."

이여옥은 다시 바닥에 손을 짚고 필사적으로 몸을 일으키려 했다.

"그만두거라, 여옥아. 삶의 희망을 얻고 굳세게 살아가려는 네가 작별 인사라니? 당치 않다. 네가 이곳을 떠날 수 없는 사람인 줄은 그들도 잘 알 테니 우린 헤어지고 싶어도 헤어질 수가 없지 않겠느냐? 인사는 모든 것이 잘된 후 다시 돌아와 그때 하려무나."

해천 노인은 이여옥을 만류하며 등을 두드렸다.

"오래오래 건강하세요, 할아버지. 흐흐흑!"

이여옥은 오열하며 해천 노인의 품으로 쓰러졌다.

*   *   *

"이 인간들은 대체 어디에 있는 거야?"

비무대회장에 도착한 진우청은 고개를 빼내어 이리저리 도종대 일행을 찾았다.

보통 사람보다 한참 더 큰 키였기에 평소에는 군이 그렇게 목을 빼지 않아도 누군가를 찾기에는 어려움이 없었지만 오늘은 달랐다.

단 하룻밤 사이에 깜짝 놀랄 만한 규모로 급조된 비무대와 동방회주 아들의 출현, 그리고 인가장의 장남 인장호의 예상치 못한 무공 수위 등의 소문은 바람처럼 빠르게 퍼져 나가 진우청이 비무대회장에 도착했을 때는 구경꾼들이 어제보다 배는 늘어 있었다.

거기에다 더해 시간이 갈수록 늘어나는 인파를 보며 진우청은 한껏 고무되었다.

그야말로 판이 배로 커질 가능성이 농후했기 때문이다.

같이 온 백운 노인에게 구경 잘하라는 인사를 한 진우청은 얼른 어제의 그 장소로 와 동업자들을 찾았지만 네 명 모두 아직 코빼기도 보이지 않았다.

진우청은 와락 인상을 썼다.

약속한 시간은 벌써 한참 지났다.

지금쯤 모두 모여 은밀히 판세를 분석하고 작전에 돌입해야 했다.

특히 오늘은 판이 훨씬 커질 징후가 보이니 그에 맞게 작전을 수정할 필요도 있었다. 그런데 그들 네 사람은 여전히 보이지 않았다.

'술독에 빠져 아직 퍼질러져 있는 것인가?'

진우청은 그런 생각을 하다 고개를 흔들었다.

돈에 대한 애착은 자신보다 더했으면 더했지 결코 덜한 인간들이 아니었다.

술이 아니라 맹독에 중독되었다 하더라도 이곳에 나타날 것이다.

진우청은 한 번 더 사방을 두리번거렸다.

그러나 여전히 그들 네 사람 중 한 사람도 보이지 않았다.

둥!

북소리가 울렸다.

이틀째 비무대회의 시작을 알리는 신호였다.

어제에 이어 계속 진행을 맡은 소중부가 비무대로 올라와 간단한 인사말을 했다. 그리고 첫 출전자를 찾았다.

한 사람이 가볍게 비무대 위로 뛰어올랐다.

큰 체구에 박도(朴刀)를 든 중년인이었다.

그 사람을 본 관중석에서 술렁거림과 함께 급기야 탄성이 터져 나왔다.

거력패도(巨力覇刀) 염호광(廉浩光)!

비무대회 둘째 날의 첫 출전자는 호북성 일대에서 이름을 날리던 거력패도 염호광이었다.

내력이나 출신에 대해서는 별로 밝혀진 것이 없었지만 몇 해 전 호북성의 제법 이름 높은 무가인 양씨 가문의 큰아들 양조영(羊助映)과 시비가 붙은 후 박도를 휘둘러 양조영의 한쪽 팔을 깨끗하게 잘라 병신으로 만들면서부터 이름이 알려지게 되었다.

당연히 양씨 가문에서는 추살령을 내렸고, 가문의 고수들이 염호광을 찾기 위해 대문을 나설 차비를 했다.

그러나 양씨 가문의 대문이 열리기도 전에 염호광이 먼저 양씨 가문의 대문을 두드렸다.

술이 깨고 나서 아무리 생각해도 자신이 양조영에게 받은 모욕은 팔 하나만으로 부족하니 팔 하나를 더 자르든지, 아니면 자식을 잘못 키운 아버지의 정식 사과를 받는 것이 대문을 두드린 이유라 했다.

그 뒤의 일은 온갖 설이 난무하여 어느 것이 옳은 것인지 판별하기 힘들 정도였지만 중요한 것은 염호광은 오늘도 여전히 박도를 굳건히 쥐고 있었으나 양씨 가문은 비록 문을 닫지는 않았지만 그 문으로 드나드는 남자를 구경하기가 무척 힘들다는 것이었다.

그런 염호광의 출전에 비무대 주변은 점점 더 시끄러워졌다.

염호광 정도라면 이번 대회의 우승을 노릴 수도 있는 인물이었다.

실력을 숨긴 인가장의 큰아들 인장호나 유가검보의 둘째 아들 유화결로서도 벅찬 상대라 여겨졌다.

"역시 돈이란 무서운 것이야. 저런 인물이 이곳 비무대회장에 나서다니 말일세."

염호광의 출전이 너무 뜻밖이라 생각한 많은 사람들은 그 뒤로도 한참 동안 입을 다물지 않았다.

여기저기서 일어나는 웅성거림이 잦아들 즈음에도 염호광을 상대하겠다고 나서는 사람이 없었다.

모두들 처음부터 초강자와 맞붙어 체면을 구기고 싶지 않은 모양이었다.

이렇게 되면 염호광은 부전승으로 올라갈 수밖에 없었다.

"한 번만 더 기회를 주겠소! 그래도 출전자가 없으면 염호광 대협은 부전승으로 결선에 오르오!"

소중부도 염호광의 이름 뒤에 대협이라는 칭호를 붙여주며 사방을 두리번거렸다.

"까짓거! 결국은 붙을 건데 왜 안 나오는 거야?"

"겁쟁이들! 어서 나가라!"

잦아들던 소란 속에서 다시 몇 마디 고함이 터져 나오며 장내가 시끄러워졌다.

싸우는 사람들이야 피가 튀고 머리가 깨어지든 말든 보는 사람들은 그럴수록 재미있는 법이다.

소중부가 손을 들어 염호광의 부전승을 선언하려는 찰나 한 인영이 비무대 위로 올라왔다.

와! 하는 함성이 온 관중석을 진동시켰다.

상대가 올라온 이상 소문만 들었던 거력패도의 실력을 단 일 합이라도 볼 수 있게 된 것이다.

명성이 자자한 거력패도 염호광을 상대하겠다고 비무대 위로 오른 인영은 뜻밖에도 초로인이었다.

관중들의 함성 속에서 초로인을 쳐다보는 진우청의 눈이 점점 가늘어졌다.

강한 고집이 느껴지는 턱과 세 가닥 염소수염.

이곳 휘주로 향하는 길목에서 마주친 마차를 몰던 노인이었다.

비록 그때 죽립을 깊게 눌러쓰고 있었지만 세 가닥 염소수염과 매서운 눈빛은 그 노인이 분명했다.

진우청은 어이없는 표정으로 노인을 쳐다보았다.

그 마부노인이 비무대 위로 올라온 것은 정말 뜻밖이었다.

잠시 더 노인을 쳐다보던 진우청은 얼른 고개를 돌려 마부노인이 걸어나온 관중석 주변을 살폈다.

그때 마차에는 면사여인과 함께 다른 일행도 여러 명 있는 것 같았다. 그러나 마부노인이 올라온 방향에서 그들 일행을 찾을 순 없었다.

'그러고 보니… 그 여인은?'

마부노인 일행을 찾던 진우청의 뇌리 속으로 가물가물했던 얼굴 하나가 떠올랐다.

면사여인.

종잇장보다 더 얇았지만 이상하게도 시선을 차단하던 검은색 면사 속의 얼굴과 유화성이 구해간 여인의 얼굴이 겹쳐졌다.

한 번은 이상한 면사에 가려져 확실히 보이지 않았고, 또 한 번은 온통 얼굴을 뒤덮은 머리카락에 가려 제대로 보이지 않았지만 마부노인을 보고 나니 두 개의 얼굴이 하나로 합쳐진 것이다.

'대체 뭐 하는 인간들인가?'

같이 마차에 타고 있던 두 사람 중 한 사람은 이곳에서 비무대에 오르고 또 한 사람은 회의 복면인들에게 쫓기다 유화성에게 구해졌다.

'갈수록 문제가 많은 동네 같군.'

뭔가 복잡하게 얽히는 것 같은 느낌에 잠시 미간을 찌푸리던 진우청은 고개를 흔들었다.

지금은 그걸 고민할 순간이 아니었다.

급한 표정이 된 진우청은 고개를 홰홰 돌리며 도종대 일행을 찾았다.

"망할 인간들!"

북소리가 울리고도 제법 지났지만 여전히 도종대 일행은 코빼기도 보이지 않았다.

주변의 분위기로 보아 박도를 든 중년인은 꽤 알려진 인물 같았다. 그리고 그 상대로 올라온 전혀 알려지지 않은 마부노인.

정말 큰돈을 딸 수 있는 판이었다.

그런데 작전을 수행할 인간들이 보이지 않았다.

'한 판만 더 기다려 보자.'

진우청은 입맛을 다시며 비무대 위로 시선을 고정시켰다.

거력패도 염호광의 상대가 출전하며 장내가 떠나갈 듯 울려 퍼지던 함성이 멎고 모든 사람들의 시선은 마부노인에게로 집중되어 있었다. 내로라하는 고수들도 함부로 맞설 수 없는 염호광을 상대하겠다고 출전한 노인의 정체가 뭔지 모두들 궁금한 모양이었다.

노인은 진행자 소중부에게 짤막하게 자신의 이름을 말했고, 소중부도 그렇게 소개했다.

노인의 이름을 들은 관중들은 고개를 갸웃거렸다.

염호광을 상대하겠다고 올라온 용기와 달리 전혀 알려지지 않은 이름이기 때문이었다.

노인의 정체에 대한 궁금증은 풀리지 않았지만 그 궁금증은 승부에 대한 훨씬 큰 궁금증에 묻혀 씻은 듯이 사라져 버렸다.

소중부의 신호가 떨어지자 시간이 정지한 듯한 정적이 감돌았다.

"먼저 공격하시겠소?"

염호광이 마부노인을 향해 물었다.

나이로 따진다면 자신이 후배이니 의당 먼저 공격해야겠지만 명성은 그 반대이니 마부노인의 의향을 물은 것이다.

"편할 대로."

마부노인은 거력패도 염호광에게만 들릴 정도로 낮게 말하고는 날카로운 눈빛으로 염호광을 쳐다보았다.

노인의 눈빛에 염호광은 왠지 기분이 나빠지는 느낌을 받으며 박도를 조금 뽑았다.

그때까지도 노인은 꼼짝도 않고 서 있었다.

'기분 나쁜 노인이군.'

'편할 대로'라는 말을 긍정의 대답으로 알아들은 염호광은 노인이 먼저 출수하기를 기다렸지만 노인이 여전히 공격을 하지 않고 찌르듯이 노려보고만 있자 조금 뽑아 들고 있던 박도를 완전히 뽑았다.

나무를 자르는 칼처럼 우악스럽게까지 느껴지는 박도가 새하얀 도신을 드러냈다.

생긴 모양은 뭉툭하고 도신 역시 두꺼워 보였지만 박도에서 뿜어져 나오는 도광은 허공에 날리는 머리카락이라도 자를 만큼 첨예한 기운을 드러내고 있었다.

"이젠 출수해도 되오."

염호광은 노인을 향해 다시 한 번 말했다.

박도까지 다 뽑았으니 자신은 모든 준비가 끝났고 이젠 노인의 출수만 남았다는 말이었다.

그러나 노인은 여전히 꼼짝도 않고 서 있었다.

'정말 기분 나쁜 늙은이군.'

염호광은 약간 난감한 기분을 느끼며 노인을 쳐다보았다.

이미 명성이 자자한 자신이 먼저 공격하는 것도 내키지 않았다. 그렇다고 무작정 기다리려니 혹여 젊은 놈이 너무 오만하다는 평이 나오지 않을까도 신경이 쓰였다.

"뭐 하는 거야, 저 인간들?"

급기야 그런 목소리들이 이곳저곳에서 흘러나왔다.

염호광은 눈살을 찌푸렸다.

부전승으로 예선을 통과하고도 남을 자신 앞에 나선 것으로도 기분이 나빴는데 노인은 계속 신경을 긁고 있었다.

"먼저 공격하기 싫다면 내가 먼저 하겠소!"

염호광은 비무대 중앙으로 한 발 더 다가서며 몸이라도 푸는 듯이 허공을 향해 박도를 한 번 휘둘렀다.

부우웅―

허공이 갈라지며 몸서리쳐지는 소리가 흘러나왔다.

단순히 부웅 하고 울려 퍼지는 소리와는 조금 다른, 마지막 순간에 공기 진동의 여운마저 잘라 버리는 섬뜩한 소리에 뭔가 불평 어린 말을 내뱉던 관중들은 허공을 가른 박도에서 날아오는 예기가 목구멍에 콱 박히는 듯한 느낌을 받으며 얼른 입을 다물었다.

부웃―

다시 한 번 허공이 찢어지는 소리가 훨씬 짧게 끊어지며 거력패도 염호광이 마부노인을 향해 박도를 휘둘렀다.

그러나 여전히 마부노인의 신형은 얼어붙기라도 한 듯 서 있었다.

염호광은 입맛을 다시며 한 걸음 더 내디뎠다.

조금 전의 한 수는 상대를 직접 공격하기보다는 흔히 나누는 인사치레의 공격이었다. 그러니 가만히 있어도 무방하겠지만 강호무인의 도의를 아는 사람이라면 비슷한 식으로 한 수 펼쳐 보여야 했다. 그러나 노인은 노려보기만 할 뿐 꼼짝도 하지 않았다.

'그렇다면 더 이상의 인사는 필요없겠지.'

염호광은 박도를 잡은 손에 불끈 내력을 불어넣었다.

무거운 박도 끝이 진동하며 낮은 경고음을 토했다.

"하앗!"

일갈을 지른 염호광은 단숨에 마부노인의 허리를 양단할 듯 박도를 휘둘렀다.

순식간에 거리를 좁히고 수평으로 날아드는 박도는 마치 넓은 비단 천을 펼친 듯 은광을 뿌리며 마부노인의 허리를 쓸어갔다.

언제까지나 꼼짝 않고 그 자리에 있을 것 같던 노인의 신형이 비로소 움직였다.

상체가 움찔거린다 싶은 순간 마부노인의 신형은 흐릿하게 사라지며 염호광의 도세에서 벗어났다.

부웅—

목표를 잃은 염호광의 박도가 분기 어린 신음을 토했다. 그러나 그 신음의 끝을 자르며 은색 박도는 어지럽게 변화를 일으켰다.

"저, 저럴 수가!"

염호광의 움직임을 지켜보던 관중들이 탄성인지 경호성인지 모를 소리를 질렀다.

일도양단의 기세로 허공을 가르던 박도가 변화를 일으키자 순간적으로 박도 중간이 휘청 휘어지는 것 같은 착각이 들었다. 그리고 그 휘어진 박도가 바로 펴지기도 전에 또 다른 박도 한 자루가 불쑥 생겨나며 마부노인을 향해 덮쳐 갔다.

박도가 뿜어내는 은빛 도세에 마부노인의 신형이 속절없이 삼켜지려는 찰나 마부노인의 양다리가 이상한 각도로 엇갈렸다.

오른쪽 발이 왼쪽 발뒤축을 밟는 듯 스쳐 지나간 후 오른쪽 발끝이 왼쪽 발 옆 바닥을 찍었다.

휘이익!

전신을 노도처럼 덮쳐 오는 도세 속에서 마부노인의 신형이 팽이처럼 회전했다.

뒤이어 따다당 하는 귀를 찢는 듯한 굉음이 터져 나왔다.

굉음이 그치며 자욱하게 펼쳐지던 은빛 도광도 사라졌다.

염호광은 연속 동작으로 휘두르던 박도를 가슴 앞으로 끌어들이며 믿을 수 없다는 눈빛으로 마부노인을 쳐다보았다.

산봉(山峰)이라도 자를 듯 거침없이 휘두르는 박도를 막은 것은 채 세 뼘도 되지 않는 곰방대였다.

마부노인은 평범해 보이는 곰방대의 머리 부분으로 무섭게 변화를 일으키는 염호광의 박도를 두드려 그 무거운 도세를 깨끗이 지워 버린 것이다.

"우와―"

믿을 수 없다는 탄성 소리는 관중석에서도 흘러나왔다.

비슷한 중병기끼리 부딪쳐서 이런 결과가 나왔다고 하더라도 놀라운 일이었다. 염호광은 이미 그 명성이 널리 퍼진 고수이고 상대는 아무도 알아보는 사람이 없는 초로인이었기 때문이다. 하물며 거력이 실린 염호광의 박도를 손가락처럼 가는 곰방대 하나로 무력화시키는 것은 두 눈을 멀쩡히 뜬 채 목격하고도 믿어지지가 않는 일이었다.

돈이란 것이 정말 무섭다는 사실을 휘주 주민들은 또 한 번 실감했다. 그들은 동방회의 상금이 거력패도 염호광을 움직였고, 염호광의 박도를 곰방대 하나만으로 제압할 수 있는 은거고수도 움직인 것이라 생각했다.

“몰라뵈었소. 진작 노선배의 실력을 알았더라면 먼저 공격하겠느냔 건방 따윈 떨지 않았을 텐데, 사과드리오.”

염호광은 형형한 눈빛으로 마부노인을 쳐다보며 뒤늦게 포권을 해 보였다. 명성과 나이를 떠나 강자에 대한 무인의 자연스런 존경심의 발로였다.

그러나 마부노인은 그런 염호광의 행동에 콧방귀를 뀌며 말했다.

“돈에 팔려오거나 돈을 좇아 재주를 부리는 입장에 그런 게 상관이 있을까? 편할 대로 하게.”

마부노인은 다시 꼿꼿한 자세로 서서 염호광을 노려보았다.

마부노인의 말을 들은 염호광의 눈썹이 꿈틀 요동을 쳤다.

돈에 팔려오거나 돈을 좇아왔다는 마부노인의 말이 묘한 여운을 남기며 귓전에서 맴돌았다.

마부노인 스스로에게 한 말인 것도 같았지만 염호광이 느끼기에는 자신에 대해 무언가를 알고 던지는 말 같았다.

“노인장은 누구시오?”

미간마저 찌푸린 염호광이 물었다.

“편할 대로 생각하게.”

마부노인은 염소수염이 돋은 턱을 당겨 입술을 다물었다.

염호광은 마부노인의 세 가닥 수염 사이로 언뜻 조소가 흘러나온다는 느낌을 받았다. 그건 아주 찰나적인 느낌이었지만 염호광은 전신 모공으로 한기가 스며드는 기분이 들었다.

“젠장!”

염호광은 한줄기 불평과 함께 서둘러 어깨와 목을 풀었다.

한기를 느끼면 몸이 움츠러들고 그렇게 되면 뿌리는 도초에 파탄이 드러나게 된다. 그건 오랜 경험에서 뼈저리게 느낀 일이다.

애써 한기를 몰아낸 염호광은 번쩍 안광을 빛냈다.

결코 쉽지 않은 상대.

아니, 어쩌면 자신을 잡을 목적으로 올라온 상대일지도 몰랐다.

최선을 다해도 힘들지 몰랐고, 패배는 곧 죽음으로 직결될 것 같은 예감이 들었다.

그러나 그럴수록 더 투지가 끓어오르는 것이 염호광의 체질이었다.

염호광의 입가에서도 흐릿한 미소가 어렸다.

결선에 가기 전까지는 싱겁게 여겨지리라 생각했는데 초반부터 짜릿한 희열이 느껴졌다.

우직!

염호광의 오른발이 바닥을 구르자 두터운 비무대 바닥 나무판이 아우성을 질렀다.

염호광의 신형이 순간적으로 관중들의 시야에서 사라졌다.

공간을 격하고 마부노인 앞으로 다가선 염호광의 박도가 사선으로 떨어져 내렸다.

따당!

마부노인의 곰방대가 다시 박도 옆면을 때렸다.

그러나 이번에는 염호광 역시 그런 마부노인의 대응을 예상했다는 듯 박도를 틀어 똑같이 마부노인의 곰방대를 비껴 흘리며 그대로 마부노인의 가슴을 잘라갔다.

곰방대에 의해 조금 꺾이긴 했지만 염호광의 박도는 무서운 기세로 마부노인의 갈비뼈를 향해 날아들었다.

촤아악—

급급히 신형을 튼 마부노인의 상의가 갈라지며 머리카락 한 올 차이로 염호광의 박도가 가슴을 비껴 나갔다.

마부노인의 수염이 한차례 부르르 떨렸다.

단신으로 호북성 양씨 가문에 찾아가 거의 멸문지경으로 만들었다는 말은 결코 헛소문이 아니었다.

칠성의 내력이 담긴 곰방대를 순간적으로 도신을 비틀어 흘리고 그대로 짓쳐드는 박도의 기세는 말 그대로 바위를 자를 힘을 싣고 있었다.

실로 머리카락 한 올 차이로 죽음이 비켜간 것이다.

마부노인은 간담이 서늘해 옴을 느끼며 염소수염을 쓰다듬었다.

'장강의 뒷물이 앞물을 밀어낸다고 했던가?'

마부노인은 길게 갈라진 상의 자락을 보며 속으로 중얼거렸다.

자신의 대응이 찰나의 순간만 늦었으면 옷자락 대신 심장이 쩍 갈라지며 지금쯤 바닥에 길게 드러누워 육신을 떠난 혼백은 염왕을 만나고 있을 것이다.

'그러고 보니 세월이 많이도 흘렀군.'

자신이 잠시 강호에서 활동할 땐 걸음마나 겨우 시작했을 염호광이다.

그런 염호광의 손속에 목숨을 잃을 뻔한 마부노인은 눈을 번쩍 치켜뜨며 발을 움직였다.

염호광 역시 박도를 비스듬히 옆으로 뉘었다.

"조심하게나."

이번에는 마부노인이 먼저 공격을 시작했다.

한 걸음 내디딤과 동시에 한 개의 곰방대가 수십 개로 변하며 염호광의 전신을 찔러갔다.

휘리리릭―

한 개의 작은 곰방대에서 뿜어져 나오는 경기가 염호광의 전신 요혈을 노리고 들며 휘파람 소리 같은 날카로운 파공성을 토해냈다.

염호광은 마치 수십 개의 화살이 한꺼번에 시위를 떠나 그물처럼 자신을 덮쳐 오는 듯한 착각에 온 내력을 끌어올리며 풍차처럼 박도를 휘둘렀다.

따다다당!

아까보다 훨씬 더 강한 음향이 터져 나오며 불꽃이 튀어 올랐다.

나무를 자르는 넓은 박도와 작은 곰방대 하나가 부딪치며 일으키는 타격음과 충격파라고는 도저히 믿어지지 않는 광경에 비무를 구경하는 사람들은 모두 넋을 놓고 있었다.

처음 염호광이 비무대 위로 나타날 때만 해도 쉽게 상대를 만날 수 없거나 잘하면 이번 비무대회의 우승은 그가 차지할 수 있을 것이라 생각했다.

그러나 지금 비무대 위의 상황은 한 치 앞도 예상할 수 없었다.

염호광의 박도가 마부노인의 허리를 양단할 듯 횡으로 가르거나 마부노인의 전신을 두 쪽 낼 것처럼 머리 위에서 떨어져 내릴 때는 마부노인의 신형이 두 쪽 나 바닥에 뒹굴 것 같았다. 그러다 염호광의 박도를 한 자루 곰방대로 가볍게 쳐낸 마부노인이 곰방대를 뿌려 수십 개의 곰방대가 화살처럼 염호광의 전신 요혈을 찍어갈 때는 염호광의 전신이 벌집이 되어 쓰러질 것 같았다.

단번에 수십 합이 나누어지고 어느 쪽도 한 치도 밀리지 않는 대결을 펼쳤다.

'정말 아까운 일이군.'

두 사람의 대결을 지켜보는 진우청은 속이 쓰려오는 느낌을 받았다.

팽팽한 대결이 이어지고 있었지만 어느 순간부터 염호광의 호흡이 거칠어짐을 느낄 수 있었다. 동시에 호흡의 색깔도 탁해져 갔다.

박도처럼 무거운 병기는 한 번 휘두를 때마다 다른 병기에 비해 내력의 소모가 크다. 그러기에 되도록 몇 번의 공격만으로 승기를 잡고 승부를 끝내야 한다. 지금처럼 수십 합에 이르는 격돌을 하게 되면 자연 불리해질 수밖에 없다.

마부노인은 그 점을 충분히 이용하여 곰방대 머리로 박도의 타점을 스쳐 흘리며, 염호광이 수비를 함에 있어서도 박도의 동선(動線)이 커지게끔 구석구석 곰방대를 찔러 넣고 있었다.

그로 인해 염호광의 동작과 호흡의 불일치가 점점 커져 가고 있었다.

"와아아!"

진우청의 예상대로 파탄이 드러나기 시작한 염호광의 초식 사이로 마부노인의 곰방대가 맹렬히 찔러들었다.

팽팽히 맞서던 균형이 깨어져 갔다.

곰방대에 어깨를 가격당한 염호광이 비틀 옆으로 움직였다.

마부노인의 곰방대가 다시 염호광의 허리를 때렸다.

염호광은 박도를 쳐올려 마부노인의 팔을 잘라갔다.

허리를 때려가던 곰방대 끝이 흔들리며 불쑥 위로 솟구쳐 왔다.

염호광은 내뱉던 호흡을 급히 멈추며 박도를 움직였다.

타악—

마부노인의 곰방대가 이번에는 염호광의 팔뚝을 때렸다.

얼음 칼이 팔뚝을 찌른 듯한 냉기와 함께 마부노인의 내력이 찌르르 팔을 타고 염호광의 심장으로 몰려왔다.

염호광은 이를 악물었다.

마부노인의 곰방대에 팔뚝을 가격당하는 순간부터 팔의 일부처럼 느껴지던 박도가 만근처럼 무겁게 느껴졌다.

쨍강—

다시 한 번의 격돌과 함께 염호광의 박도는 비무대 바닥으로 떨어져 나뒹굴었다.

"와아아!"

염호광이 밀리며 터져 나오기 시작하던 환호성이 다시 울리며 장내는 온통 흥분의 도가니가 되었다.

평생 두 번 보기 힘든 승부!

그리고 정말 의외의 결과!

비무대회를 구경하는 사람들에게는 최상의 장면이었다.

그러나 비무에 참가하고 패배한 사람에게는 정반대로 최악의 상황이 아니겠는가?

염호광은 떨어진 박도를 망연히 쳐다보았다.

마부노인의 승리를 알리는 소중부의 목소리가 크게 울려 퍼졌다.

마부노인은 염호광을 쳐다보며 입술을 움직였다.

—무슨 이유에서 동방회의 수족이 되었는지는 모르겠지만 자네 성품이 너무 곧아 목숨을 살려주는 것이니 다시 마주치지 않도록 하세.

한줄기 전음을 남긴 마부노인은 등을 돌렸다.

마부노인이 비무대 아래로 내려가고 잠시 후 핏기를 잃은 표정이 된 염호광은 왼손으로 박도를 집어 들었다.

타격을 당하지 않은 팔이었지만 여전히 박도의 무게는 천근처럼 느껴지는 것 같았다.

염호광은 무거운 박도를 들고 쓸쓸히 비무대를 내려가 군중 속으로 사라졌다.

第十二章
주마가편(走馬加鞭)

주마가편(走馬加鞭)

"**벼**락맞을 인간들!"

첫 번째 비무가 끝나도 나타나지 않는 도종대 일행을 생각하며 진우청은 이를 갈았다.

이젠 동업이고 뭐고 끝장이다.

눈치 빠른 인간들이 자신이 역으로 뒤통수를 치려 하고 있는 속셈을 읽고 하루 동안 번 돈을 챙겨 사라졌다고 결론을 내릴 수밖에 없었다.

그런 푼돈에 만족할 인간들이 아니란 생각이 들었지만 지금까지 안 나타나는 걸 보면 그렇게 단정할 수밖에 없었다.

"아저씨! 아니, 형!"

속으로 온갖 저주스런 말들을 생각하며 인상을 쓰고 있던 진우청은 귀에 익은 소리에 고개를 돌렸다.

그러나 등 뒤에는 목소리의 주인으로 보이는 사람이 없었다.

“여기예요.”

목소리는 시선 아래쪽에서 들려왔다.

꼬맹이 하나가 자신의 엉덩이를 툭툭 치며 부르고 있었다.

꼬마의 얼굴이 낯익다고 생각한 진우청은 눈을 한 번 끔벅였다.

“그러고 보니 너는…….”

묵시량과 새벽까지 싸우고 나서 찾아간 객점의 점소이 녀석이었다.

“네가 여기 어쩐 일이냐, 장사 안 하고?”

진우청은 뜻밖이라는 표정으로 물었다.

“손님도 없는데 장사는 무슨 장사예요.”

점소이 꼬마는 피식 웃으며 답하고는 무슨 긴한 할 말이 있는지 따라오라는 손짓을 했다.

진우청은 어리둥절한 표정으로 고개를 두리번거리다 점소이 꼬마를 따라 걸음을 옮겼다.

“도종대 아저씨를 아시죠?”

구경꾼들 틈을 헤집고 조금 조용한 곳으로 온 꼬마는 대뜸 물었다.

그렇게 기다려도 오지 않던 인간들 중 한 사람의 이름을 전혀 뜻밖에도 점소이 꼬마로부터 들은 진우청은 잠시 갈피를 잡지 못하고 꼬마를 쳐다보았다.

“네가 그 사람을 어떻게 아느냐?”

진우청은 빠르게 물었다.

“그 아저씨들이 보내서 왔어요. 여기 못 올 급한 이유가 있다고 하며 아저씨, 아니, 형을 불러오라고 해서…….”

꼬마는 말을 끝내기도 전에 어서 따라오라는 표정으로 걸음을 옮겼다.

'뭐야, 이건? 벌써부터 마수를 드러낼 생각인가?

진우청은 혼란스런 기분을 느끼며 잠시 그 자리에 있었다.

백운 노인에게 한철 조각을 넘긴 후 은자 열 냥을 받은 사실을 그들도 지금쯤은 알았을 것이다. 그 객점의 점소이 꼬마가 개입되어 있는 것으로 보아 그럴 가능성이 있었다.

'그렇다고 도박을 포기하며 그걸 노린단 말인가?

진우청은 그런 생각도 해보다가 머리를 저었다.

그걸 알았다 하더라도 그들의 성격으로 보아 어떻게든 구슬려서 은자 열 냥까지 판돈으로 걸게 종용하지 다른 생각을 품진 않을 것이다.

"뭐 해요, 아저씨?"

저만치서 걸음을 멈춘 꼬마가 채근했다.

눈을 가늘게 뜨고 쳐다보던 진우청은 꼬마의 표정에서 별 의심스러운 점을 읽을 수 없었다.

"따라가 보면 알겠지."

입맛을 다신 진우청은 꼬마를 따랐다.

진우청은 꼬마를 따라 일각여를 휘주 복판을 향해 걸었다.

휘주 복판은 텅 비어 있었다.

거의 모든 사람들이 비무대회장으로 왔기 때문이리라.

"어디까지 가야 하는 거냐?"

진우청은 종종걸음을 치는 꼬마의 뒤에서 소리를 질렀다.

"다 왔어요! 저곳이에요!"

꼬마는 가쁜 숨을 몰아쉬며 손가락으로 대문 하나를 가리켰다.

이제껏 도종대 일행이 기거하던 골방과는 어울리지 않는 집이었다. 그들이 이곳에 있다는 것은 뜻밖이었다.

뭔가 음모의 냄새가 풍겨오는 것도 같았다.

'재미있군.'

진우청은 피식 미소를 지었다.

그렇잖아도 화풀이할 대상이 필요했는데 잘 만났다는 생각이 들었다.

"들어가요."

꼬마는 대문을 밀치고 먼저 들어가며 진우청의 팔을 끌었다.

대문을 들어서니 작은 정원이 보였고 아담한 연못도 하나 있었다. 제법 부잣집인 것 같았다.

도종대 일행과 전혀 어울리지 않아 보이는 집의 모습에 진우청은 고개를 두리번거렸다.

집 안은 텅 비어 있는 듯 조용했다.

꼬마는 건물 옆으로 돌아 창고쯤으로 보이는 곳의 문 손잡이를 당겼다.

"이곳이에요."

꼬마는 문안으로 들어갔고, 점점 키가 작아지고 있었다.

계단을 따라 아래로 내려가는 것이다.

'분위기가 무르익는구먼.'

빈집에다 지하실이니 뭔가 꾸미기에는 안성맞춤인 장소였다. 그렇게 생각하자 더욱 호기심이 발동했다. 정말 무슨 치졸한 일을 꾸몄다면 용호곤으로 모조리 때려눕혀 놓고 갈 생각이었다.

진우청은 점점 어두워지는 계단 아래로 내려갔다.

"데려왔어요."

더 이상 어두워서 발을 옮길 수 없게 되자 점소이는 걸음을 멈추고

소리를 질렀다.

꼬마의 목소리가 울려 퍼진 잠시 후 누군가 불을 켰는지 지하실이 밝아졌다.

"아악!"

아래쪽에 있는 꼬마가 무엇을 보았는지 비명을 질렀다. 그리고 그 자리에서 꼼짝 못하고 있었다.

진우청은 얼른 움직여 꼬마 옆으로 다가섰다.

석실 저 안쪽으로부터 땀 냄새와 피 냄새가 후욱 몰려왔다. 그리고 집에 비해 무척 넓은 지하실 저쪽 구석에서 희끄무레한 인영들의 모습이 보였다. 꼬마는 그걸 보고 소리친 것이다.

"이왕이면 끝까지 데려와야지."

지하 석실 안에서 젊은 사내의 목소리가 들렸다. 동시에 계단 위의 문이 닫혔다.

꼬마는 덜덜 떨며 오줌을 지렸다. 이런 상황은 전혀 모르고 심부름만 한 모양이었다.

파앗—

작은 소음과 함께 불이 하나 더 켜지고 실내의 정물이 좀 더 환하게 눈에 들어왔다.

그리고 계속해서 몇 개의 등불이 더 켜지자 실내는 대낮같이 밝아졌다.

"으으음……."

구석에서 신음이 울리며 도종대 일행의 모습이 환히 드러났다.

하나같이 철제 의자에 결박된 채 심한 고문을 받은 모습들이었다.

"저 꼬마 녀석도 잡아 앉혀!"

백의를 말끔히 차려입은 청년은 옆에 서 있는 사내들에게 명령한 후 입술에 비웃음 한 가닥을 물고 다가왔다.

어제 비무대회장에서 유가검보의 젊은 향주를 의도적으로 죽이려 했던 인장호였다.

인장호의 얼굴을 보자 진우청은 왜 자신이 이곳으로 오게 되었는지 어렴풋이 짐작이 갔다.

"놔, 놔줘요! 난 아무 죄도 없어요! 돈 안 받을 테니 놔주세요! 악!"

꼬마가 고함을 지르다 비명과 함께 조용해졌다. 그리고 의자에 묶여졌다.

"우리 구면이지, 아마?"

비릿한 목소리로 말한 인장호가 손끝을 튕겼다.

인장호의 손끝에서 작은 돌멩이가 진우청의 얼굴을 향해 날아왔다.

진우청은 슬쩍 고개를 젖혔다.

퍼억—

작은 돌멩이에 맞은 석벽에 자국이 나며 돌 가루가 튀어 올랐다.

"제법이군."

피식 웃은 인장호는 다시 세 개의 돌멩이를 한꺼번에 튕겼다.

이번에는 완전히 몸을 날리지 않고서는 피할 수 없는 방위를 점하며 날아왔다.

진우청은 손을 움직였다.

세 개의 돌멩이가 소리없이 진우청의 손바닥 안으로 빨려들었다.

"역시 내 짐작이 맞았어. 어제 비무 도중 결정적인 순간에 내게 돌을 날린 놈은 네놈이었어."

인장호는 만족한 듯 미소를 지었다.

진우청은 인장호의 얼굴을 무뚝뚝하게 쳐다보다가 도종대 일행에게
로 눈길을 돌렸다.

네 사람은 모두 철제 의자에 옴짝달싹할 수 없을 정도로 묶인 채 온
몸이 피투성이가 되어 있었다.

아마도 밤새도록 모진 고문을 당한 듯싶었다. 그리고 이젠 거의 의
식이 없어 보였다.

진우청은 속에서 뭔가 부글거리는 느낌과 함께 대략적으로나마 상
황을 파악해 보았다.

인장호란 놈은 판을 어지럽히려는 괘씸한 인간이란 생각과 또 인장
호가 죽이려는 상대가 유화성 가문의 무사라는 생각에 돌멩이 하나를
튕겼다.

바라던 대로 인장호의 상대인 유가검보의 젊은 향주는 목숨을 건졌
다. 그런데 그걸 이놈이 알아채고 자신의 정체를 캐기 위해 도종대 일
행을 잡아 족친 모양이었다.

'어떻게 알았을까?

생각을 이어가던 진우청은 강한 의구심을 느꼈다.

그때 돌멩이를 날린 곳은 인장호로서는 볼 수 없었던 사각(死角)이
었다. 그리고 돌멩이를 날린 직후 관중들 속으로 몸을 숨겼기 때문에
인장호로서는 자신의 존재를 알아채기가 쉽지 않았을 것이다.

그런데도 이놈은 자신을 찾아내고 도종대 일행까지 붙잡아 모진 고
문을 가했다.

진우청은 다시 인장호에게로 눈길을 돌렸다.

"저 사람들은 아무 죄도 없으니 풀어주시오."

잠시 인장호를 노려보던 진우청이 가라앉은 목소리로 말했다.

"그 말은 아까 한 질문을 시인한다는 뜻인가?"

인장호는 집요하게 진우청의 대답을 요구했다.

"그런 확신도 없이 저들을 잡아오고 날 유인했단 말이오?"

진우청은 목소리를 높였다. 그리고 인장호의 표정을 살폈다.

짐작대로 인장호는 자신이 돌멩이를 날린 사실을 직접 확인하지는 못한 것 같았다. 누군가 다른 사람을 통해 자신의 존재를 알아채고 지금 대답을 종용하고 있는 것 같았다.

"그런 건 중요하지가 않다. 중요한 건 결국 네놈이 내 손에 걸려들었다는 것이지. 그러니 묻는 말에 고분고분 대답하는 것이 조금이라도 고통을 덜 받는 지름길이야."

인장호는 손아귀에 잡힌 사냥감을 어떻게 요리할까 하는 눈빛으로 진우청의 전신을 뜯어보았다.

"시인하면 저 사람들과 꼬마를 풀어주겠소?"

진우청은 어떻게든 도종대 일행과 꼬마를 구해낼 생각으로 시간을 끌었다.

"후후, 재미있군. 우리에 갇힌 주제에 남 생각을 다 하다니 말이야. 하지만 너에겐 그런 선택권이 없지 않을까? 뭐, 굳이 대답이 필요한 건 아니야. 하도 어이가 없어서 네놈 입으로 직접 듣고 싶어 물어본 것뿐이지."

인장호는 다시 차가운 미소를 지었다. 그리고 말을 이었다.

"어디서 온 놈인지는 아직 알 수가 없다. 오자마자 용소루에서 무전취식을 하고 치도곤을 당하려는 순간 유화성이 던져 준 돈으로 겨우 위기를 모면, 그 돈으로 투계장에서 도박을 하며 지내다 이젠 동업자들과 함께 비무대회까지 반경을 넓혔다. 그리고 어제 딴 돈은 대략 은자 두 냥 정도. 또 어디에선가 주운 한철 조각을 저 꼬마가 일하는 객점에서 백운 노인의 손녀 조수아에게 팔고 열 냥을 받았군. 그리고 어제 백운 노인과 다시 만나 여옥화원에서 하루를 묵었군.”

인장호는 진우청을 똑바로 쳐다보며 마치 보고서를 읽는 듯 줄줄 읊었다.

아마 밤새 발빠르게 수하들을 움직여 알아낸 것 같았다.

아무도 모르는 곳에서 이루어진 묵시랑과의 대결, 그리고 해천 노인의 집에서 조수아와 춤을 춘 장면 등만 빼고는 한 치도 틀림이 없었다.

“마음만 먹는다면 네놈이 하루에 뒷간을 몇 번 들락거린다는 것까지 우린 알아낼 수가 있지. 그러니 네놈이 시인을 하든 말든 상관이 없어. 그리고 방금 내가 말한 그대로만 살았으면 아무 문제가 없었지. 그런데 네놈은 우습지도 않게 비무 도중 나에게 돌멩이를 던졌단 말이야. 쿡쿡! 정말 우습지도 않아. 그렇지 않나?”

괴이한 웃음을 터뜨린 인장호는 고개를 돌리며 옆에 서 있는 사내들에게 물었다.

사내들은 움찔하며 신형을 바로잡은 후 ‘그, 그렇습니다’ 하고 큰 소리로 답했다.

“쿡쿡! 정말 우스워. 어디서 굴러먹다 이곳으로 흘러들어 온지도 모르고, 하는 짓이나 꼬락서니는 거지 같은 놈이 비무 중인 나에게 돌을 던진단 말인가? 그것도 아주 결정적인 순간에. 와하하!”

인장호는 처음으로 대소를 터뜨렸다.

진우청은 인상을 썼다.

한껏 고개를 젖히고 터뜨리는 대소가 이처럼 안 어울리는 인간도 드물 것 같았다. 차라리 조소나 비릿한 음소가 훨씬 나아 보였다.

웃음소리야 마음에 들든 말든 이런 징그러운 놈에게 제대로 걸린 것 같으니 그게 문제였다.

대개의 경우 이런 음침한 눈빛을 한 놈은 잔인한 성품을 지니고 있다.

강한 자에게는 한없이 약하지만 약한 자라 생각되는 사람들 앞에서는 강자 앞에서 굽실거린 보상이라도 받으려는 듯 필요 이상으로 잔인해지려는 특성을 보인다.

진우청은 인장호에게서 유달리 강하게 그런 느낌을 받았다.

"꿇어앉혀라!"

인장호는 손을 까닥거리며 명령했다.

인장호의 왼쪽에 서 있던 사내 하나가 손가락을 우두둑 꺾으며 앞으로 나섰다.

인장호와는 달리 전혀 표정이 없는 사내는 이런 일에는 이골이 난 듯 기계적으로 몸을 움직이며 진우청을 향해 다가왔다.

진우청의 코앞까지 다가와 마주 선 사내는 진우청의 덩치에 위압감을 느끼는지 잠시 고개를 들어 진우청을 쳐다보다 재빠르게 발길질을 가했다.

진우청의 무릎 어림을 걷어차 연골이라도 하나 부러뜨린 후 자연스럽게 꿇어앉게 할 생각인 것 같았다.

사내의 발이 무릎 연골 한 치 앞으로 다가왔을 때 진우청의 무릎이 미세하게 움직였다.

퍼억!

사내의 발끝이 날아든 곳에서 둔탁한 격타음이 터져 나왔다.

한 치 빗나감 없이 제대로 맞았을 때 울리는 소리였다. 그리고 이 정도의 격타음이 터져 나왔으면 누구를 막론하고 무릎뼈는 박살이 나고 뒤이어 비명 소리가 울리기 마련이다.

"크윽!"

예상대로 비명 소리가 울렸다.

그리고 한 사람이 바닥으로 무너졌다.

"아아악!"

처음에는 억눌린 신음을 토한 사내가 이번에는 제대로 된 비명을 질렀다.

"……?"

바닥으로 무너지며 비명을 지르는 사내가 진우청이 아닌 자신들의 동료임을 안 다른 사내들은 의문이 가득한 표정으로 서로를 쳐다보았다.

분명히 동료는 진우청의 무릎 어림을 피할 틈도 없이 제대로 걷어찼다. 그런데 도리어 자신이 쓰러져서 발목을 잡고 뒹굴고 있었다.

간혹 각법이나 퇴법 수련을 할 때 나무 기둥이나 쇠 기둥을 잘못 차면 저런 식으로 다치는 경우가 있다. 그러나 그건 풋내기 시절의 일일 뿐 지금은 눈을 가리고 걷어찬다고 해도 저런 일은 생길 수가 없기에 상황 파악이 제대로 안 된 사내들은 한동안 동료를 부축할 생각도 않고 진우청과 자신들 동료를 번갈아 쳐다만 보고 있었다.

"쿡쿡!"

인장호의 웃음소리가 어리둥절한 표정의 사내들 뒤에서 흘러나왔다.

"역시 한가락 실력을 숨기고 있었군. 호신강기였나, 방금 그 수법은?"

인장호는 사내들 앞으로 걸어나왔다. 그리고 진우청의 다리를 쳐다보았다.

통나무처럼 굵고 단단해 보였지만 통나무 자체는 아니었다. 호신강기를 끌어올리지 않았다면 이런 상황이 벌어질 수 없었다.

"그것보다는 당신 부하들 뼈마디가 좀 부실한 모양이오. 그러니 이쯤에서 저 사람들이나 풀어주시오."

진우청은 여전히 그 자리에 서서 말했다.

인장호 저놈이 좀 문제이고, 밖에 누가 있을지 모르는 것이 문제이지 다른 놈들은 크게 신경 쓰이지가 않았다.

도종대 일행을 인질로 잡지만 않는다면 충분히 수습할 수도 있을 것 같았다. 그러기 위해서는 경각심을 주지 않고 한 놈씩 잡는 방법이 좋을 것 같았다.

진우청은 내심을 감춘 채 묵묵히 앞만 쳐다보았다.

"저 친구가 너희들보고 뼈마디가 무르다고 하는군. 정말 그런가?"

진우청의 전신을 한 번 훑어본 인장호는 흥미진진한 표정과 함께 남은 부하들 다섯에게 말했다. 그 표정에는 부하들의 안위 따위는 한순간의 재미있는 눈요기와 얼마든지 바꿀 수 있는 비정함이 서려 있었다.

"죽일 놈!"

인장호의 부추김에 다시 한 명의 사내가 앞으로 나섰다.

"맨손으로 힘들 텐데 검을 들고 나가는 게 어때?"

인장호가 슬쩍 말을 던지자 사내는 인장호를 흘낏 쳐다보더니 그대로 걸어나왔다.

진우청의 행색을 보아 검까지 들고 상대한다는 것은 자존심이 허락

하지 않는 모양이었다.

"네놈 뼈마디가 얼마나 단단하지 모르겠지만 내 손으로 모조리 부러 뜨려 주겠다."

이를 갈며 으르렁거린 사내는 한 발 한 발 진우청에게로 다가왔다.

일정한 보폭과 흔들림없는 걸음걸이가 처음의 사내보다는 고수인 것 같았다.

파앗—

계속해서 앞으로 다가오던 사내의 신형이 전혀 예측 못하는 순간 급히 회전했다. 그리고 땅을 디딜 듯하던 발이 허공을 선회하며 회선각의 수법으로 진우청의 턱을 향해 날아왔다.

진우청은 상체를 숙였다. 그리고 슬쩍 몸을 틀며 등을 둥글게 말았다.

예상했던 대로 허공을 가르던 사내의 발이 뚝 꺾이며 진우청의 등으로 떨어져 내렸다.

서당 개 삼 년이면 풍월을 읊는다고 했다.

묵시량과 싸워도 보고 하루 종일 비무대회장에서 싸우는 사람들을 지켜보았다.

대부분의 경우 상체를 숙이면 칼이든 발이든 이렇게 뚝 꺾이며 떨어져 내렸다.

사내의 발 역시 그렇게 떨어져 진우청의 등을 사정없이 가격했다.

탁!

인간의 피륙에서 터질 법한 소리가 아닌 이상한 소리가 울렸다.

"크으윽!"

그리고 좀 전과 비슷한 비명이 이어지며 진우청을 공격했던 사내는 발을 잡고 바닥을 굴렀다.

좀 전의 사내는 발등을 잡고 뒹굴었다면 지금은 발뒤축을 잡고 구른다는 점만 다르고 똑같았다.

사내가 진우청의 등을 향해 온 힘을 다해 뒤축을 내리찍는 순간 등을 둥글게 만든 진우청은 불끈 힘을 주며 용호곤이 꽂힌 부분을 사내의 발뒤축에 정확히 갖다 댄 것이다.

용호곤에 부딪쳐 발뒤축이 박살난 사내는 한동안 숨도 제대로 못 쉬며 신음을 흘렸다.

얼떨결에 동료 둘이 싸움이 불가능한 상태로 쓰러진 것을 본 다른 사내들의 표정이 굳어졌다.

쨍—

결국 한 사내가 검을 뽑았다.

챙—

뒤이어 다른 사내 하나도 검을 빼 들었다.

두 명이 검을 빼 들기는 했지만 나서는 사람은 하나뿐이었다.

그것 역시 한 가닥 자존심 때문인 것 같았다.

검을 뽑긴 했지만 아직 반격 한 번 하지 않고 공격하는 족족 고스란히 맞아주는 인간에게 합공까지 할 마음은 생기지 않는 것이었다.

또한 동료 두 명은 상대의 가공할 만한 무위에 의해 쓰러진 것이 아니라 어디까지나 자신들이 공격을 하다가 어디를 잘못 걷어차 바닥에 나뒹굴고 있다고 생각한 것이다.

"어디, 그 곰 같은 몸뚱이로 이 검도 막아보아라!"

먼저 앞으로 나선 사내가 차갑게 외치며 검을 들어 올렸다. 그리고 어디를 향해 일 검을 뿌릴까 탐색했다.

완벽한 자세 가운데 한곳 빈틈을 발견하는 것.

그것은 검수들의 희열이었다.

그런 순간이 오면 일말의 주저함 없이 검을 휘둘러 상대를 쓰러뜨릴 수 있다.

그런데 지금 상대하려는 진우청의 자세는 온통 빈틈 속에 한 군데도 제대로 된 수비식을 찾을 수 없었다.

그냥 자신의 검 앞에서 '날 죽여줍쇼' 하고 무방비 상태로 서 있는 것이다.

그것이 오히려 사내의 동작을 주저하게 만들었다.

"에잇!"

잠시 머뭇거리던 사내는 짜증스런 기합과 함께 검을 휘둘렀다.

단순한 횡소천군(橫掃千軍)의 수법이었다.

상대의 자세가 그러하니 검초 역시 그럴 수밖에 없었다.

검이 가슴 앞으로 날아드는 순간까지 그대로 서 있던 진우청이 어느 순간 손을 쭉 뻗었다.

'미친!'

검을 향해 곧장 손을 뻗어오는 진우청을 보고 그런 생각을 한 사내는 검초를 변화시키지 않고 그대로 베어갔다. 손이든 발이든 베고 지나가면 그만이었다. 그리고 애초에 노렸던 가슴을 가르고 진우청을 쓰러뜨릴 생각이었다.

스스스—

이번에도 인육이 검에 베어지는 소리와는 뭔가 많이 다른 소리가 실내에 울렸다.

검을 휘두른 사내는 자신의 손목에 느껴지는 이질적인 감촉에 기겁

했다.

단순하게 횡으로 쓸어간 검날 밑으로 스치듯 파고든 진우청의 손이 검신을 타고 뱀처럼 기어오른 다음 사내의 손목을 잡았다. 그리고 강하게 비틀었다.

"으아악!"

사내는 비명을 질렀다.

들도 보도 못한 금나수법이었다.

아니, 그 이전에 맨손으로 검을 상대했으니 금나수법이 아니라 공수탈인(空手奪刃)이 맞을지 모르겠다.

어쨌거나 공격은 무위로 돌아가고 이제껏 느껴보지 못한 지독한 통증이 손목에 전해졌다.

쨍강!

사내의 손에 들려 있던 검이 바닥에 떨어지며 쇳소리가 울렸다. 순간 사내는 자신의 몸이 앞으로 끌려가며 모든 무게 중심이 손목으로 쏠리는 듯한 느낌을 받았다.

뒤이어 사내의 신형이 깃털처럼 가볍게 떠오른 후 허공에서 한 바퀴 휘익 돌아 바닥에 처박혔다.

한 손으로 손목만 잡은 채 어떻게 이런 조화를 부릴 수 있는지 궁금했지만 사내의 의식은 바닥에 패대기쳐지는 충격으로 까마득한 무의식의 영역으로 빨려들었다.

세 번째 동료마저 어이없이 바닥에 뒹굴게 되자 실내에는 무거운 정적이 감돌았다.

처음 두 번은 우연인 줄 알았지만 결코 그런 것이 아니라는 판단이 든 것이다. 그리고 어쩌면 남아 있는 자신들 셋이 합공을 해도 힘든 상대일지도 모른다는 생각도 함께 들었다.

인장호 역시 여유있게 흘리던 음소를 거두고 눈을 가늘게 떴다.

비무대 위에서 결정적인 순간 자신을 향해 쏘아져 오던 작은 돌멩이에 실려 있던 힘을 너무 형편없는 차림새 때문에 잠시 간과했다는 생각이 들었다.

인장호는 고개를 돌려 눈짓을 했다.

이젠 사정 볼 것 없이 세 명이 한꺼번에 공격하라는 신호였다.

짝짝짝!

인장호의 눈짓에 나머지 세 명의 사내가 진우청을 향해 달려들려는 찰나 지하실 계단 쪽에서 손뼉이 울렸다.

계단이 끝나는 곳에서 한 사내의 모습이 유령처럼 나타났다.

갑작스런 사내의 출현에 인장호와 세 명의 부하는 놀란 눈으로 사내를 쳐다보았다.

계단의 숫자는 스무 개가 넘었다.

그 계단을 훌쩍 뛰어넘지 않은 이상 작은 발자국 소리라도 들리고, 닫혔던 문이 열리는 소리도 들려야 했다. 그런데 그런 과정은 완전히 무시하고 사내는 지하실 바닥에 서 있었다.

진우청 역시 사내의 출현에 바짝 긴장했다.

사내의 기색을 계단 중간쯤에서부터 느낀 것이다.

그 이전에는 전혀 느껴지지 않았다.

사내는 동방회 회주의 아들이었다.

비무대회 첫날 개회식에서 이곳 휘주의 지현보다 더 늦게 제일 마지막으로 소개된 사내였다.

마치 책상물림 서생인 듯 하얀 얼굴에 호리호리한 몸매.

처음 봤을 때 비무대회에 참가하기만 한다면 가장 돈을 많이 따게 해줄 것 같아 진우청의 입맛을 다시게 한 청년이 박수와 함께 석실 안으로 들어왔다.

"고, 공자님!"

동방회 회주 아들의 출현에 인장호는 화들짝 놀란 표정과 함께 급히 허리를 숙였다. 그리고 명령이 없으면 허리를 펴지 않겠다는 듯 신형을 고정시키고 있었다.

"정말 멋진 한 수였소. 하하!"

동방회 회주 아들 임문정은 하얀 치아를 드러내고 웃으며 진우청을 쳐다보았다.

언뜻 계집애 같은 웃음이었다.

얇은 입술과 고른 치아, 그리고 약간 가는 목소리는 인장호와 좀 닮은 구석이 있었지만 인장호에게서 느껴지는 음습함은 전혀 없었다.

대신 인장호에게서는 죽었다 깨어나도 느낄 수 없는 긴장감이 느껴졌다.

그것은 때때로 호흡의 색깔을 읽을 수 없다는 데에서 오는 긴장감이었다.

처음부터 끝까지 완벽히 갈무리하지는 못하고 있었지만 진우청은 임문정에게서 이따금씩 호흡의 부재와 함께 존재의 소멸감도 동시에 느껴졌다. 그리고 그때마다 무의식적으로 한 가닥 긴장감이 일어났다.

"검을 든 사람을 그렇게 간단하게 처리하는 수법이 있는 줄은 몰랐소. 큰 감명을 받았소."

임문정은 다시 한 번 박수를 치며 아직도 허리를 숙이고 있는 인장호를 쳐다보았다.

"자네는 왜 그러고 있나, 허리 아프게? 편히 서게."

"감사합니다!"

인장호는 황제의 하사품이라도 받은 듯 소리치며 허리를 폈다.

"모두 당신이 시킨 짓이오?"

진우청은 무뚝뚝하게 임문정을 쳐다보다 불만 가득한 목소리로 물었다.

"절대 아니오!"

임문정이 강하게 고개를 저었다.

"우연히 이곳에 왔다가 상황을 목격했소."

"그럼 저 사람들을 풀어주시오. 아무 잘못도 없는 사람들이니까 말이오."

진우청은 도종대 일행과 점소이 꼬마 쪽으로 시선을 돌리며 말했다.

임문정을 대하는 인장호의 태도로 보아서는 임문정의 한마디면 인장호는 개처럼 기어서라도 행할 것 같았다.

"그것참!"

임문정은 잠시 인장호와 도종대 일행을 번갈아 보았다. 그리고 뭔가 깊이 생각하는 표정을 지었다.

"이 친구가 내 부탁을 잘 들어주기는 하지만… 나는 누구에게 시도 때도 없이 부탁을 하는 성미가 아니오. 이만큼 일을 벌여놓았다면 이 친구도 무슨 곡절이 있겠지요. 그러니 내 마음대로 이래라저래라 할 수는 없는 일이 아니겠소?"

임문정은 난감하다는 표정과 함께 미소를 지었다.

진우청은 임문정에게서 노회한 장사꾼의 만만찮은 심계를 느낄 수 있었다. 그건 자신의 핏줄 속에도 스며 있었기에 더욱 확연히 느껴졌다.

"그럼 어떻게 하면 풀어줄 수 있겠소?"

모든 권한은 임문정이 쥐고 있다고 생각한 진우청은 인장호 쪽은 쳐다보지도 않고 말했다.

임문정은 잠시 고민하는 표정을 짓더니 인장호에게로 고개를 돌렸다.

"이 친구와 잠시 의논해 보겠소."

그렇게 말한 임문정은 인장호의 어깨를 끌며 구석 쪽으로 다가가 뭔가 열심히 의논하는 몸짓을 했다.

행동이야 그랬지만 그건 하나의 요식 행위일 뿐이었다.

말은 일방적으로 임문정이 했고 멍청한 인장호 놈은 숨기지도 않고 고개만 연방 끄덕거렸다.

"어렵게 부탁을 해서 겨우 승낙을 받긴 했는데… 조건이 좀 까다롭구려."

임문정이 약간 난감한 기색으로 말했다.

"말해 보시오."

진우청은 귀찮다는 듯 재촉했다.

"이 친구의 조건은 형장이 이번 비무대회에 참석해서 결선까지 진출한다면 이들을 풀어주겠다고 하는군요. 그래야 형장이 다시는 그런 야료를 부리지 않을 것 같다는 말과 함께."

'비무대회에 출전하라고?'

진우청은 임문정이 제시한 전혀 뜻밖의 조건에 눈을 가늘게 떴다.

인장호의 의견인 듯 말했지만 그건 전적으로 이 계집애 같은 놈의 생각일 것이다.

그렇다면 대체 놈의 의도는?

진우청은 잠시 혼란스런 기분을 느끼며 임문정을 쳐다보았다.

어쨌든 지금은 이것저것 가리며 다른 조건으로 협상할 여지도 없음을 알았다.

임문정은 이곳에 들어온 순간부터 도종대 일행 곁에서 한 걸음 이상 떨어지지 않았다. 그리고 허튼짓을 하면 그들을 먼저 죽이겠다는 의사를 온몸으로 나타내고 있었다.

진우청은 도종대 일행에게 시선을 돌렸다.

저러다 당장 숨이 끊어지지나 않을까 걱정되는 몰골이었다.

결정적인 순간이 오면 자신의 뒤통수를 칠 인간들이란 짐작이 가고도 남았고, 그래서 자신 역시 되받아칠 만반의 준비를 하고 있는 파락호들이었지만 그새 미운 정 한 가닥이 든 모양이었다.

굳이 정이니 뭐니 하는 단어들이 아니더라도 자신 때문에 그들 넷에 더해 점소이 꼬마까지 죽는다면 평생 가슴 한구석에 죄책감의 찌꺼기가 남아 있을 것도 같았다.

“약속은 지킬 수 있겠소?”

진우청은 짤막하게 물었다.

임문정은 희미한 미소를 지으며 인장호를 쳐다보았다.

“당신이 약속하시오!”

진우청은 소리를 질렀다.

“아이쿠, 놀래라! 무슨 대포를 삶아 먹었소?”

진우청의 고함에 어울리지 않게 정말 깜짝 놀라며 임문정은 가슴을 쓸었다. 그리고 얇은 입술을 움직였다.

"그렇게 하리다. 대신 여기서 일어난 일은 비밀……."

"저 사람들이나 좀 보살펴 주시오!"

진우청이 뒷말은 더 들을 것도 없다는 듯 등을 돌려 나가 버리자 임문정은 머쓱한 표정으로 입맛을 다셨다.

진우청의 발소리가 계단을 완전히 벗어나자 임문정은 매서운 표정으로 인장호를 노려보았다.

인장호는 고양이 앞의 쥐처럼 고개를 숙였다.

"경거망동하지 말라고 했을 텐데?"

인장호를 한참 노려보던 임문정이 차가운 음성으로 말했다.

인장호가 잠시 더 고개를 숙이고 있다가 입술을 움직였다.

"저놈이……."

"비무 중간에 돌멩이를 날려서 그 앙갚음을 하려 그 동료들을 잡아왔다 그 말이지?"

임문정의 말에 인장호는 할 말을 잃었다.

"그래서 밤새 사람을 풀어 돌멩이를 날린 놈을 찾고, 그 일행을 잡아 족쳐 정체를 캐려다 실패해서 놈을 유인했단 말이지?"

임문정의 말이 이어지자 인장호는 자신의 일거수일투족이 임문정의 손바닥 위에 있는 것 같아 목이 움츠러드는 느낌을 받았다.

이제껏 집안의 재력과 부하들을 이용하여 누군가의 일거수일투족을 캐내기만 했지 이렇게 정반대의 상황에 맞닥뜨리리라고는 생각해 보지 못한 인장호는 더할 수 없는 불안감을 느꼈다.

짝!

그 불안감이 현실로 변하며 왼쪽 뺨에 작렬했다.

"멍청한 놈 같으니! 그렇게 하려면 쥐도 새도 모르게 움직여야지 꼬리는 왜 다는 거야?"

임문정의 목소리가 높아졌다.

"꼬리라시면?"

인장호는 기어들어 가는 음성을 흘리며 임문정을 쳐다보았다.

"백운 노인과 그 가솔들이 주변을 얼쩡거리고 있었다."

"백운 늙은이가……?"

인장호는 와락 눈살을 찌푸렸다.

어제저녁부터 같이 다니는 것은 알았지만 오늘 비무대회장에서는 각기 떨어져 있었는데 그 노인이 놈을 주시하고 있을 줄은 몰랐다. 그렇다고 이상한 조건을 내세운 채 풀어준 것까지 이해가 된 건 아니었다.

"그 노인은 지략이 뛰어난 인간이지. 그리고 지부더인과도 친분이 있고……."

인장호의 표정을 읽은 임문정이 계속 설명을 이었다.

"백운무관이란 작은 도장 하나가 겁나는 것은 아니지만 아직은 귀찮은 일이 생기면 안 되지. 그래도 그런 불만스런 표정을 짓겠나?"

임문정은 조소와 함께 인장호를 정시했다.

"아, 아닙니다. 제가 어떻게……."

인장호는 아차 하는 심정으로 불만이 어린 표정을 지웠다.

"하지만 그놈을 비무대회에 출전시킨 것은……?"

"그놈의 정체를 알아냈나?"

인장호의 말꼬리를 자르며 임문정이 물었다.

"아직……."

"그럼 무공 수위는?"

“그것도…….”

인장호는 진우청이 맨손으로 수하의 검을 상대하고 손목 하나만으로 수하를 허공에 띄워 패대기치던 수법을 생각하며 말끝을 흐렸다.

“그런데도 이곳으로 불러들여 상대를 하겠다고?”

“…….”

“전혀 정체도 모르고 실력이 어느 정도인지 짐작도 못하는 자를 네 놈이 부하 여섯 명만 데리고 상대를 하겠다는 가당치도 않은 생각을 했단 말이지?”

임문정은 차가운 미소를 피워 올리며 인장호의 코앞으로 바싹 얼굴을 들이밀었다.

“자신을 제대로 파악하지 못하고 상대까지 파악 못하는 인간들은 대체로 명이 짧지. 나는 명 짧은 인간들이 싫어. 그런 인간들은 빌려간 돈을 못 갚으니까 말이야.”

임문정은 바싹 디밀었던 얼굴을 떼어냈다. 그리고 명령조로 말했다.

“지금 이 순간부터 이곳은 폐쇄한다. 그리고 너는 더 이상 아까 그놈에게 관심을 가지지 마라. 그놈의 정체는 비무대 위에서 자연히 밝혀질 것이다. 그리고 그곳에서 아무런 잡음 없이 공개적으로 사망 처리될 것이다. 마음에 안 드는 인간은 그렇게 처리하는 법이지.”

딱딱 끊어지듯 말한 임문정이 석실을 빠져나갔다.

“투자금도 날리고 하나같이 병신춤만 추는 인간들 구경하는 것도 슬슬 지겨워지던 참이었는데 쌍으로 요사스럽게 생긴 놈들이 아예 등을 떠미는구먼. 이런 경우를 두고 주마간편이라 하지, 아마?”

볼이 부은 얼굴로 투덜거리던 진우청은 뭔가 이상한지 고개를 갸웃거렸다.

　　"주마가편(走馬加鞭)이던가?"

　　대문을 향해 팽 하고 코를 푼 진우청은 비무대회장을 향해 걸음을
옮겼다.

第十三章

출전(出戰)

　　"거력패도 염호광이 출전했단 말인가요?"

　인적이 없는 유가검보의 건물 한 모퉁이에서 묵시량의 보고를 받은 백봉령주의 눈이 크게 뜨여졌다.

　"방금 그렇게 보고받았습니다. 저도 뜻밖이라 많이 놀랐습니다."

　묵시량도 적이 긴장한 목소리로 답했다.

　독문병기 빙백마조를 진우청과의 대결에서 파손당하고 어깨까지 탈골당해 의기소침하던 모습이 이 순간만큼은 깨끗이 사라지고 뜻밖의 보고에 갈피를 못 잡고 있었다.

　"그래서 오 노야께서 놈들의 의도가 무언지 몰라 한 번 휘저어놓을 생각으로 출전했다고 합니다."

　묵시량의 대답에 백봉령주의 눈빛이 어지럽게 흔들렸다.

“어떻게 처리했나요?”

잠시 후 백봉령주는 빠르게 물었다.

그 목소리엔 승패를 궁금해하는 기색이 전혀 없었다. 오직 어느 정도로 손을 썼는지 그것이 궁금하다는 기색만 내비쳤다.

“의지를 꺾을 정도로만 손을 써서 비무대회장을 떠나게 만들었다고 합니다.”

“오 노야답지 않군요. 섣불리 나선 것도 경솔했고, 나섰으면 확실히 처리해야지 그렇게 후환을 남기다니…….”

백봉령주는 아미를 찌푸리며 탄식하듯 말했다.

“아마도 오 노야께서는 거력패도 염호광의 자질이 아까워 극단적인 손속을 쓰지 못한 듯합니다. 워낙 오랜 은거 끝에 나온 강호인지라 감회가 새롭기도 하셨을 테고…….”

묵시량은 오 노야의 입장이 조금은 수긍이 간다는 듯 변명을 해주었다.

“지금은 그렇게 감상적으로 행동할 때가 아니에요. 동방회의 움직임이 우리가 생각했던 것보다 훨씬 신속하고 뭔가 예사롭지가 않아요. 회주의 아들이 이곳에 나타난 것도 그렇고, 염호광 같은 인물을 비무대회에 출전시킨 것으로 보아 뭔가 더 큰 음모가 있는 것 같아요. 그들이 이런 비무대회를 열고, 또 염호광 같은 인물을 출전시키며 무슨 일을 꾸미는지 조금이라도 빨리 알려면 최대한 크게 흔들어놓아야 하는데…….”

백봉령주는 아쉬움이 크다는 목소리로 말했다. 그리고는 잠시 바깥의 동정을 살폈다.

“인가장 쪽에서 움직이는 사람들은?”

백봉령주는 다시 질문했다.

"흑기조장이 오늘 저녁 연락을 주기로 했습니다. 그런데 령주께서는 뭘 좀 알아내셨습니까? 전 도저히……."

대답을 마친 묵시량은 조심스럽게 백봉령주를 향해 질문했다.

"저 역시 아직 아무것도 알아낸 게 없어요. 오늘부터는 좀 더 적극적으로 움직여야겠어요. 이제 그만 가보세요."

"조심하십시오."

묵시량은 고개를 숙이고는 그 자리에서 사라졌다.

숙소로 돌아온 백봉령주는 생각에 잠겼다.

휘주와 둔계 일대가 물자가 풍부한 곳이긴 하지만 동방회가 이곳에 이처럼 갑작스런 관심을 보이는 것은 이해할 수가 없는 일이다. 그리고 더 더욱 이해할 수 없는 것은 그들이 유가검보에 깊은 관심을 가지면서도 유가검보와 반목하려 한다는 것이다.

겉으로는 동방회의 후원을 받은 인가장이 유가검보에 대항해 상권을 넓히려 하는 듯 보였지만 다각도로 조사한 바에 의하면 그들의 모든 움직임 뒤에는 동방회가 있고, 또한 그 움직임의 방향은 유가검보로 집결되어 있다는 것이다.

유가검보는 대대로 이곳의 패권을 잡고 있었다. 그리고 화산파와 밀접한 친분을 유지하고 있다.

동방회가 이곳에서 순수하게 상권을 넓힐 목적이라면 아무리 유가검보가 무가이고 인가장이 상인 가문이라 하지만 인가장보다는 유가검보와 손을 잡고 일을 해 나가야 한다. 그들은 이익을 최우선으로 내세우는 집단이지 어떤 가문의 대문 위에 걸린 현판에 관심을 가지는 집단이 아니다.

그러나 그들은 인가장과 손을 잡고 유가검보와 대립하려 하고 있다. 그렇게 되면 결국은 유가검보와 충돌할 수밖에 없을 것이고 그때는 화산파를 의식하지 않을 수 없게 된다.

현재 구대문파의 결속력은 사상 최고라 해도 과언이 아니다.

네 개의 하늘이라는 북제성과 서왕문, 남패천, 동방회가 세상을 사등분하고 있으니 구대문파는 그들을 견제하기 위해서라도 서로 강하게 결속하고 있다.

그러니 유가검보와 대립하는 것은 화산파, 더 나아가 구대문파와 대립하게 되는 것이다.

"그런 뻔한 부담까지 무릅쓰고 동방회가 유가검보와 대립해서 무엇을 얻어내려 하는 것일까?"

백봉령주의 답답한 마음이 독백으로 흘러나왔다.

최대한 빨리 알아내라고 총단으로부터 받은 명령도 그것이었다. 그러나 아직 이렇다 할 실마리를 잡아내지 못했다.

"유가검보 소유의 광산에도 무슨 특별한 것은 없는 것 같은데……."

백봉령주는 답답한 마음에 고개를 저었다.

때때로 광산에서 한 조직의 판도를 바꿀 만한 양의 금맥이나 화약의 재료가 되는 유황, 또는 괴이한 물건들이 발견되어 온 무림이 발칵 뒤집히는 경우가 있었다.

그런 것이라도 있다면 얘기가 달라지겠지만 이곳 유가검보에 잠입하여 며칠 동안 부지런히 탐색해 보아도 그런 낌새는 전혀 느껴지지 않았다. 단지 처음 생각했던 것보다 동방회의 움직임이 심상치가 않다는 것만 느꼈다.

"후우!"

긴 한숨을 내쉰 백봉령주는 경대에 놓인 동경에 자신의 용모를
살폈다. 그리고 자리에서 일어섰다.

*   *   *

"혼자 가도 충분합니다!"
유화결은 부친 유상목 앞에서 목소리를 높였다.
비무대회에 참가하기 위해 직접 나서는 것도 내키지 않는 일인데 제
일검대의 고수들까지 동행하는 것은 정말 번거롭고 자존심이 상하는
일이었다.
그러나 세상의 모든 부모가 그러하듯 유가검보주 우상목은 유화결
의 비무대회행에 제일검대의 고수들을 기어코 딸려 보내려 했다.
"네 녀석만을 위해서 그러는 것이 아니다. 명색이 한 검보의 보주(堡
主) 아들이 험지로 나서는데 호위무사 한 명 없다는 것은 오히려 더 우
스운 일이다. 그리고… 인가장의 놈들이 무슨 야료를 부릴지도 모른
다."
유상목은 단호한 목소리로 말했다.
"인가장 놈들이 모두 몰려온다고 해도 겁나지 않습니다!"
유화결은 눈살을 찌푸리며 당장에라도 달려가 인장호의 목을 치겠
다는 표정을 했다.
유상목은 그런 유화결을 매서운 눈초리로 쳐다보았다. 그리고 다시
입을 열었다.
"그놈은 예전의 그 허약한 놈이 아니다. 어제 검대 소속 향주 한 명
을 폐인으로 만들어놓은 것을 보고도 그렇게 가벼이 생각하는 것이냐?

호랑이는 토끼를 잡을 때도 최선을 다한다고 했다. 비무대회에 참석한 이상 결국은 그놈과 마주치게 될 것이다. 난 그놈을 걱정하는 것보다 네 녀석의 그 화급한 성격을 걱정하는 것이야.”

유상목의 목소리가 점점 더 높아지자 유화결은 입을 다물고 시선을 내렸다.

부친의 말대로 자신이 너무 성급하고 민감하게 반응하고 있는 것인지도 몰랐다. 그건 인장호가 내심 신경이 쓰인다는 반증이기도 했다.

정말 무시할 수준이라면 검대가 따라오든 말든 무신경할 것이다.

‘많이 컸군.’

유화결은 입꼬리에 피식 웃음을 배어 물었다.

예전에는 감히 눈도 마주치지 못하던 놈이 돈의 위력으로 이제 코앞에서 이빨을 드러내고 있었다.

하지만 돈의 위력이 아무리 막강하다고 해도 만능은 아니다.

돈으로 타고난 천성까지 바꿀 수는 없는 법이다.

잠시 가려줄 수는 있겠지만 근본은 변하지 않는다.

그런 생각과 함께 유화결은 마음을 가라앉혔다.

“준비 다 됐어요. 어서 가요. 늦겠어요.”

문이 열리며 유화경이 백색 무복 차림으로 들어섰다.

겨우 펴지던 유화결의 미간 사이가 다시 와락 찌푸려졌다.

일검대 소속 고수들도 모자라 이제 여동생까지…….

“왜 그래, 오빠?”

유화결의 표정을 본 유화경이 뾰족하게 소리를 질렀다.

“너까지 따라간단 말이냐?”

유화결은 끄응 하고 신음을 흘린 후 물었다.

"당연하지. 성질은 불같고 도저히 믿음이 안 가는 작은오빠를 어떻게 혼자 보내? 이 화산의 여고수가 따라가야 안심이 되지. 어서 가!"

자신이 출전할 것도 아니면서 화려한 백색 무복을 차려입은 유화경은 검 역시 온갖 장식이 달린 매화검을 차고 유화결을 재촉하고 있었다.

아마도 어제부터 비무대회를 구경하고 싶어 좀이 쑤셨을 것이다.

어렸을 때부터 화산파의 속가제자로 산에서만 살다 집으로 돌아와 수많은 사람들 속에서 이런 구경을 할 기회를 맞았으니 그 심정이야 이해가 되었지만 유화결의 눈살은 펴질 줄을 몰랐다.

"경거망동하지 말고 놈들의 콧대를 꺾어주고 오너라. 그것이면 되느니라."

유상목도 유화경을 차마 못 말리고 한 가닥 근심이 떠나지 않는 표정으로 말했다.

한줄기 산들바람이 꽃잎을 어루만졌다. 그 바람결에 만개한 벚꽃이 꽃비가 되어 흩날리고 있었다.

이곳 유가검보 후원 한쪽의 벚꽃은 다른 곳보다 훨씬 늦게 피고 늦게 졌다.

다른 곳은 이미 꽃은 지고 잎만 무성했지만 이곳은 이제 막 활짝 핀 꽃이 바람에 나부끼고 있었다.

그건 아마도 이곳 땅 밑 어느 곳에 흐르는 청옥수라 이름 붙여진 지하수의 냉기 때문일 것이다.

사시사철 변함없이 차가운 기운을 유지하는 녹옥색 지하수는 훌륭한 음식 저장고 역할도 했지만 이렇게 벚꽃의 개화와 낙화 시기에도 영향을 미쳤다.

덕분에 유화성은 한참 더 벚꽃 향기와 온 하늘을 뒤덮는 듯한 꽃비 속에 파묻힐 수 있었다.

벌컥!

유화성은 한 모금의 술을 들이켰다. 그리고 넓적한 바위 위에 아무렇게나 누워 산들바람에 휘날리는 꽃잎들을 바라보았다.

벚꽃은 언제나 아쉬움을 주는 꽃이다.

같은 시기에 피어나지만 푸근한 느낌을 주는 백목련과는 달리 벚꽃은 꽃잎이 너무 작아 만지면 금방이라도 시들 것 같아 아쉬웠다. 그리고 그 어떤 꽃보다 화려하게 피어나지만 채 열흘도 지나기 전에 순식간에 지고 마는 그 짧고 화려한 만개도 더없는 아쉬움을 주었다.

그녀도 그렇게 화려하게 피었다가 순식간에 지고 말았다.

'아영……'

유화성은 허공을 바라보고 누운 채 술병을 입으로 가져갔다.

술병에서 쏟아진 술이 얼굴로 흘러내려 눈을 따갑게 했다.

입에서 술병을 떼어낸 유화성은 고개를 돌려 눈 속으로 들어간 술을 떨쳐 냈다.

눈을 따갑게 했던 액체를 모두 떨쳐 내자 사방의 정물들이 흐릿하게 눈에 들어왔다.

순간 유화성은 심장이 덜컥 멎는 듯한 느낌에 와락 신형을 일으켰다.

꿈을 꾸는 것일까, 아니면 술기운과 함께 눈으로 흘러들어 간 술이 환영을 보여주는 것일까?

벚꽃나무 가지 사이로 그녀의 모습이 어른거렸다.

바람에 나부끼는 머리카락.

호리호리한 자태.

그리고 꽃송이에 코를 갖다 대며 은은하게 짓는 미소.

유화성은 한동안 숨을 멈추고 시선을 고정시켰다.

불화살이 명치 끝을 파고드는 듯한 통증이 다시 찾아왔다.

깊이 파인 볼우물 대신 작은 점이 자리한 얼굴이 혼실을 일깨웠다.

"정말 아름다운 곳이에요!"

손바닥 위에 꽃잎 몇 개를 올린 채 다가온 백봉령주는 미소를 지었다.

"아영······."

유화성은 그녀의 미소에 자신도 모르게 신음처럼 하나의 이름을 토했다.

"네? 무슨······?"

백봉령주는 미소를 거두며 물었다.

"아, 아니오! 아니오, 아무것도!"

유화성은 급히 고개를 흔들었다.

술기운이라도 밀어내겠다는 듯 애써 머리를 흔드는 유화성의 얼굴을 본 백봉령주는 주춤 걸음을 멈추었다.

지독한 그리움을 술기운 속으로 애써 감추는 사내의 모습.

가슴 한구석이 왕창 무너져 내리는 느낌을 받은 백봉령주는 얼른 고개를 돌렸다. 그리고 벚꽃나무 가지 하나를 쓰다듬었다.

'미안해요.'

입술을 깨물며 겨우 마음을 진정시킨 백봉령주는 다시 유화성을 쳐다보았다.

“제가 공자님의 사색을 방해했군요. 너무 아름다운 곳이라 저도 모르게 이곳까지 오게 됐어요. 정말 죄송해요.”

백봉령주는 뒤늦게 유화성에게 사과했다.

“술에 찌든 인간이 사색은 무슨 사색. 그냥 어제 먹은 술이 하도 안 깨서 한 병 술로 취기를 몰아내고 있던 중이었소.”

“푸훗!”

백봉령주는 손으로 살짝 입술을 가리며 웃었다.

“이독제독(以毒除毒)의 이치인가요?”

“그러고 보니… 그렇구려. 이독제독이라……. 그 간단한 말을 생각해 내지 못해 화결이에게 아침마다 닦달을 당했는데… 이젠 동생에게 대꾸할 말이 생겼소.”

유화성은 왜 그 단어를 생각하지 못했을까 애석해하며 다시 술을 한 모금 들이켰다.

“저도 한잔 주세요.”

병나발을 불고 있는 유화성을 쳐다보던 백봉령주는 손을 내밀었다.

“잔을 준비하지 못해서…….”

유화성은 자신의 손에 든 술병과 백봉령주의 내민 손을 번갈아 쳐다보며 난감한 표정을 지었다.

거절하자니 예의가 아니었고, 그렇다고 술병을 넘겨주자니 이제껏 입을 대고 병나발을 불었던 사실이 걸렸다.

“정말 맛있는 술은 잔 없이 이렇게 마시는 술이에요.”

백봉령주는 유화성의 손에서 술병을 채어갔다. 그리고는 거침없이 입으로 가져갔다.

“정말 맛있는 술은 잔 없이 마시는 술이에요.”

유화성의 고막 속으로 귀에 익은 음성이 통증처럼 파고들었다.
“이런 제 모습이 흉한가 보군요?”
아픔을 참는 듯한 유화성의 표정을 본 백봉령주는 긴장된 음성으로 물었다.
모두 합쳐야 오늘이 세 번째 만남이다.
첫 만남은 싸움터에서였고 유화성이 나타나자마자 정신을 잃었으니 만남이라 할 것도 없었다. 그러면 이 자리가 두 번째이다.
그런데 사내가 마시던 술병을 뺏어 스스럼없이 입에 대고 술을 마시는 모습은 자칫 거부감을 불러일으킬 수도 있었다.
거짓은 항상 진실보다 화려한 모습으로 치장한다. 또한 의도된 행동은 필요 이상의 과장된 동작을 유발시킨다.
술을 마시고 싶은 마음까지 의도된 것은 아니었지만 그 시초는 다분히 의도적이고 계산된 행동이었다. 그렇기에 지금의 모든 행동들은 어쩔 수 없이 부자연스럽고, 술을 다시고 싶은 솔직한 심정 또한 왜곡되어 표출될 수 있었다.
백봉령주는 조심스런 눈빛으로 유화성을 쳐다보았다.
“그런 것은 아니니 신경 쓰지 마시오. 난 누가 내 술을 뺏어 먹으면 나도 모르게 그런 표정이 되오. 그게 습관이 되어서…….”
유화성은 얼른 백봉령주의 손에서 술병을 받아 들고 남은 술을 확인했다.
“호호호!”
백봉령주는 마침내 교소를 터뜨렸다.

‘아영…….’

유화성의 목구멍 속으로 남은 술이 한꺼번에 쏟아졌다.

“비무대회, 구경 가지 않겠소?”

술병을 마저 비운 유화성은 백봉령주를 향해 대뜸 말했다.

백봉령주는 가슴이 철렁하는 기분을 느꼈다.

지금 자신이 이곳으로 온 목적이 그것이었다.

동방회의 움직임이 심상치 않다.

비무대회에서 어떤 술수를 부릴지도 궁금했고, 거력패도 염호광 같은 인물을 끌어들인 비무대회장에 참가하는 오 노야의 안위도 걱정되었다.

그들이 이곳 유가검보에서 무엇을 노리는지는 좀 더 여유를 두고 캐내봐야 할 것 같았다. 아울러 비무대회장에 가서 그들의 움직임을 목격하고 나면 뭔가 실마리가 잡힐 수도 있겠다는 생각이 들었다.

어떻게든 유화성과 함께 그곳에 갈 기회를 만들어야겠다는 의도를 가지고 이곳에 왔다.

그런데 유화성이 먼저 불쑥 제안했다.

‘이 남자는…….’

백봉령주는 내심 신음처럼 중얼거렸다.

아무것도 모르는 것 같으면서도 모든 것을 아는 것 같았다.

처음 만났을 때부터 그런 느낌을 받았다.

백봉령주는 잠시 풀어졌던 긴장감이 다시 온몸을 조여오는 기분을 느꼈다.

“내키지 않는 모양이군요?”

대답을 못하고 놀란 가슴만 쓸고 있는 백봉령주를 향해 유화성이 말했다.

"아니, 아니에요. 가고 싶어요. 단지 저번에 날 공격했던 자들이 걱정되어서……."

백봉령주는 얼른 변명을 갖다 붙었다.

"내 동생 화결이 뒤만 따라다니면 아무도 덤비지 않을 것이오. 어서 갑시다, 동생이 떠나기 전에."

유화성은 혹시 유화결과 떨어질까 겁난다는 표정을 하며 얼른 몸을 움직였다.

백봉령주는 어느새 유화성의 손에 고색창연한 검 한 자루가 들려져 있음을 목격하고는 눈을 크게 떴다.

이 남자는 이미 미망(迷妄)에서 깨어나 한 자루 검이 되어가고 있다는 생각이 들었다.

"술값이 모자랄 때마다 여러 번 잡힌 놈이지요. 마침 돈도 떨어지고 해서……."

놀란 표정의 백봉령주를 향해 대수롭지 않게 검을 흔들어 보인 유화성은 빠르게 걸음을 옮겼다.

백봉령주는 멍하니 유화성의 뒷모습을 쳐다보았다.

'아영아, 잠룡은 애써 깨우지 않아도 때가 되면 스스로 깨어나는 법이란다.'

잠시 상념에 젖었던 백봉령주도 서둘러 걸음을 옮겼다.

*   *   *

"와하하!"

관중석 곳곳에서 오랜만에 웃음이 터졌다.

비무대회 이틀째는 긴장의 연속이었다.

예선 첫날에는 관망만 하며 올라오지 않던 고수들이 속속 출전하여 처음부터 손에 땀을 쥐게 하는 경기를 펼쳤다.

모두들 긴장 어린 표정으로 구경하던 중 지금 막 비무대 위로 오른 한 청년의 모습은 관중석에 무겁게 내려앉은 긴장감을 단박에 날려 버리고 웃음을 자아내게 했다.

우선 덩치가 곰처럼 컸다.

보통 사람보다 머리 하나는 더 큰 키에 팔뚝은 보통 사람 다리만 했고, 다리는 조금 여윈 어린아이 몸통만했다.

어제부터 오늘까지 출전한 많은 사람들 중에 지금 비무대 위에 오른 청년만큼 큰 덩치가 없지는 않았다.

오히려 더 큰 사람도 몇 있었다.

사람들이 웃는 이유는 청년이 들고 있는 무기에 있었다.

청년은 덩치에 어울리지 않게 작은 부채 하나를 무기로 들고 있었다.

그것도 알록달록한 색깔의 부채였다.

청년은 올라오자마자 그 부채를 활짝 펼쳐 화창한 봄볕에 땀이라도 나는지 화락화락 부쳐 댔다. 그리고는 부채로 얼굴을 가렸다.

"와하하!"

관중석에서 다시 웃음소리가 터져 나왔다.

부채가 햇볕을 차단해 주긴 했지만 소림승처럼 머리카락 하나 없는 청년의 머리를 다 가려주지 못하고 겨우 눈 언저리에만 그늘을 드리우게 해주었다.

햇볕을 가릴 생각이면 차라리 손바닥을 펼치는 것이 나을 것 같았다.

그러나 청년은 그 부채로 끝까지 태양 빛을 가리며 어떤 상대가 나타날지 궁금한 듯 사방을 두리번거렸다.

"끄응!"

관중석에 있던 진우청은 신음을 토했다.

자의 반 타의 반으로 비무대 위로 올라가려 했지만 번번이 상대가 마음에 들지 않았다.

인장호가 있던 집에서 아무 일도 없었던 것처럼 나와 비무장에 다시 온 후 지금까지 네 판의 비무가 벌어졌다.

비무대 위로 먼저 올라온 사람 중 두 명은 여자였고 다른 두 명은 노인이었다. 그리고 지금 우습지도 않게 생긴 곰탱이가 올라왔다.

"출전해 보지 그러나?"

백운 노인이 힐끔 진우청을 쳐다보며 출전을 권했다.

진우청은 인상을 썼다.

그놈들 소굴에서 빠져나오자마자 비무장에 있어야 할 백운 노인을 만났다. 석실 안에서의 일은 비밀로 하라며 뭔가 바깥의 눈치를 보던 임문정이란 놈의 행동이 미심쩍었는데 아마도 이 노인 때문인 것 같았다. 그래서 큰 소란 없이 그놈들 소굴에서 빠져나온 것도 같았다. 하지만 이 노인이 자신의 행동을 내내 주시하고 있다는 것은 적잖이 신경이 쓰였다.

그리고 '여긴 어쩐 일인가?' 라고 묻는 백운 노인에게 일행이 돈을 날려 이제는 도박도 못하고 직접 한 번 출전해 보고 싶다고 말하며 자세한 사정을 숨겼다.

그때 백운 노인은 겉으로는 걱정스런 표정을 짓는 듯했지만 진우청은 그 표정 뒷면에서 흘러넘치는 강한 기대감을 읽을 수 있었다.

진우청은 백운 노인이 자신의 출전을 간절히 바라고 있다는 느낌을 받았다.

그때부터 백운 노인은 다섯 번 내내 똑같은 소리로 출전을 종용했다.

이 노인은 도종대 일행이 반쯤 송장이 되어 인질로 잡혀 있는 사정을 모르니 마음 편히 그러는 거라고 생각했지만 짜증이 증폭되는 기분은 어쩔 수 없었다.

"처음부터 저런 곰 같은 인간과 붙고 싶지 않습니다."

진우청은 퉁명스런 목소리로 답했다.

우스꽝스런 행동에 비해 상당한 실력을 숨긴 듯했지만 왠지 내키지 않았다.

"자네도 만만치 않은데 뭘 그러나? 내가 보기엔 좋은 호적수가 될 것 같은데. 덩치로 보나 다리 굵기로 보나."

백운 노인은 비무대 위에 오른 청년과 진우청을 번갈아 쳐다보며 빙그레 미소 지었다.

진우청은 백운 노인의 말에 대꾸할 바를 찾지 못했다.

덩치도 자신이 더 컸으면 컸지 결코 작을 것 같지 않았다. 다리 굵기 역시.

그래서 이번 판은 더 더욱 참가할 수가 없었다.

아마 자신이 지금 참가하면 구석구석에서 터져 나오는 웃음소리는 장내 전체로 퍼질 것이다.

고맙게도 그런 진우청의 망설임을 덜어주며 한 중년인이 비무대 위로 올라왔다.

두 사람의 비무는 싱겁게 끝이 났다.

큰 덩치의 청년이 들고 있던 자신의 손바닥만한 부채는 놀라운 효용을 발휘했다.

그 부채는 상대로 나온 중년인의 날카로운 검을 다섯 차례나 가볍게 막아냈다.

검과 부채가 부딪칠 때마다 불꽃이 튀어 보기와는 달리 청년의 부채는 기병임이 증명되었다.

청년의 부채가 매번 중년인의 검을 튕겨낼 때마다 관중석 곳곳의 웃음소리는 잦아들었고, 그 웃음소리가 완전히 멈췄을 때쯤 청년의 손에 들린 작은 부채는 빛살처럼 허공을 선회하며 중년인의 가슴을 갈랐다.

중년인은 쩍 갈라진 자신의 상의를 바라보며 패배를 시인했다.

―다음번엔 참가해라. 그러지 않으면 네놈 동료들은 죽는다.

부채청년이 비무대 위에서 관중들을 향해 인사를 하는 도중 진우청의 귓전으로 전음 한줄기가 날아들었다.

진우청은 흠칫 신형을 굳혔지만 고개를 돌리지는 않았다. 상대를 고를 여지도 없이 참석해야 할 판이었다. 그리고 놈들이 왜 자신을 결선까지 올라가라는지 출전해 보면 더 확실히 알 것이다.

진우청은 더 이상 생각하기 귀찮다는 표정으로 훌쩍 비무대로 향했다.

"거참, 알다가도 모를 청년일세."

여태껏 상대를 고르며 출전을 미루던 진우청이 상대도 보지 않고 비무대로 향하는 모습에 백운 노인은 의아한 눈으로 진우청을 쳐다보았다.

진우청의 모습은 잠시 관중들 속으로 사라졌다가 어느새 비무대 위로 올라가 있었다.

"와하하하!"

진우청이 비무대 위로 오르자 다시 웃음소리가 곳곳에서 터져 나왔다. 그리고 진우청이 꺼려해 마지않는 상황대로 웃음소리는 점점 넓게 번져 나갔다.

전 판의 청년과 거의 흡사한 덩치는 관중들에게 자연 그 청년을 연상시켰다. 그리고 전 판에 올라온 청년처럼 손바닥만한 부채를 들고 어울리지 않는 행동 같은 건 하지 않았지만 입고 있는 옷이 그 청년보다 반 푼이라도 더 웃겼으면 웃겼지 덜 웃기지 않았다.

품이 맞지 않는 윗도리와 질끈 동여맨 허리끈.

그리고 짝도 맞지 않는 바지통.

아무리 무게를 주고 서 있어도 진우청의 그런 모습은 절로 웃음을 자아내게 해 급기야는 온 관중석이 웃음바다로 변하고 말았다.

'난감하군.'

진우청은 해를 가리는 척 손바닥을 펴서 얼굴을 가렸다.

십 년이 지났으니 자신의 모습을 알아볼 수 있는 사람이 없을 것이라 생각했지만 그래도 수많은 사람의 집중된 시선은 신경이 쓰이지 않을 수 없었다.

가솔들 중 누군가가 이곳에 있어 자신을 알아본다면 상황은 엉킨 실타래처럼 복잡해질 것이다.

진우청은 얼굴을 가린 손가락 사이로 비무대 주변을 둘러보았다.

상대가 올라오면 집중된 시선이 반으로 나누어지기라도 하겠는데 아직 아무도 나서는 사람이 없었다.

‘무슨 꿍꿍인가?’

진우청은 사내의 전음이 들려온 곳으로 시선을 모았다. 그러나 누군지 확인할 수는 없었다.

진우청의 시선이 다른 쪽으로 향하는 순간 한 중년인이 진우청의 뒤쪽에서 비무대 위로 올라섰다.

진우청의 상대가 나타남으로 해서 진우청에게로 집중되었던 관심이 분산되어 웃음소리도 줄어들었다.

진우청은 한숨을 내쉬며 비무대 위로 올라온 중년인을 쳐다보았다.

중년인의 모습은 지극히 평범했다.

보통 키에 보통의 몸집.

그리고 어디서나 흔히 볼 수 있는 평범한 얼굴.

그래서인지 그 누구도 중년인을 알아보지 못하고 사회를 맡은 소중부의 소개만을 기다리고 있었다.

소중부는 먼저 올라온 진우청의 이름을 물었다.

진우청은 성만 그대로 두고 이름 두 자는 생각나는 대로 아무렇게나 일러주었다.

나중에 백운 노인이 비무대 위에서 가명을 쓴 이유를 물어보면 적당히 둘러댈 생각이었다.

고개를 끄덕인 소중부는 등을 돌려 진우청을 상대하고자 올라온 중년인에게로 다가가 똑같이 이름을 물었다.

“왕자생(王自生).”

중년인은 짤막하게 자신의 성과 이름을 소중부에게 알려주었다.

중년인의 이름은 진우청이 아무렇게나 알려준 이름만큼 흔한 이름이었다.

가장 흔한 성씨 중의 하나인 왕씨에 자생이란 이름 역시 그랬다.

소중부는 진우청이 지어준 이름과 왕자생이란 흔한 이름을 혼동하지 않으려는 듯 몇 번 입속으로 되뇐 후 큰 소리로 소개를 했다.

"무기는 없소?"

두 사람을 소개한 소중부가 다시 중년인을 향해 물었다.

"있소!"

중년인은 퉁명스럽게 말한 후 가슴속에 손을 넣었다.

번쩍!

중년인의 손이 가슴속에서 빠져나오며 한줄기 광채가 같이 쏟아져 나왔다.

"우웃!"

갑작스럽게 쏟아져 나온 너무나 강렬한 한줄기 빛에 소중부가 짧은 신음을 토하며 손을 들어 눈앞을 가렸다.

진우청 역시 송곳처럼 강렬하게 찔러오는 백광에 눈살을 찌푸렸다.

은빛 접시.

중년인의 손에 들린 무기의 생김새였다.

그 은빛 접시에서 봄볕이 반사되어 눈을 찔러온 것이다.

진우청은 찌푸렸던 미간을 펴며 중년인의 양 손등에 채워져 아래로 내려진 은빛 접시에 시선을 모았다.

중년인이 가슴에서 꺼내어 손등에 착용한 무기는 절에서 제례를 지낼 때 쓰는 악기의 일종인 동발(銅鈸)이었다.

두 개의 접시 모양의 동판을 양손에 끼고 서로 부딪쳐 소리를 내는데, 작은 것은 '요(鐃)'라 불렀고 큰 것은 '발(鈸)', '제발(齊鈸)'로 불렀다.

중년인의 무기는 색깔만 은색일 뿐 동발과 똑같았다.

왕왕 강호인들 중에는 이런 것을 무기로 사용하는 사람들이 있었다.

우선 이 무기는 넓적한 등판을 그대로 내밀면 생긴 그대로 훌륭한 방패가 되었다.

둥그스름한 등판은 창이나 칼 등 그 어떤 무기도 튕겨내거나 비껴내어 효과적으로 방어를 했다.

그러나 더 강력한 효용은 공격에 있었다.

둥근 철판 가장자리는 온통 날이 서 있어 슬쩍 닿기단 해도 살점이 뭉턱뭉턱 떨어져 나가거나 사용하는 사람의 내력 수준에 따라 팔다리가 왕창 떨어져 나가기도 한다.

그리고 가장 치명적인 효용은 주인의 손을 떠나 허공을 선회할 때이다.

주인의 무기 다루는 솜씨나 안쪽 판에 어떤 식의 장치가 되어 있느냐에 따라 온갖 궤적으로 방향을 틀며 선회하여 상대의 목이나 가슴으로 파고든다.

그래서 이것이 강호인들 손에서 무기로 쓰일 때는 비발(飛鈸)이란 이름으로 불리곤 한다.

그런 것들을 세세히 알지는 못했지만 진우청은 은색 비발의 위험을 충분히 감지했다.

그리고 가슴에서 비발을 꺼내면서부터 달라지는 중년인의 들숨, 날숨의 냄새와 색깔도.

'역시 이것이었던가?'

진우청은 지하 석실에서 만난 계집애 같은 놈의 의도를 알 수 있었다.

자욱한 살기.

중년인의 숨결에서 뿜어져 나오는 냄새였다.

인장호가 유가검보의 젊은 향주 하나를 상대할 때와는 비교도 할 수 없는 짙은 죽음의 냄새가 중년인의 숨결과 은빛 비발에서 흘러나오고 있었다.

그냥 아무런 자세도 잡지 않고 서 있는 상태에서도 온몸 자욱이 뻗어 나오는 냄새는 중년인이 언제나 죽음과 가까이 있는 사람이란 느낌이 들게 해주었다.

"소협은 무기가 없는가? 지금 밝히지 않고 비무 도중 꺼내면 암기로 간주하겠네. 그리고 그건 실격패로 이어지네."

소중부도 왕자생이란 중년인이 들고 있는 비발에서 뿜어져 나오는 기운이 심상치 않음을 느꼈는지 걱정스런 표정으로 진우청을 보며 물었다.

'무기라……?'

진우청은 잠시 등 뒤에 꽂혀 있는 용호곤을 생각했다.

절기를 익혔다면 이런 무기를 상대하는 데는 더없이 도움이 되겠지만 지금은 들고 있어봐야 혹이나 마찬가지였다.

지금은 차라리 맨몸이 더 나을 것 같았다.

진우청은 고개를 흔들었다.

"무기가 없단 말인가?"

소중부가 다시 한 번 확인했다.

"없습니다."

진우청은 대답과 함께 재차 고개를 흔들었다.

"그럼 등 뒤 상의 속에 숨긴 건 무언가? 그건 무기가 아닌가?"

소중부는 날카로운 눈빛으로 진우청을 쳐다보았다.

진우청은 소중부가 무척 눈썰미있는 사람이란 생각이 들었다.

헐렁한 상의 속에 파묻혀 있어 허리를 숙이거나 몸을 비틀지 않는 이상 표시가 나지 않는데 소중부는 그것을 간파한 모양이었다.

"이건 오늘 우연히 얻은 쇠막대기 두 개인데 사용법도 모르고 쓰지도 않을 것이오."

진우청은 속에 있는 생각 그대로 소중부에게 답했다.

"그래도 그게 방어용으로 쓰일 수는 있다네."

말과 함께 소중부는 잠시 생각하는 표정을 지었다.

"자네도 단봉 두 개를 무기로 사용하는 것으로 하겠네. 쓰든 말든 그건 자네가 알아서 하게."

빠르게 말한 소중부는 왕자생에게 고개를 돌렸다.

"왕 대협도 이의없겠지요?"

"상관없소."

소중부의 질문에 왕자생이 무표정하게 답했다.

소중부는 고개를 끄덕였다. 왕자생의 예사롭지 않은 모습에 어떻게든 진우청을 유리한 조건으로 만들어주고자 했지만 그로서도 더 이상은 방법이 없었다.

소중부는 비무대 중앙으로 진우청과 왕자생을 가까이 오게 하고는 일반적인 주의 사항, 그러니까 왕자생으로서는 전혀 지키지 않을 것들을 짧게 말한 후 비무 시작 신호를 내렸다.

둥—

큰 북이 고함을 지르며 비무의 시작을 알렸다.

비무 시작 신호가 떨어지자 왕자생은 천천히 팔다리를 움직이며 왼손은 머리 위로 향하게 하고 오른손은 허리 아래로 향하게 하여 자세를 잡았다.

'보는 것과 실제로 맞붙는 것은 얼마나 차이가 날까?'

기수식을 취하는 왕자생을 보며 진우청은 깊은 의문에 잠겼다.

십 년 동안 산속에서만 지내다 산을 내려온 지 열흘 남짓 되었다.

그중 나흘은 산을 내려오는 데 보내고 세상 속에서 보낸 기간은 엿새를 겨우 넘긴 것 같았다.

너무 짧은 기간이라 확신은 제대로 서지 않지만 산 아래 세상 사람들의 춤이 너무 허술하다는 것은 느꼈다.

너무 관대한 사부를 만난 탓인지 아니면 이곳이 세상의 한쪽 귀퉁이라 아직 제대로 된 춤을 추는 인간을 못 만나서인지는 몰라도 그런 느낌은 지울 수 없었다.

필요 이상으로 큰 동작.

들숨, 날숨의 부조화.

특히 호흡의 깊이와 동작의 불일치는 이제 한심하다는 생각마저 들게 했다.

하긴 처음 자신이 용무 동작에 호흡을 겨우 일치시켰을 때도 그랬다.

그땐 자신도 그게 전부인 줄 알았다.

그러나 사부의 호통은 여전했고, 그때부터가 용무의 시작이었다.

자신으로서는 전혀 느끼지 못한 들숨, 날숨에 따른 천차만별의 깊이 차이.

그 깊이를 완벽히 조절하고 천룡의 숨결을 느꼈을 때 비로소 용무 동작 한 가지를 완성하고 호흡에도 색깔이 있음을 알았다.

온몸을 감싸는 탁하고 어두운 색깔들.

산 아래 세상에서 사는 사람들의 호흡은 대부분 그랬다.

사부의 전신에서 느껴지던 찬란한 광휘 같은 색깔은 눈을 씻고 찾아보아도 보이지 않았다.

온통 먹구름 같은 탁색(濁色) 일변도였다.

지금 마주하고 있는 이자 역시 그랬다.

먹구름 색깔은 아니었지만 냄새 나는 거름 똥 같은 색이었다.

'내 몸 주변을 감싸고 있는 호흡의 색깔은 어떤 것일까?

진우청의 뇌리에 그런 궁금증이 일었다.

아쉽게도 자신의 몸을 둘러싼 호흡의 색깔은 읽을 수가 없었다.

천룡의 숨결을 깨닫고 그에 맞춰 춤을 추기 시작할 대부터는 호흡이 탁하다는 사부의 호통은 줄어들었다. 그리고 추방을 당할 즈음에는 그런 호통은 거의 듣지 않았으니 사부의 몸을 둘러싼 그런 색깔은 아니더라도 최소한 이자에게서 느껴지는 썩어 문드러진 거름 같은 색깔은 아닐 것이다.

"용무를 열심히 추면 네놈 몸뚱어리 하나는 네 마음대로 움직일 수 있느니라."

사부의 목소리가 귓전을 울렸다.

'고지식한 노인네.'

그동안 칭찬이라도 한 번 제대로 해주었으면 지금 이렇게 혼란스럽지는 않을 것 아닌가?

제자를 칭찬하면 돌산이라도 무너질까 저어하던 노인네였지만 딱

한 번 칭찬 비슷한 말을 한 것 같기도 하다.

수없이 넘어지고 자빠지면서도 잠시 후면 멀쩡히 일어서서 용무를 추는 제자를 보며 끈기 하나만은 타고났다고 했다.

어찌 들으면 칭찬이 아닌 것도 같았지만 호통이 곁들지 않은 처음이자 마지막 평가였으니 칭찬이라 생각해도 무방하리라.

'그것 말고 용무에 관한 칭찬을 몇 번만 더 해주었어도…….'

쓰디쓴 웃음을 피워 올린 진우청은 왕자생을 쳐다보았다.

"와하하!"

비무 신호가 떨어지자 침을 꿀꺽 삼키던 관중들은 비무에 임하는 진우청의 자세에 또 한 번 웃음을 터뜨렸다.

은광이 칼날처럼 사방으로 쏟아지는 비발을 든 왕자생의 자세에 비해 진우청의 자세는 너무 허술해 보였다.

그들의 눈에 비친 진우청의 모습은 지금 뭘 어떻게 해야 할지 모르겠다는 것처럼 어정쩡하게 보였다.

진우청의 그런 자세에 왕자생도 미미하게 표정을 일그러뜨렸다.

어떻게 보면 아무것도 모르는 촌놈이 이곳이 뭐 하는 곳인지도 모르고 얼떨결에 비무대 위로 올라온 것 같았지만 다르게 보면 상대인 자신을 한참 얕잡아보는 자세와도 같았다.

왕자생은 아래위로 양손을 뻗어 기수식을 취한 모습에서 서서히 자세를 변화시켰다.

그때까지도 진우청은 그대로 서 있었다.

천천히 두 개의 비발을 가슴으로 모아가던 왕자생이 오른손을 쭉 뻗었다.

째앵—

미세한 파공음 한 가닥과 함께 비발이 반원을 그리며 진우청의 목을 향해 날아들었다.

그제야 진우청의 신형이 움직였다.

느릿하게 움직이는 것 같았는데 어느새 왕자생의 비발은 진우청의 신형이 있던 자리를 지나 허공을 선회하고 있었다.

그때 왕자생의 다른 손도 득달같이 휘둘러졌다.

먼저 허공을 가른 비발의 은광이 사라지기도 전에 다른 손등에 붙어 있던 비발이 꼬리를 물고 선회하고 있었다.

진우청은 슬쩍 상체를 흔들었다.

각지동이 같이 굵은 상체로서는 전혀 어울리지 않는, 미풍에 갈대가 흔들리는 듯한 자연스럽고 유연한 움직임이었다.

"와아—"

진우청이 최소한의 동작으로 두 번에 걸친 왕자생의 날카로운 공격을 피해내자 장내에는 함성이 울려 퍼졌다.

처음에는 무척이나 불안한 모습이었지만 왕자생의 공격을 피해내는 동작은 어딘지 모르게 유려하고 한 가닥 여유까지 엿보였다.

그것이 관중들을 서서히 들뜨게 만들고 있었다.

"이젠 준비가 됐겠지, 애송이?"

두 번의 연속 공격을 펴부은 왕자생은 낮은 목소리와 함께 이빨을 드러냈다.

늑대의 송곳니처럼 드러나는 이빨이 짙은 피 냄새를 풍기고 있었다.

"준비까지 하지 않아도 그런 접시 정도야 충분히 막을 수 있을 것 같소."

진우청은 길게 숨을 내쉬며 왕자생의 말에 대꾸했다.

"건방진 놈! 내가 말한 것은 비무 준비가 아니라 죽을 준비를 말하는 것이다!"

그 말과 함께 왕자생의 신형이 팽이처럼 회전하며 은빛 비발 두 개가 순식간에 열 개도 넘는 환영을 만들어냈다. 그리고 진우청을 향해 무너지는 돌더미처럼 쇄도해 들었다.

휘리릭—

무표정하게 비발을 쳐다보던 진우청의 두 손이 춤을 추듯 움직였다.

촤아악—

진우청의 손과 은빛 비발이 마주치는 곳에서 흡사 폭포 줄기가 갈라지는 것 같은 이상한 소리가 흘러나왔다.

뼈가 없는 연체동물처럼 움직이는 진우청의 두 손은 수십 개의 환영을 남기며 전신을 향해 날아드는 비발의 등 부분을 마치 어린아이의 머리를 쓰다듬듯 쓰다듬으며 모두 막아내고 있었다.

물줄기가 갈라지는 듯한 소리는 비발의 둥근 등 부분이 진우청의 손바닥에 스치며 나는 소리였다.

천룡탐주(天龍貪珠)!

천룡이 구슬을 탐하듯 진우청의 넓은 손바닥은 왕자생의 비발을 여의주 삼아 마음껏 탐하고 있었다.

"와아아—"

관중석에서 다시 우레와 같은 고함이 터졌다.

왕자생의 살벌한 공격을 맨손으로 너무 쉽게 막아내는 진우청의 움직임에 관중들은 훨씬 더 흥분하며 아낌없는 찬사를 보냈다.

"태극권이다!"

관중들 중 누군가가 목청을 높였다.

그의 말대로 진우청의 손놀림은 강함과 날카로움을 부드러움으로 막아내는 태극권과 닮아 있었다.

그러나 태극권의 웅혼한 동작에 비해 훨씬 간결하고 실질적인 움직임은 결코 태극권이 아니었다.

"태극권이 아니라 연화궁(蓮花宮)의 금나수법이다!"

또 다른 사람이 고함을 질렀다.

연화궁은 산서성의 오대산(五臺山) 깊은 곳에 있는 여인들만으로 이루어진 문파이다.

모습을 잘 드러내지 않았지만 어쩌다 한 번씩 세상으로 나오는 연화궁의 여인들은 빼어난 미모에 고수였다.

진우청의 유연한 움직임을 보고 누군가 연화궁 여인들의 금나수법과 무공 동작을 떠올린 모양이었다.

"대대로 미인만 나오는 연화궁에서 이번에야말로 절세의 미녀가 탄생했구나!"

"와하하하!"

장내는 다시 한 번 웃음바다가 되었다.

"인장호와 같이 다니는 계집애 같은 놈이 날 죽이라고 했소?"

관중들의 함성 속에서 진우청은 왕자생을 향해 불쑥 질문을 던졌다.

그러면서도 손은 여전히 왕자생의 비발을 쓰다듬고 있었다.

"찢어 죽일 놈!"

왕자생이 마침내 공격을 멈추고 한 발 뒤로 물러섰다.

뒤로 물러선 왕자생의 얼굴은 참을 수 없는 분노로 처참하게 일그러져 있었다.

네 건의 살수행을 수행하며 단 한 번도 이런 꼴을 당한 적이 없었다.

뿐만 아니라 그의 무기를 본 사람은 이전까지 아무도 없었다.

그의 무기를 본 순간이 이승을 하직하는 순간이었기에 살아 있는 사람들 중에서는 그의 무기를 본 사람이 없을 수밖에 없었다.

무흔살수(無痕殺手)!

그것이 왕자생의 진정한 신분이었다.

동방회의 밀명을 받고 움직이는 살수로 소리없이 목적한 상대를 죽이고 아무런 흔적없이 사라졌기에 그는 무흔살수라는 별호를 얻었다.

섬전처럼 선회하며 날아드는 비발에 당한 상처는 도나 쾌검에 당한 것과 흡사했기에 누구도 지금의 왕자생을 무흔살수라 상상하지 못했다.

다섯 번의 살수행만 마치면 계약이 끝난다.

그럼 계약된 금액을 받고 음지에서 양지로 나와 남부럽지 않은 일가를 이룰 수 있다.

네 번은 이미 성공했다.

마지막인 다섯 번째 살수행은 이곳에서 행하기로 되어 있었다.

지시만 내려진다면 그게 누구든지 이전처럼 아무런 흔적없이 목숨을 거둘 생각이었다.

그런데 마지막 살수행은 장소나 대상이 정말 이해가 가지 않았다.

무릇 살수행이란 아무도 없는 곳에서 소리없이 행해진다.

특히 자신은 아직 한 번도 모습을 드러내지 않은 살수가 아닌가?

그런 자신에게 비무대 위에서의 살수행은 어이마저 없게 만들었다.

그러나 어차피 이번을 마지막으로 음지를 벗어나려 하고 있었기에 큰 상관은 없었다.

문제는 그런 계획이 처음부터 꼬이려 하는 데 있었다.

여전히 정체는 드러나지 않았지만 자신의 무기를 처음으로 만인 앞에 드러내는 자리에서 기가 막히는 꼴을 당한 왕자생의 얼굴은 좀처럼 제 색깔을 찾지 못하고 더욱 검게 타 들어갔다.

아울러 호흡의 색깔 역시.

왕자생은 이젠 자신의 정체가 드러나는 일이 있더라도 자신의 필살기를 써야겠다고 결심했다.

박쥐처럼 어둠 속에 파묻혀 상대의 빈틈만 노리는 인생이었지만 그역시 한 명의 무인인바, 무인 특유의 호승심이 없을 수 없었다.

왕자생은 손바닥에 굳게 쥔 비발을 느슨하게 앞으로 늘어뜨렸다.

"그 질문에 대답하기 싫다면 관두시오. 대신 다른 질문을 하나 하겠소. 당신은 고수 수준이오? 다시 말해, 이곳 비무대회어 걸린 일만 냥을 딸 만한 실력을 지녔소?"

진우청은 사뭇 진지한 표정으로 왕자생을 쳐다보며 질문을 던졌다.

왕자생은 온 얼굴, 온몸으로 살기를 활화산처럼 내뿜었다.

"십만 냥도 부족하다, 이 곰 같은 놈!"

왕자생은 기합을 지르며 팔을 휘둘렀다.

느슨하게 쥐었던 비발이 손을 빠져나가며 빛살처럼 허공을 갈랐다.

"정말 고맙소!"

진우청은 가슴속으로 한 가닥 열기가 치솟아오름을 느끼며 왼쪽 발을 옆으로 내디뎠다.

스르르—

진우청의 발이 빙판 위에서 미끄러지듯 순식간에 반 장 가까이 미끄러졌다. 그와 함께 신형 역시 흐릿하게 잔상을 남기며 그 자리에서 사라졌다.

'헛!'

왕자생은 외마디 신음을 삼키며 나머지 비발마저 진우청을 향해 던졌다.

미끄러졌던 진우청의 신형이 다시 제자리로 돌아오며 비발 두 개가 헛되이 허공을 가르고 왕자생의 손에 잡혔다.

슈아악―

진우청의 신형이 다시 미끄러졌다.

두꺼운 나무판으로 반질반질하게 다듬어진 비무대 바닥이었지만 그동안 여러 차례의 비무와 헛된 공격 뒤에 따르는 타격으로 거북이 등껍질처럼 거칠어졌다. 그러나 그 위를 미끄러지는 진우청의 움직임은 흡사 빙판 위를 거니는 것 같았다.

진우청의 신형이 왕자생을 향해 급격히 거리를 좁혀오고 있었다.

쌔애앵―

왕자생의 비발이 다시 허공을 날았다.

훨씬 더 현란하게 움직이며 허공에서 자유자재로 방향을 바꾸는 은빛 비발이 가까이 다가온 진우청의 신형을 양단할 듯 쏘아졌다.

촤아악―

다시 폭포 줄기가 갈라지는 듯한 소리가 들렸다.

위기감을 느낀 왕자생은 급히 손목을 안으로 잡아당겼다.

비발이 허공 중에서도 자유자재로 움직이는 이유는 은사 때문이었다.

왕자생은 은사를 당김과 동시에 출렁하고 은사에 진동을 가미시켰다.

그 진동은 비발의 방향을 급격히 바꾸어 상대의 목과 심장을 동시에 자르는 수법이었다.

그러나 왕자생은 은사를 통해 전해져 오는 뭔가 이질적인 감촉에 두 눈을 크게 떴다.

급격히 방향을 바꾸며 날아올라야 할 비발 두 개가 자석에라도 붙은 것처럼 진우청의 손바닥에 붙어 움직이지 않았다.

"이 무슨?"

자신도 모르게 소리를 지른 왕자생은 미친 듯 손목을 흔들었다.

그러나 여전히 두 개의 비발은 진우청의 손바닥에 달라붙어 움직이지 않았다.

기겁을 한 왕자생은 줄다리기를 하듯 무조건 은사를 잡아당겼다.

그 순간 진우청이 양손을 강하게 부딪쳤다.

콰앙!

진우청의 양 손바닥에 달라붙어 있던 비발이 서로 부딪치며 비무장이 떠나갈 듯한 굉음을 토했다.

"크윽!"

팽팽하게 당겨진 은사를 통해 항거할 수 없는 진동 한줄기가 온몸으로 스며드는 느낌을 받은 왕자생은 비명을 내지르며 비틀거렸다.

진우청은 손바닥에 달라붙은 두 개의 비발로 각각에 묶인 은사를 끊은 후 바닥에 내팽개쳤다. 그리고 왕자생에게로 다가갔다.

"이왕이면 한철로 만든 접시를 들고 올 것이지."

애석한 듯 한마디 중얼거린 진우청은 왕자생의 멱살을 잡고 신형을 틀었다.

왕자생의 몸이 허공으로 솟구쳐 올랐다가 급전직하로 떨어져 내렸다.

쿠웅!

비무대 바닥이 비명을 지르며 왕자생의 신형이 그의 독문병기인 은빛 비발과 함께 나뒹굴었다.

第十四章

탈명철검(奪命鐵劍)

탈명철검(奪命鐵劍)

관중석에서 다시 우레와 같은 박수 소리가 터져 나왔다.

허술하기 짝이 없던 청년이 음험하기 짝이 없어 보이던 무기를 맨손으로 막아내고 승리를 거둔 것은 정말 뜻밖이었다. 그리고 그런 결과야말로 기다리던 장면이었다.

"저럴 수도 있는가?"

백운 노인은 멍하니 진우청을 바라보며 중얼거렸다.

생전 처음 들어보는 이름이었지만 왕자생의 비발 다루는 솜씨가 어떤 경지인지 짐작이 갔다.

그런데 진우청이 그걸 맨손으로 막아내는 것은 보고도 믿을 수가 없었던 것이다.

"그렇죠, 할아버지? 무기만 그럴듯하면 뭘 해요, 실력이 있어야죠.

그러니 맨손에도 당하죠.”

상황을 제대로 파악하지 못한 조수아는 백운 노인의 말에 맞장구를 쳤다.

그녀는 날카로운 날 부분을 놔두고 끝까지 비발의 둥근 등 부분으로 진우청의 손을 공격한 왕자생의 행동을 전혀 이해할 수가 없었다.

그럴 바에야 차라리 같이 맨손으로 공격하는 것이 나을 것 같았다.

“허허!”

백운 노인은 웃음을 터뜨렸다.

움직임이란 상대적인 것.

아무리 빠르게 움직이는 물체도 더 빠르게 움직이는 물체 옆에서는 느리게 보일 수밖에 없다.

그리고 한 번도 제대로 뿌려보지 못하고 진우청의 손에 의해 사전에 투로가 막혀 버린 왕자생의 비발 공격은 만들다 그만둔 수레바퀴처럼 엉성할 수밖에 없었다.

그걸 객관적인 시각에서 판별할 수 있는 안목을 아직 갖추지 못한 손녀에게 세세히 설명해 줄 여유를 가지지 못한 백운 노인은 한줄기 웃음으로 대답을 대신하고는 진우청을 향해 다가갔다.

그러나 진우청에게 먼저 다가가는 사람들이 있는 것을 본 백운 노인은 걸음을 멈추었다.

빙판 위를 미끄러지듯 왕자생을 상대하던 순간과는 달리 쿵쿵거리며 비무대 아래로 내려온 진우청은 관중들 사이로 파고들다가 마주 오는 일단의 사람들을 보곤 우뚝 걸음을 멈추었다.

비무대회에 출전하는 유화결을 따라 유가검보의 사람들이 막 관중석에 들어서며 진우청과 마주친 것이다.

처음 볼 때는 주정뱅이 사내로 보였고, 두 번째 봤을 땐 작은 나무 막대기 하나로 괴한들을 거꾸러뜨리는 실력을 발휘하던 사내 유화성과 그 옆으로 면사여인이 보였다.

진우청은 잠시 할 말을 잃고 두 사람을 쳐다만 보았다.

"아직 이곳을 떠나지 않았나?"

유화성은 정말 뜻밖이라는 표정으로 진우청을 향해 말했다.

"어쩌다 보니 그렇게 됐습니다. 용소루에서 다 찾아 먹지 못한 밥값이 아깝기도 하고."

진우청은 그때 일이 떠올라 계면쩍게 웃으며 말했다.

"자네 식성으로 보아 하루나 이틀이면 다 찾아 먹을 줄 알았는데 아껴 먹은 모양이군. 그건 그렇고, 정말 의외일세."

마차에서 방금 막 내려 이곳에 도착했기에 진우청이 비무를 벌이는 모습은 보지 못했지만 진우청의 상대가 바닥에 길게 뻗어 있는 상황은 쉽게 납득이 가지 않았다.

유화성은 아직까지 비무대 바닥에서 일어나지 못한 채 몇몇 사내들에게 팔다리를 잡혀 들려지고 있는 왕자생에게로 눈길을 한 번 준 후 진우청에게 시선을 돌렸다.

처음처럼 담담한 말투와 변함없는 표정이었지만 눈빛은 이채를 발하고 있었다.

너무 깊어 오히려 아무도 깊이도 느낄 수 없는 눈빛.

진우청은 유화성을 보며 문득 이여옥의 모습을 떠올렸다.

뭔지 모르지만 두 사람에게서는 공통점이 느껴졌다.

세찬 폭풍우가 지나간 뒤 온통 잎이 찢진 채 화원에 피어 있는 꽃 같다고나 할까?

“내 얼굴에 뭐가 붙었나?”

대답은 않고 멀뚱히 쳐다보는 진우청을 보고 유화성은 얼굴을 쓰다듬으며 말했다.

“아닙니다. 저야말로 의외로군요.”

“으응? 뭐가 말인가?”

유화성은 다시 한 번 얼굴을 쓰다듬었다.

“술에 안 취한 모습을 볼 수 있을 줄은 몰랐는데…….”

진우청은 유화성의 입에서 옅은 술 냄새를 맡았지만 술이 취한 것 같지는 않아 보였다.

“킥!”

진우청의 말에 뒤에 있던 유화경이 실소를 터뜨렸다.

진우청은 그녀와 또 다른 사람도 유화성의 일행임을 짐작하며 잠시 시선을 돌렸다.

유화성과 닮은 구석이 있는 여인, 아니, 소녀.

그리고 날카로운 눈빛이 인상적인 청년.

그 뒤로 여러 명의 무사들.

‘검보라더니 만만찮은 고수들이 수행하고 있군.’

진우청은 새삼 유화성의 가문을 떠올리며 그들을 쳐다보다가 백봉령주와 눈이 마주쳤다.

처음 봤을 때는 눈빛이 심하게 흔들렸지만 지금은 조금도 흐트러지지 않는 모습으로 무심하게 시선을 돌리고 있었다.

그때 마차 안에 앉아 있을 때는 이상한 면사로 얼굴을 가리고 있었으니 서로 모르는 사람으로 치부할 수 있었다.

그 후 자신은 이 여인이 괴한들에게 쫓기다가 유화성에게 구해지던 모습까지 목격했지만 그녀가 자신을 모르는 사람으로 간주한다면 그럴 수밖에 없었다. 그리고 그게 편할 것 같았다.

그때 유화성의 목소리가 다시 들렸다.

"아침부터 한잔 걸쳤는데 여기까지 오며 다 깼다네. 그러고 보니 우리 인사도 나누지 않았지? 옷깃만 스쳐도 인연이라 했는데 이렇게 다시 만났으니 인사 정도는 해야겠지. 난 유화성이라고 하네. 자네가 본 대로 하릴없는 주정꾼일세. 그리고 이분은 이 소저이고… 내 동생 화결과 화경일세."

유화성은 빠르게 자신과 백봉령주, 그리고 두 동생을 소개했다.

진우청은 얼떨결에 다시 한 번 백봉령주와 눈을 맞추고 뒤이어 유화결과 유화경에게도 포권을 해 보였다.

담담한 유화성의 눈빛과는 달리 유화결은 찌르듯이 진우청을 쳐다보았다.

비무대회에 같이 참가한 이상 누구든 무기를 맞대거나 주먹을 맞대어야 할 상대가 될 수 있었다.

대진 운이 이상하게 꼬이면 내일 결선 첫 판에 마주칠지도 몰랐다.

그런 생각이 유화결의 눈빛을 더욱 날카롭게 만든 것 같았다.

진우청은 잠시 유화결과 눈을 마주했다.

냉철한 인상이었지만 왠지 호감이 가는 사내였다.

물론 그 이면에는 유화성의 동생이라는 생각이 자리했기 때문이겠지만 흠집 하나 없이 잘 벼리어진 검 같은 느낌이 오히려 마음을 편안하게 했다.

나이도 자신과 비슷할 것 같았다.

그 나이에 이런 기운을 풍기는 것이 결코 쉽지 않다는 생각이 들었다. 특히 지금 자신이 이 사내와 같은 모습이라면 조부께서 무척 좋아하실 것이라는 생각에 진우청은 내심 고소를 지으며 입술을 움직였다.

“저는 진우청이라고 합니다. 이곳저곳 여행 중인데 어쩌다 보니……”

진우청은 계속 가명을 쓸까 망설이다 이 사내에겐 그러고 싶지 않다는 생각과 함께 본명을 간단히 밝히고는 주위를 둘러보았다.

진우청은 주변의 모든 시선이 자신에게로 고정되어 있는 것을 느끼고는 어리둥절한 표정을 지었다.

자신이 위험한 무기를 사용하는 중년인을 이기긴 했지만 그래도 이건 너무 과한 관심 같았다. 그러나 곧이어 그 많은 시선이 유화성 일행에게로 쏠리고 있음을 알았다.

인장호와 숙명적인 대결을 벌이게 될 유화결, 그리고 한때는 기재로 알려졌지만 이젠 주정뱅이가 되어버린 유화성과 유가검보의 금지옥엽인 유화경의 등장은 모든 사람들의 시선을 끌기에 부족함이 없었다.

진우청은 유화성과 인사를 나누다 괜히 자신까지 또 한 번 세인들의 시선을 받고 있음을 느끼고는 얼른 포권을 했다.

“그럼 저는 잠시 휴식을 취해야겠으니 이만……”

진우청은 서둘러 유화성 일행에게서 멀어지며 관중 속으로 파고들었다.

진우청의 모습이 사라진 후 유화성 일행은 자리에 앉았다.

점심때가 다 된 시간이라 비무장 주변에는 입추의 여지가 없었지만 유가검보의 사람들을 위한 자리는 쉽게 마련되었다. 음으로 양으로 유가검보의 도움을 받고 있는 사람들이 서둘러 일어서 자리를 만들었기 때문이다.

"방금 그 친구는 누구야?"

자리에 앉아 잠시 비무대와 비무대 주변을 가득 메운 사람들을 바라보던 유화결은 유화성을 향해 질문을 던졌다.

낯익은 얼굴도 아니었고, 어느 모로 보나 형 유화성과는 안 어울리는 사람 같았던 것이다.

"며칠 전에 용소루에서 우연히 만난 청년인데 왠지 끌리는 구석이 있어서……."

유화성은 유화결의 눈치를 보며 말끝을 흘렸다.

"형이 만난 사람 중에 안 끌리는 사람이 있었어?"

유화결은 언성을 높였다.

형 유화성은 어려서부터 사람 사귀는 데 격의가 없었다. 그 때문에 항상 쓸데없는 손해를 보았다. 그리고 때때로 그 손해는 적지 않은 상처를 남기기도 했다.

유화결은 언제나 그것이 불만이었다.

"대체 이번에는 그 친구의 어떤 부분이 마음에 들어서 나하고 화경이까지 줄줄이 소개를 시켜준 거야? 이러다간 형 때문에 만나는 사람마다 형, 동생 하며 인사하기 바쁘겠어."

유화결은 인상을 쓰며 말했다.

"두루두루 사람 사귀는 게 뭐가 나쁘다고 그래? 작은오빠는 괜히 야단이야!"

유화결의 목소리가 점점 높아지자 유화경이 눈을 흘기며 유화성의 편을 들었다.

"그걸 말하는 게 아니야, 나는."

유화결은 사람을 사귀어도 가려가며 사귀고, 함부로 마음을 열지 말란 말을 하려다가 옆에 있는 백봉령주를 보며 입을 다물었다.

따지고 보면 그녀의 정체에 대해서 아무것도 아는 것이 없었다.

곤경에 처한 여인을 구해준 것까지는 어쩔 수 없다.

구해와서 며칠 돌보아주어 몸을 추스를 수 있으면 가던 길을 가게 해야지 이곳까지 데리고 오는 것은 내키지가 않았다.

"알았으니 그만 해라. 네가 그러면 나는 자꾸만 겁이 나서 수전증이 심해진다."

유화성은 슬쩍 오른손을 떨며 유화결을 만류했다.

"그게 어째서 나 때문이야? 하루 종일 술만 마시니……."

유화결은 버럭 역정을 내다 고개를 저었다.

"휴우! 관두자, 관둬. 형하고 말씨름하다가는 비무대에 올라가기도 전에 힘 다 빠지겠어."

유화결은 한숨을 내쉬며 비무대를 향해 시선을 돌렸다.

"그런데 아까 그 사람, 실력은 꽤 있는 모양인가 봐. 우리가 도착할 때쯤 이곳 강변이 떠나갈 듯 함성이 울렸잖아. 그건 저 사람이 멋지게 일승을 거두었단 말이잖아? 외양으로 봐선 전혀 아닌데……."

유화경은 방금 마주한 진우청이 실력있는 사람이란 것이 못내 믿기지 않는다는 표정으로 유화성을 쳐다보았다.

우선 보통 사람에 비해 한참 큰 덩치는 어딘지 모르게 둔한 인상을 주었다. 또 자신들의 눈길이 부담스러운지 어색한 미소와 함께 황급히 관중 속으로 사라지는 모습은 자칫하면 생명을 잃을 수도 있는 비무대회보다는 통나무 나르기나 바위 들어 올리기 대회가 훨씬 어울릴 것 같았다.

그리고 무엇보다 의복이 날개란 말이 있는데 그 옷차림은 실소를 참아내기 어려울 정도였다.

"글쎄다. 비무를 하는 모습을 보지 못했으니 단정적으로 무어라 말하긴 어렵겠지만……."

유화성은 진우청을 처음 만났을 때를 떠올렸다.

그때 용소루에서 휘주삼귀와 마주쳤을 때 그중 한 놈의 주먹을 피하던 진우청의 동작이 쉽게 뇌리에서 사라지지 않았다.

그때는 취기도 심했고 관심도 가지지 않아 착각을 일으킨 줄 알았는데 점점 그게 아닌 것 같았다. 그래서 그때 나서지 말고 좀 더 지켜봤더라면 하는 아쉬움도 들었다.

"뭔가 있다는 것 같은 표정인데?"

유화성이 말끝을 흐리며 생각에 잠기자 유화경은 호기심 어린 눈으로 유화성을 쳐다보았다.

"그냥 배고픈 평범한 청년이든지……."

"아니면?"

유화경의 까만 눈동자가 더 검게 물들었다.

"아니면… 표풍검법으로도 옷깃 하나 건드릴 수 없는 신법을 구사하는 고수일지도 모르지."

"그 덩치로? 깔깔깔!"

유화성의 대답에 유화경은 마침내 교소를 터뜨렸다.

외공의 고수일지도 모른다고 했으면 조금이나마 수긍이 가겠지만 표홀한 신법을 구사하는 고수란 말은 전혀 상상이 되지 않았다.

유화경은 웃음을 멈추고 유화결을 쳐다보았다.

"작은오빠, 큰일났어. 큰오빠가 그러는데 아까 그 사람, 우리 가문의 검으로도 옷깃 하나 못 건드릴 만한 고수래."

유화경은 장난기 어린 눈으로 유화결을 쳐다보며 말했다.

"그만 떠들고 구경이나 해!"

"얼음 작대기 아니랄까 봐."

유화결이 꽥 하고 고함을 지르자 유화경은 혀를 날름 내밀며 약을 올리다가 문득 백봉령주를 쳐다보았다.

백봉령주는 온갖 복잡한 생각들로 유화경의 의구심 가득한 시선도 의식하지 못하고 있었다.

"왜 그러세요, 언니? 무슨 걱정거리라도……?"

유화경은 백봉령주의 안색을 살피다가 뭔가 생각난 듯 얼른 검갑에 손을 댔다.

"혹시 그때 언니를 쫓던 자들이……?"

유화경은 급히 고개를 들어 사방을 살폈다.

"아, 아니에요. 그냥 좀 현기증이 나서……."

백봉령주는 자신의 실수를 깨닫고는 얼른 머리를 흔들며 안색을 바꾸었다.

이곳에 도착하자마자 낮도깨비 같은 청년을 다시 만날 줄은 몰랐다. 특히 그 청년이 이곳 비무대회에 출전할 줄은 정말 몰랐다.

현기조장 묵시량의 보고를 통해 보통 실력이 아닌 줄은 짐작하고 있었다. 그리고 묵시량은 그 청년이 절대로 동방회의 인물은 아닐 것이라고 단언했다.

그 이유는 명확히 밝히지 않았지만 현기조장 묵시량은 그걸 확신하고 있었다. 그래서 자신도 그렇게 단정 지으려 했지만 이곳에 나타나 비무대회에까지 참석하는 걸 보니 감당할 수 없을 정도로 혼란스러웠다.

이곳에서 설치고 있는 동방회의 움직임이 조금씩 머리 속에서 그려질 듯하다가도 진우청의 모습만 떠올리고 나면 온통 헝클어지는 것이다.

아무것도 모르는 듯하지만 모든 것을 알고 있는 것 같은 유화성의 말대로 진우청이 정말 그만한 고수이고 동방회의 인물이라면 모든 것은 처음부터 다시 생각해 보아야 한다.

그건 최악의 경우이다.

그건 동방회가 이미 자신들의 정체를 알고 있다는 말이 되니까.

그러나 아직은 진우청이 동방회의 인물이란 확실한 증거는 없다.

어쨌든 유가검보를 벗어나 이곳에 오기를 잘한 것 같았다.

현재 동방회가 가장 관심을 기울이고 있는 데가 이곳 비무대회장이니 이곳에서 모든 움직임들을 세세히 관찰하다 보면 그들이 노리는 것이 무엇인지 좀 더 가깝게 접근할 수 있을 것 같았다.

그때 주변에서 웅성거리는 소리가 높아졌다.

"탈명철검(奪命鐵劍) 조탁(曹卓)이다!"

누군가의 들뜬 목소리와 함께 갑자기 비무대 주변이 급속도로 소란스러워졌다.

백봉령주는 상념을 접고 비무대 위로 시선을 돌렸다.

비무대 주변은 점점 더 소란스러워지다가 나중에는 바로 옆에 있는 사람의 말소리도 들리지 않을 정도로 시끄러워졌다.

탈명철검 조탁.

그 이름 하나가 온 비무대 주변을 격동시키고, 한참이 지나도 그 격동은 가라앉지 않고 있었다.

'왜 저 사람이……?

백봉령주는 비무대 위에 서 있는 사십대 중반 정도의 사내를 보고 경악한 눈빛을 했다.

탈명철검 조탁은 이곳 휘주의 촌부라도 그 이름을 모르는 사람이 없을 정도의 고수였다.

그런 명성에 걸맞지 않게 그가 들고 다니는 검은 평범한 철검이었다.

그리고 격렬한 대결이 있고 나면 아무런 미련 없이 바꾸기도 자주 하였다. 물론 그 무게와 생김새는 거의 똑같게 만들었다. 그러니 지금 들고 있는 검은 지난번 싸움에서 들고 있던 그 검이 아니라고 해도 과언이 아니었다.

그러나 그가 들고 온 철검은 어떠한 보검보다 날카로웠고, 그 철검에 마주쳐서 멀쩡한 모습을 유지한 보검은 여태 한 자루도 없었다.

그는 검객에게 있어 중요한 것은 검이 아니라 검을 든 손이라는 지극히 고리타분한 이론을 지독히 신랄하게 일깨워 준 사람이었다.

또한 그는 정파인들에게서는 사파인으로, 그리고 사파인들에게서는 정파인으로 내몰리는 사람이었다.

그런 이상한 경계는 그의 검법 때문이었다.

검에만 너무 몰두하는 성격과 너무 강한 검격에 일단 한 번 뿌리면 어김없이 상대의 목이 달아났다.

그건 정파인에게나 사파인에게나 똑같았다.

그래서 정파인들은 그를 사파인으로 내몰았고, 사파인들은 그를 정파인으로 낙인찍으며 이를 갈았다.

하지만 그는 그런 것에 전혀 신경 쓰지 않았다.

그가 신경 쓰는 것은 오로지 자신의 손에 들린 철검과 자신보다 더 검을 잘 휘두를 것 같은 사람들이었다.

그런 사람이 이곳 비무대 위로 올라온 것은 정말 의외였다.

단언컨대 탈명철검 조탁은 결코 상금 일만 냥이 탐나서 이곳에 올 사람이 절대 아니었다.

'대체 이자들은……?'

백봉령주는 아직까지 진정되지 않은 표정으로 탈명철검 조탁을 바라보았다.

사십대 중반 정도의 외양이었지만 실상은 오십을 훨씬 넘긴 사람이었다.

모든 정력을 한 자루 철검에만 정심하게 쏟아 부은 덕에 나이보다 훨씬 강건하고 젊어 보였다.

갈피를 못 잡고 있던 백봉령주의 눈이 잠시 후 두 배 가까이 커졌다.

예상을 불허하게도 자신의 옆 자리에 앉아 있던 유화성이 조탁과 비무를 벌일 사람을 찾는 소중부의 고함 소리에 답하며 벌떡 일어서고 있었다.

"혀, 형!"

"큰오빠!"

상상도 못한 사태에 유화결과 유화경이 얼이 빠진 표정으로 소리를 질렀다.

그러나 유화성은 자신을 쳐다보는 소중부를 향해 검까지 번쩍 쳐들어 답하고는 몸을 움직였다.

"형, 미쳤어?"

잠시 얼이 빠져 있던 유화결이 벼락처럼 다가서 유화성의 앞을 가로막았다.

술 냄새는 아직 다 가시지 않았지만 취기는 없었다. 설사 취했다고 해도 탈명철검 조탁이 누군지 모를 사람이 아니었다. 그런데도 유화성은 망설임없이 비무대로 향하려 했다.

"왜 이래, 형? 조탁이 누군지 잊어버린 거야?"

급기야 유화결이 유화성의 멱살을 잡고 흔들었다.

"탈멸철검이잖아. 그새 바뀐 건 아니지?"

유화성은 무표정하게 말했다.

"그걸 알면서도 나가려는 거야?"

"비문데 뭘. 그리고 내 평생 이런 기회가 또 올 것 같지도 않고."

유화성은 심드렁하게 답했다.

"아무리 비무라도 저 사람의 검은 너무 강해서 한 번 뿌리면 스스로도 제어가 힘들어요. 그래서 남에게 싫은 소리 한 번 안 하고도 사파인으로 몰렸어요."

이번에는 백봉령주가 나서서 숨을 몰아쉬며 말했다.

그녀의 말대로 탈명철검 조탁에게 있어서 비무와 생사를 건 대결이 다르지 않았다.

아마도 유화성은 자신들의 동료인 오 노야와 비슷한 생각으로 동방회가 수작을 벌이고 있는 이 판을 흔들 생각으로 나서는 것 같았다.

그러나 그게 조탁인 이상 너무 위험했다.

아무리 기재라 하지만 그동안 술에만 찌들어 있었기에 더 더욱 그랬다.

"한 번 받아보고 안 될 만하면 쏜살같이 내려올게. 그러니 그만 멱살이나 놓아라. 모두들 쳐다보고 있고, 그 사람들 대부분 내가 형이란 걸 아는데……."

유화성은 멱살을 잡고 흔드는 유화결의 행동이 신경이 쓰이는지 상체를 비틀었다.

"내가, 내가 나갈게, 형! 형은 손도 떨리잖아!"

유화결은 여전히 유화성의 멱살을 잡고 흔들며 소리를 질렀다.

"그냥 휘두르기만 해도 변초가 펼쳐지니 좋은 점도 있지. 그러니 제발 이 손 좀 치워라. 집에서는 상관없지만……."

"형! 내가, 내가 잘못했어! 그동안 형 대접 못해주고 볼 때마다 고함을 지른 건 형을 무시해서가 아니야! 그건 형도 알잖아!"

유화결의 목소리가 다급함을 넘어서 애원으로 바뀌고 있었다. 그러나 유화성의 태도는 조금도 바뀌지 않았다.

"그러니 우선 이 손부터 좀 치워라. 남들은 네가 윽박질러서 내가 할 수 없이 참가하는 줄 알겠다."

그제야 유화결은 주변 모든 시선들을 의식하며 움켜쥐고 있던 유화성의 가슴 옷자락을 놓았다.

정신이 없어 의식하지 못했지만 유화성의 말대로 자신의 지금 행동은 남들에게 그런 오해를 사기 딱 좋은 자세였다.

"너만은 날 믿었지?"

유화성의 멱살을 놓은 유화결이 다시 무슨 말을 하려 하자 유화성은 검을 잡지 않은 손을 들어 유화결을 제지하고는 말을 이었다.

"이곳 휘주의 모든 사람들이 나를 포기하고 나를 못 믿어도 너만은 나를 믿었지. 안 그래?"

유화성은 잔잔한 미소와 함께 말했다.

"형……."

유화결은 서서히 달라지고 있는 형 유화성의 분위기에 더 이상 앞을 가로막지 못하고 우두커니 서서 유화성의 얼굴만 쳐다보았다.

"그럼 한 번만 더 믿어봐."

담담한 어조로 말한 유화성은 훌쩍 비무대 위로 몸을 날렸다.

"노선배님의 존함은 익히 들었습니다."

탈명철검 조탁과 마주한 유화성은 포권지례를 취하며 먼저 인사했다.

조탁은 가볍게 두어 번 고개를 끄덕이며 유화성의 인사에 답했다.

평생 철검 한 자루에만 매달려 살아온 사람답게 격식이나 예의 따위는 전혀 중요하게 여기지 않는 성품이 가벼운 고갯짓에서 고스란히 풍겨 나왔다.

그만한 명성과 그만한 실력이라면 웬만한 상대는 눈 아래에도 두지 않는다.

따라서 자신을 상대하겠다고 올라온 사람이 자신의 명성에 걸맞는 고수가 아니라 새파란 청년이라면 어이없는 표정이나 한 가닥 오만한 미소 정도는 지을 법도 하건만 탈명철검 조탁은 전혀 그런 모습을 보이지 않았다.

오히려 정반대로 조탁은 호랑이가 사자를 만났을 때처럼 아주 신중한 눈빛으로 유화성의 전신을 찬찬히 훑어보았다.

비무대 바닥을 디디고 있는 발의 모양, 다리의 생김새, 들고 있는 검과 팔목, 어깨, 마지막으로 눈빛까지.

조탁은 그렇게 필생의 대적을 만난 듯 유화성을 뜯어보았다.

그런 조탁의 모습은 유화성에게서 무슨 특별한 기운이나 위험 요소를 발견한 때문이 아니었다.

아마 유화성이 아니라 어제 처음으로 검을 든 햇병아리가 올라왔다고 해도 똑같이 행동할 것 같았다.

조탁의 눈빛에 유화성은 자신의 모든 것이 하나하나 해체되고 있는 것 같은 느낌을 받았다.

"술을 마셨나?"

잠시 동안 유화성을 뜯어보던 조탁이 불쑥 말했다.

"죄송합니다."

유화성은 왠지 그런 마음이 들어 고개를 숙였다.

"아닐세. 술이란 건 때로는 경직된 근육과 마음을 프는 데 도움이 되지. 한데 자네는 좀 과한 것 같군. 그건 오히려 역효과라네."

유화성의 손을 쳐다본 조탁이 덧붙였다.

"그건 각오하고 있습니다."

유화성이 답했다.

"젊다는 건 그래서 좋은 것이지. 잠시만 어울리다 보면 술기운쯤은 금방 달아날 걸세."

조탁은 이젠 자신의 할 말은 다 했다는 표정으로 유화성에게서 시선을 거두고 호흡을 가다듬었다.

이제껏 유화성의 머리카락 한 올도 놓치지 않고 주시하던 관심이 안개가 걷히듯 순식간에 걷히며 조탁의 관심은 한 가닥도 남김없이 자신의 검으로 쏠리고 있었다.

조탁의 모든 관심이 집중된 검은 더 이상 단순한 철검이 아니었다.

한 자루 철검은 서서히 생명을 띠며 숨을 쉬고 있었다.

어느덧 조탁이 곧 검이고 검이 곧 조탁처럼 느껴졌다.

"시작해 봄세."

검에서인지 조탁에게서인지 한줄기 목소리가 들려왔다.

유화성은 여전히 온몸의 기운을 뺀 채 미동도 않고 서서 조탁의 눈을 쳐다보았다.

절대무심!

조탁의 눈동자 안에는 아무런 생각이 담겨 있지 않았다.

쳐다보는 사람의 눈빛을 그대로 통과시켜 뒤쪽의 사물에 닿게 할 것 같았다.

"선배님 같은 분이 왜 이곳에 오셨습니까?"

유화성은 조탁의 눈을 계속 응시하며 질문을 던졌다.

절대무심을 유지하고 있던 조탁의 눈동자가 미미하게 흔들렸다.

찻잔 속의 물결 같은 작은 파도가 조금 더 커지며 투명하던 조탁의 눈동자에 생각이 어렸다.

"검이란 것이 자기가 휘두르고 싶을 때만 휘두를 수 있는 것이 아니더군."

조탁은 많은 뜻이 함축된 한마디만 하고는 다시 무심하게 유화성을 쳐다보았다.

"좋은 답변입니다."

유화성은 가볍게 고개를 끄덕이고는 검을 뽑았다.

스르릉—

고색창연한 보검이 검갑에서 뽑혀 나와 양광을 반사시켰다.

유화성은 잠시 자신의 검을 쳐다보았다.

검이란 것이 언제나 자기가 휘두르고 싶을 때만 휘두를 수 있는 것이 아니라는 조탁의 말이 아직 귓전에 남아 있었다.

대성을 이루기 위해 폐관을 하고, 그로 인해 연인의 마지막 모습조차 보지 못하고 다시는 들지 않으리라 팽개쳐 버린 검.

그러나 결국 그 검을 다시 들게 되었다.

그동안 술집에서 폐인처럼 지내며 필연적으로 온갖 종류의 인간들과 마주치고, 그들이 토해내는 온갖 종류의 이야기도 듣게 되었다.

그 이야기 속에서 아주 가끔씩 드러나는 한 가닥 이질적인 내용들.

구체적인 모습은 아직 알 수 없지만 그건 자신의 가문을 향해 은밀하게 다가오는 마수(魔手) 같다는 것을 최근에서야 느꼈다.

암운처럼 다가오는 그 마수를 이 검 한 자루로 막아낼 수 있을까?

번쩍!

청풍검(靑風劍)이 대답 대신 시린 검광을 뿜어냈다.

새하얀 검광이 무수한 상념들을 지워갔다.

유화성의 의식도 모든 것을 망각하며 표풍검법의 검로 속으로 녹아들었다.

"그럼!"

짤막한 말과 함께 표표히 서 있던 유화성의 신형이 어느새 한줄기 바람이 되어 조탁을 향해 쓸어갔다.

형체가 보이지 않는 바람 같은 검법을 마주한 조탁의 손이 빛살처럼 철검으로 향했다.

파아앗—

아무런 장식도 기광도 뿌리지 않는 철검이 바람을 잘라갔다.

한줄기 바람이 갈라지며 그 속에서 또 한줄기 바람이 불어와 비무대 위로 내려섰다.

"좋군."

조탁의 입가에 희미한 미소가 어렸다.

평생 제대로 웃어본 적이 몇 번 되지 않은 듯 어색하기 짝이 없는 웃음이었다.

“선배님의 철검, 정말 탐나는군요. 비무 중에 혹시 바꾸자고 하더라도 말려주십시오. 아무리 탐나도 술값으로 잡히는 데는 이것이 더 나을 것 같아서 말입니다.”

자신의 공격을 간단히 한 번 흔든 철검으로 무위로 돌린 조탁을 보며 유화성은 감탄스런 음성으로 말했다.

“그러지.”

한 번 더 어색한 미소를 지은 조탁이 철검을 들어 올렸다.

단순한 철검에서 바위처럼 무거운 기운이 뻗어 나왔다.

표풍검법의 표홀한 초식을 무거운 중검으로 상대할 모양이었다.

단 한 번 마주침으로 순식간에 상대가 뿌린 검법의 허실을 뚫어보고 가장 효율적인 방법을 찾아내는 조탁을 보며 유화성은 등줄기로 식은 땀이 흐르는 것을 느꼈다.

우우웅—

조탁의 철검이 진동음을 내며 느릿하게 다가왔다.

한없이 느리게 다가오는 것 같았지만 그 철검은 바람조차 빠져나갈 수 없을 만큼 모든 방향을 봉쇄하고 있었다.

유화성은 다시 바람 같은 움직임으로 청풍검을 휘둘렀다.

청풍검의 검첨에서 한줄기의 희뿌연 기운이 뻗어 나오며 조탁을 찔러갔다. 그러나 그 기운은 조탁의 철검에 마주치자 조탁을 공격하기보다는 철검이 가로막은 방위를 뚫으려는 몸부림처럼 변해 버렸다.

표풍일섬(飄風一閃)의 공격을 무력화시킨 조탁의 검이 한층 더 무거워지며 유화성을 짓이길 듯 날아들었다.

변초가 전혀 가미되지 않은 단순한 공격이었지만 그 기세가 너무 무거워 어떤 현란한 검보다도 막아내기 어려웠다.

휘리릭—

유화성의 검이 빠르게 흔들리며 다시 표풍일섬의 초식을 뿌렸다.

이미 한 번 펼쳐 무위로 끝난 초식을 다시 펼치는 것은 더없이 바보 같은 짓이었지만 유화성의 검에서 펼쳐지는 초식은 아까와 똑같은 표풍일섬이었다. 그리고 똑같이 한 가닥의 검기가 검첨에서 쏟아져 나왔다.

"작은오빠! 지금이라도 큰오빠를 말려! 어서!"

유화경은 발을 동동 구르며 유화결을 향해 소리를 질렀다.

끝까지 승부를 가져간 사람 중에 아직 살아난 사람이 없어서 탈명철검이란 별호가 붙은 조탁을 상대로 같은 초식을 두 번씩이나 연거푸 펼치는 것은 자살 행위나 다름없었다.

유화경은 유화성의 그런 공격을 오랜 피폐로 인해 파탄이 드러나고 있는 결과로 생각했다.

유화결은 으스러질 듯 주먹을 쥐며 충혈된 눈을 부릅떴다.

유화경의 말처럼 당장에라도 비무대 위로 달려가 말리고 싶었지만 이젠 그럴 수도 없었다.

그건 오히려 유화성에게 더 큰 파탄을 가져오게 할 것 같았다.

자신이 가슴 옷자락을 놓았을 때 형의 몸에서 풍기던 기운에 놀라 끝까지 말리지 못한 것이 한스러웠다.

"와아—"

관중석에서 놀란 탄성들이 울렸다.

'이건?'

유화결도 깜짝 놀라며 시선을 고정시켰다.

유화성의 검첨에서 다시 똑같은 표풍일섬에 똑같은 한 가닥의 검기가 뻗어 나오고 있었지만 이번 공격은 첫 번째와 어딘지 모르게 달라 보였다.

처음의 단순한 모습과는 달리 아지랑이처럼 흔들리는 것 같기도 했고, 검기가 훨씬 굵어진 것 같기도 했다.

그런 표풍일섬의 검기에 조탁의 철검이 급히 변화를 일으키며 수비식을 펼쳤다.

탈명철검 조탁의 일방적인 승리를 믿어 의심치 않던 관중들은 연거푸 똑같은 초식으로 탈명철검 조탁 같은 고수에게서 수비식을 펼치게 하는 유화성을 보고 다시 탄성을 질렀다.

"저게, 저게 표풍일섬이 맞아?"

새파랗게 질린 얼굴을 한 유화경은 두 번의 격돌 후 서로 한 걸음씩 뒤로 물러나는 두 사람을 보며 중얼거렸다.

그녀는 표풍검법이 아니라 화산파의 검을 익혔지만 표풍일섬은 너무 잘 알고 있었다. 방금 큰오빠 유화성이 연거푸 펼친 초식은 표풍일섬이면서도 표풍일섬이 아닌 것 같았다.

유화결은 유화경의 질문에 답을 하지 못하고 비무대 위에 눈을 고정시키고 있었다.

한 번만 더 믿어보란 유화성의 음성이 새롭게 되살아났다.

함성이 사라지고 비무대 위에서는 짧은 대치가 이루어졌다.

유화성의 투로를 읽은 듯 미미하게 고개를 끄덕인 탈명철검 조탁이 검을 들어 올렸다.

"그 나이에 그런 성취라니 정말 대단하군."

조탁은 조금도 과장없는 음성으로 유화성을 칭찬했다.

"과찬이십니다."

처음 마주 섰을 때는 가늘게 떨리던 유화성의 손이 이젠 전혀 떨리지 않은 채 검을 굳게 잡고 있었다. 그리고 처음보다 훨씬 더 표홀한 기운이 온몸 구석구석 퍼져 미풍만 불어도 바람결 속으로 스며들 것 같은 느낌을 주었다.

"이젠 호흡을 끊지 않고 계속 이어갈 것이네. 그러니 자네도 그렇게 하게."

서로 한 번씩 주고받았으니 이젠 본격적인 승부를 가리겠다는 말이었다.

다른 사람에게서 그런 말을 들었다면 안 해도 될 소리라는 생각이 들었겠지만 상대가 조탁인 이상 그 소리는 이번 격돌에서 둘 중 하나는 목숨을 잃을 수도 있다는 뜻이었기에 유화성은 긴장된 눈빛으로 조탁을 쳐다보았다.

조탁의 눈빛이 다시 절대무심으로 가라앉았다.

대결 후에 벌어질 결과에 대해서는 털끝만큼도 신경 안 쓰는, 오로지 검에만 온 관심을 집중하는 모습과 함께 조탁의 신형이 한 자루의 검처럼 변해갔다.

파앗―

휘익―

유화성의 신형이 흐릿하게 잔상을 남김과 때를 같이해 조탁의 철검이 허공을 갈랐다.

미세한 파공음마저 잘라 버린 철검이 이번에는 빛살처럼 빠르게 유화성의 가슴을 노리고 들었다.

반면 유화성의 검은 이번에도 똑같이 움직이며 표풍일섬의 검초를 펼쳤다.

이제껏 휘두르던 것과 똑같이 움직이는 검.

그리고 아지랑이가 피어오르듯 뻗어 나오는 한 가닥의 검기.

실로 단조롭고 우매하기 그지없는 수법 같았다.

그러나 그 단조로운 검초에 빛살 같은 조탁의 검이 얽히며 쇳소리가 연속적으로 터져 나왔다.

불꽃이 튀며 한 가닥의 아지랑이 같은 검기가 사라지고 조탁의 검이 수평으로 그어갔다.

지극히 단순하지만 태산이라도 가를 듯한 태산횡단(泰山橫斷)의 검초였다.

다시 유화성의 검이 표풍일섬의 초식을 펼쳤다.

이젠 바보스러울 정도였다.

그러나 단 한 사람, 유화결의 눈은 번쩍 광채를 발했다.

'설마 표풍무형(飄風無形)……?'

유화결은 눈을 부릅뜨며 내심 비명처럼 외쳤다.

표풍무형은 표풍검법 마지막 초식이다.

그리고 유가검보의 한이 맺힌 초식이다.

표풍무형의 초식은 표풍검법을 창안한 육대조 유중술마저도 이론적으로만 언급해 놓은 채 생을 마쳤고, 그 자손들 역시 아직 아무도 익히지 못한 검초였다.

표풍무형은 초식이되 초식이 아닌 절기였다.

표풍무형을 익히면 초식의 경계가 무너진다.

표풍일섬이 표풍귀일(飄風歸一) 속으로 녹아들 수도 있고, 표풍귀일이 표풍답설(飄風踏雪)의 투로를 따라 펼쳐질 수도 있었다.

천고의 기재였던 유중술은 말년에 표풍무형에 대한 가능성을 인식하고 혼신의 힘을 다해 깨우치려 했지만 결국은 한을 풀지 못하고 세상을 떠났다.

유화결은 지금 유화성의 손에서 펼쳐지는 초식이 가문의 숙원이자 한(恨)이었던 표풍무형임을 깨달았다.

지금까지 유화성이 계속 표풍일섬의 초식만 펼친 것은 그렇게 보인 것뿐이었다.

실상 유화성은 표풍무형의 초식으로 수없이 많은 변화를 주며 조탁을 상대하고 있는 것이다.

그렇기에 아직까지 탈명철검 조탁에게서 목숨을 잃지 않은 것이다.

'형!'

유화결은 온몸에 전율이 일어남을 느끼며 유화성의 움직임을 뚫어져라 쳐다보았다.

태산횡단의 수법으로 바뀌어 날아오는 조탁의 공격에 유화성의 검은 똑같은 검초를 펼쳐 내고 있었다.

그러나 이번에는 그 검초의 끝이 미세하게 달라져 보였다.

표풍일섬의 투로 속에서 표풍광망(飄風廣網)이 펼쳐지고 있는 것이다.

흔들리며 찔러가던 유화성의 검이 빠르게 움직이자 한 가닥의 검기가 일순 갈라지는 듯하더니 어느새 한 장의 그물처럼 얽히며 조탁의 전신을 덮쳐 갔다.

"차앗!"

조탁의 입에서 처음으로 기합성이 터져 나오며 태산횡단의 초식을 펼치던 검을 그대로 그어 올렸다.

차차차창!

쇠 그물이 찢어지는 소리가 나며 검기의 그물이 두 조각으로 찢어졌다.

검기의 그물 막을 찢은 조탁의 검이 그대로 유화성의 가슴을 가르고 지나갔다. 그와 동시에 유화성의 검이 조탁의 어깨를 스치고 지나갔다.

각각 가슴과 어깨에서 핏물이 스며 나오며 두 사람은 서로를 마주 보고 서 있었다.

"우우—"

탄성인지 경악성인지 모를 소란이 온 사방을 뒤덮으며 유화경의 날카로운 비명이 그 속에 묻혀졌다.

쨍강!

조탁의 오른팔과 함께 검이 바닥으로 떨어지며 피분수가 터졌다.

"수고 많았네."

조탁은 왼손으로 어깨 부근의 혈을 짚어 지혈하며 유화성에게 치하의 말을 건넸다.

"선배님이야말로."

유화성은 웃음인지 고통인지 모를 표정을 하며 답했다.

"부탁을 한 가지 해도 되겠나?"

창백한 표정의 조탁이 어렵게 어렵게 말했다.

아마도 평생 처음 하는 부탁이 아닌가 싶을 정도였다.

"제가 들어드릴 수 있는 것이라면 얼마든지요!"

유화성은 흔쾌히 고개를 끄덕였다.

"이젠 아무도 돌보아주지 못할 조카딸이 하나 있다네. 형님께서 돌

아가시며 내게 부탁하셨는데… 자네가 그 앨 좀 보살펴 주게. 이름은
조영영(曹映榮)이라 하네.”

조탁은 힘겹게 입을 벌리며 짜내듯 말했다.

유화성은 조탁의 표정에서 짙은 고뇌와 함께 말 못할 사연 한 가닥
도 같이 읽었다.

조탁 같은 사람이 이런 작은 고장의 비무대회에 나타난 것부터가 말
못할 사연 때문일 것이다.

“왜 선배님께서 직접 돌보지 않으시고 저에게 부탁을 하십니까?”

유화성은 담담한 표정으로 물었다.

조탁은 팔이 하나 잘렸다고 해서 조카딸을 못 돌볼 사람이 아니었
다.

“그 아이는 자네만한 검을 들지 않고는 보살필 수 없는 곳에 있다
네.”

조탁은 텅 빈 눈으로 유화성을 쳐다보았다.

유화성은 조탁의 눈에서 아까와는 너무 다른 무심한 기운을 느꼈다.

아까는 한 자루 검 속에 모든 의식을 불어 넣음으로써 나타나는 절
대 무심이라면 지금은 모든 것을 포기한 인간에게서 볼 수 있는 허망
함이었다.

“예쁩니까?”

잠시 그런 조탁을 쳐다보던 유화성은 실없는 농담을 건졌다.

모든 것을 포기한 것 같던 조탁의 얼굴에 희미한 미소가 번져 나갔
다. 그 미소는 마침내 입술을 비집고 흘러나왔다.

“허허.”

허허롭기 짝이 없었지만 한 가닥 여유를 가진 웃음이었다.

“조카딸이란 항상 예쁜 존재라네. 사랑스럽기 짝이 없고.”

“그렇겠군요.”

“부탁을 들어줄 텐가?”

“능력 닿는 데까지 노력하겠습니다.”

유화성은 고개를 끄덕이며 답했다.

“고맙네. 그런데… 그 아이가 어디 있는지 물어보지 않는가?”

“동방회의 수중에 있겠지요. 그것이 선배님을 이곳으로 오게 한 이유이기도 하겠지요.”

“허허.”

조탁의 메마른 웃음이 다시 허공으로 흩어졌다.

“이곳에서 자네 같은 사람을 만난 건 과분한 행운일세.”

말을 마친 조탁은 상의를 벗어 바닥에 펼쳤다. 그리고 잘린 오른팔을 조심스럽게 감싸 들었다.

“신체발부수지부모(身體髮膚收之父母)라 했거늘…….”

조탁은 쓸쓸한 목소리와 함께 등을 돌렸다.

“술 생각이 나시거든 언제든지 찾아오십시오, 선배님.”

비무대를 내려가는 조탁을 향해 유화성은 나지막하게 인사를 건넸다.

비무대를 내려온 조탁의 얼굴이 한없이 평화로워 보였다.

바늘이 떨어지는 소리라도 들릴 것 같은 정적이 온 비무대 주변을 감쌌다.

탈명철검으로 온 중원에 그 명성이 드높던 조탁!

한때는 기재 중의 기재로 기대를 한 몸에 받았지만 어느덧 폐인이 되어버린 유가검보의 장남 유화성!

전혀 예상치 못한 그들의 대결에서 그 결과 역시 전혀 예상 밖이었다.

비무대회에서 관중들이 가장 흥분하는 상황은 전혀 예상을 하지 못한 결과이다. 그런 비무 결과에서 가장 큰 환호성이 터져 나온다.

지금 역시 너무나 뜻밖의 결과가 나왔다.

그러나 이전처럼 장내가 떠나갈 듯한 환호성은 터져 나오지 않았다.

오히려 쥐 죽은 듯한 정적만이 언제까지나 비무대를 뒤덮었다.

"유가검보의 유화성 공자… 승(勝)!"

비무대 위로 올라온 소중부가 얼어붙은 목소리로 고함을 질렀다.

소중부의 판정과 함께 승패를 알리는 북소리도 울렸지만 정적은 그대로 유지되었다.

그리고 한참 후 하나둘씩 터져 나오던 감탄들이 온 휘주를 뒤덮을 정도로 크게 울려 퍼졌다.

유화성은 그 함성이 들리지도 않는지 가슴에 난 상처에 지혈을 하고 묵묵히 비무대 가장자리를 향해 걸어갔다.

유화성의 검에 의해 먼저 잘린 조탁의 팔은 철검에 내력을 불어넣지 못해 유화성의 가슴에는 피부가 갈라지는 상처만 남았다.

비무대를 내려오는 그의 어깨에는 여전히 짙은 고독 한줄기가 만년설처럼 걸려 있었다.

第十五章
천강음(穿鋼音)

천강음(穿鋼音)

　　　　　　　　　𢆉화성과 탈명철검 조탁의 비무
가 끝나고 점심 시간이 되었다.

지금은 비무대회장의 일부가 되어버린 강변 한쪽 구석에 있는 풀잎
을 뜯어 손바닥을 비볐다.

쓰윽―

쓱―

순식간에 풀잎은 미세한 찌꺼기로 변해 사라지고 손바닥 안에는 풀
잎에서 흘러나온 푸르스름한 액체가 흥건하게 고였다.

진우청은 불에 덴 것처럼 발갛게 달아오른 손바닥에 그 액체를 골고
루 발랐다.

아릿하면서도 시원한 감촉이 손바닥에서 전해졌다.

비발을 맨손바닥으로 상대하며 날 부분은 피하고 철저하게 둥그스

름한 등 부분을 쳐냈지만 작은 가시처럼 돋은 돌기와 함께 엄청난 속
도로 회전하는 비발은 진우청의 손바닥을 발갛게 물들였다.

바위라도 두 쪽 낼 비발을 상대하며 그 정도의 상처만 입은 것을 무
혼살수가 알았다면 다시 한 번 거품을 물고 쓰러질 일이었지만 진우청
은 연방 구시렁거리며 손바닥을 비볐다.

풀잎에서 나온 액체가 손바닥 전체에 스며들자 화끈거리는 감촉이
좀 덜해졌다.

한 번 더 손바닥을 쓱쓱 비빈 진우청은 한쪽 구석에 주저앉았다.

"갈수록 놀라게 하는 사람이군."

진우청은 좀 전에 끝난 유화성의 비무 장면을 떠올리며 감탄처럼 말
했다.

똑같은 초식을 연달아 사용하여 탈명철검 조탁을 이기는 유화성의
무공은 놀랄 만했다.

네 번 모두 같은 초식이었지만 그 안에 숨겨진 변화는 펼칠 때마다
전혀 달랐다.

그러기에 조탁은 똑같게 보이면서도 마지막 순간에 전혀 다르게 다
가드는 공격에 완벽히 대처하지 못했다.

진우청은 검을 들었을 때의 유화성의 모습을 떠올렸다.

그때는 술기운에 찌든 모습이 단 한 점도 보이지 않았다.

과연 어떤 모습이 그 사람의 참모습인지 구별이 가지 않았다.

술병을 앞에 놓고 취해 있을 때는 그 어떤 사람보다 피폐하고 흐트
러져 보였다. 그러나 막대기 하나를 들고 괴한들을 상대할 때나 비무
대 위에서 조탁을 상대할 때는 형체가 없는 바람 같았다.

그리고 술기운이 온몸을 감싸지 않은 오늘의 유화성에게서 진우청

은 이제껏 만난 사람들 중에서 가장 맑은 호흡의 색깔을 느낄 수 있었
다.

어쨌든 이제 아무도 그를 보고 구제불능의 주정뱅이라고 부르지 못
할 것 같았다.

"그런데… 그 사람이 왜 갑자기 비무대회에 출전했을까?"

진우청은 문득 그 사실이 궁금했다.

세상 모든 것에 흥미를 잃고 술독에 빠져 있는 것 같은 사내가 왜 이
런 곳에 불쑥 나타나 멱살까지 잡고 만류하는 동생도 뿌리치고 비무대
위에 올랐을까?

그냥 동생들의 성화에 못 이겨 구경 나왔다면 그럴 수도 있겠다 싶
었지만 비무대회에 출전하는 것은 이해가 가지 않았다.

"혹시?"

진우청은 눈을 치켜떴다.

그 계집애 같은 놈이 그 사람에게도 무슨 술수를 부려 자신처럼 억
지로 출전하게 만든 것은 아닐까 하는 의심도 들었다.

그렇게 음흉스런 놈이라면 충분히 그런 일을 꾸밀 수도 있을 것 같
았다.

무슨 사연이 있든 간에 그 사람이 비무대회에 출전한 이상 자신과
마주치는 일이 벌어질지도 몰랐다.

이곳 사람들의 환호성을 그렇게 많이 터져 나오게 했던 조탁을 꺾은
사람이니 쉽사리 패자가 되지는 않을 것이다.

진우청은 불끈 호승심이 솟아오르는 기분을 느꼈다.

서로 적이 되어 생사를 건 대결이라면 그 사람과는 도저히 싸울 마
음이 생기지 않을 것 같았지만 비무라면 달랐다.

이제껏 만난 그 어떤 사람보다 호흡의 색깔이 맑은 사람.

그 사람과 비무를 벌여본다면?

간접적으로나마 자신의 호흡이 어떤 색깔인지도 알 수 있을 것 같았다.

진우청은 가슴이 진탕되는 기분을 느꼈다.

"후읍—"

긴 호흡을 내뱉은 진우청은 손바닥을 쳐다보았다.

시퍼런 풀물이 들어 불에 덴 듯한 붉은색은 사라졌다. 그러나 통증은 아직도 가시지 않았다.

"용호곤을 사용하는 게 나았나?"

화끈거리는 손바닥을 보며 눈살을 찌푸리던 진우청은 등 뒤에 꽂힌 용호곤을 생각했다.

용호곤으로 상대했더라면 이런 상처는 입지 않았을 것이다.

그러나 손바닥만큼 정확히 움직이지는 못했을 것이다.

입맛을 다신 진우청은 등 뒤에서 용호곤을 빼내 앞으로 가져왔다.

거무튀튀한 쇠막대기가 밝은 봄 햇살을 받아 묵광을 발했다.

해천 노인의 집 실내에서와는 또 다른 광채였다.

진우청은 두 개의 쇠막대기를 각각 한 손에 잡아 이리저리 휘둘러보았다.

바람을 가르는 묵직한 파공음이 듣기 좋았다.

두 개의 쇠막대기는 거의 똑같아 보였지만 자세히 느껴보면 약간의 무게 차이가 있었다.

진우청은 두 개를 바꿔 들어보았다.

역시 용곤이 약간 무거웠다.

아마도 오른손과 왼손의 힘 차이를 감안한 것 같았다.

그리고 한 개로 합쳤을 때 앞뒤의 무게가 똑같은 것보다 한쪽이 약간 무거운 것이 나름대로 효용이 있을 것 같았다.

쨍—

진우청은 두 개의 곤을 하나로 합쳤다.

해천 노인에게는 제미곤이었겠지만 진우청에게는 턱 아래에 걸치는 길이였다.

앞으로도 아까와 같은 이상한 무기를 든 상대와 마주친다면 이것을 휘두르는 것이 나을 것 같았다.

물론 이것을 제대로 휘두른다는 조건 하에서.

"손으로 생각하라고?"

진우청은 해천 노인의 말을 떠올렸다.

달랑 그 말 한마디.

그보다 더 심오한 말이 없을 것 같지만 그건 아무 말 안 해준 것과 마찬가지가 아닌가?

무기를 쓰는 사람치고 그걸 자기 손으로 생각하고 싶지 않은 사람이 어디 있을까?

그러기 위해서는 최소한의 사용법이라도 가르쳐 주었어야 할 게 아닌가?

그걸 가르쳐 주지도 않고 용호곤만 달랑 선물한 해천 노인을 원망하며 진우청은 화풀이라도 하듯 용호곤으로 땅을 두드렸다.

퍽!

퍽!

용호곤이 땅바닥에 부딪치며 떡 치는 소리가 울리자 놀란 개구리 한

마리가 풀밭 속에서 튀어나왔다. 수많은 사람들이 모인 이곳에서 용케 밟혀 죽지 않고 오도 가도 못한 채 아직 풀밭 속에 숨어 있었던 모양이다.

"그쪽으로 가면 죽은 목숨이다, 이놈아!"

진우청은 용호곤 끝을 움직였다.

기절초풍할 듯 뛰어가던 개구리가 용호곤 끝에 올려졌다. 아니, 개구리가 착지할 지점에 용호곤 끝이 정확히 놓여 있었다.

개구리는 다시 죽을힘을 다해 뛰었다. 그러나 개구리의 뒷다리가 용호곤 끝을 박차는 순간 정확히 그만큼 용호곤이 뒤로 물러났다.

개구리는 다시 뒤뚱거리며 용호곤 끝을 박차고 도약을 시도했다.

용호곤 끝이 똑같이 흔들리며 개구리의 몸은 여전히 용호곤 끝에 올려져 있었다.

휘익—

진우청의 손목이 슬쩍 움직이자 용호곤 끝에 올려져 있던 개구리는 사람들 머리 위로 쾌속하게 날아갔다.

까마득히 날아간 개구리는 저 멀리 강물 표면을 스치듯이 미끄러지다가 강물 속으로 사라졌다.

개구리 한 마리를 방생한 진우청은 또 다른 개구리가 있는지 용호곤으로 풀밭을 헤집었다.

다른 개구리는 없었다.

일찌감치 도망을 갔거나, 아니면 수많은 관중들의 발에 밟혀 죽었을 것이다.

그놈 한 마리만 너무 게을렀든지, 아니면 너무 영리해 아직 그곳에 남아 있었던 모양이다.

"그것으로 개구리 몰이를 할 줄은 몰랐네요. 깔깔깔!"

등 뒤에서 귀에 익은 목소리와 함께 자지러지는 듯한 웃음소리가 들렸다.

심드렁한 표정과 함께 용호곤으로 풀밭을 헤집던 진우청은 고개를 돌렸다.

백운 노인과 노인의 손녀 조수아가 서 있었다.

그리고 그 뒤로 몇 명의 젊은이도 보였다.

아마도 백운 노인의 도장에서 나온 무사들 같았다.

"차라리 은자 열 냥에 그것도 나한테 파는 게 어때요? 푸후후!"

조수아는 용호곤을 지팡이처럼 짚고 어정쩡하게 서 있는 진우청을 보고는 배를 잡았다.

제법 굵고 긴 제미곤이었지만 진우청의 다리 옆에 나란히 서 있으니 너무 안 어울려 보였다.

그리고 해천 노인에게는 무척이나 사연이 깊은 무기라 들었는데 진우청의 손에서는 개구리 몰이나 하는 막대기로 전락해 있는 모습이 조수아의 웃음을 멈추지 못하게 했다.

"그만 하거라. 다 큰 녀석이……."

백운 노인도 한줄기 고소를 떨치지 못한 얼굴로 손녀에게 핀잔을 주었다.

"점심이나 같이하세."

백운 노인은 웃음기를 지우고 청년들에게 손짓을 했다.

청년들이 자리를 펼친 후 들고 있던 보따리를 풀었다.

진우청은 이 노인이 여전히 자신을 주시하고 있다는 사실에 짜증이 스멀스멀 목구멍을 타고 넘어왔지만 자리 위에 펼쳐진 음식들을 보고는 입 안에 고인 침과 함께 꿀꺽 삼켜 버렸다.

"앉게나."

백운 노인은 먼저 자리에 앉으며 진우청에게도 자리를 권했다.

진우청도 용호곤을 옆에 놓고 천천히 자리에 앉았다.

"음식은 많으니 사양 말고 들게."

백운 노인은 진우청에게 음식을 권하고는 자신도 젓가락을 들었다.

"계속 신세를 지는군요."

진우청은 인사치레의 말을 남기고는 백운 노인이 권하는 닭다리 하나를 집었다.

어제는 도종대 일행이 준비해 온 음식으로 부실하게나마 점심을 때웠지만 오늘은 그들도 없었고, 강변 곳곳에 설치된 간이 음식점에는 발 디딜 틈도 없어 꼼짝없이 굶겠구나 생각했는데 예상 밖의 성찬을 마주한 진우청은 최대한의 자제력을 발휘하며 천천히 음식을 입으로 밀어넣었다.

이미 진우청의 먹성을 알고 있는 백운 노인과 조수아는 진우청 쪽으로 되도록 많은 음식들을 밀어주었다.

"자네, 손은 왜 그런가?"

부지런히 음식을 집는 진우청의 손을 지켜보던 백운 노인이 질문을 던졌다.

"아까 비무에서 그 사람의 접시에 스치며 손바닥이 좀 까졌나 봅니다. 그래서 풀을 뜯어 그 즙을 발랐습니다."

진우청은 대수롭지 않게 답하고는 부지런히 음식을 입속으로 집어넣었다.

"손바닥 말고 다른 곳은 다친 데 없는가?"

백운 노인은 진우청의 손을 좀 더 주시하다가 진우청의 전신을 훑으며 물었다.

다 뻗지 못하고 중도에 막히긴 했지만 두 개의 비발이 교차하며 사각(死角)에서 튀어나오던 움직임은 절로 아찔한 느낌이 들게 했다. 특히 마지막 순간 접시 같은 비발이 종횡으로 움직이며 호접표(蝴蝶飄)처럼 날아오던 모습은 손바닥에만 상처를 남겼다고는 믿기 힘들었다.

"없습니다."

진우청은 백운 노인을 쳐다보지도 않고 간단히 답했다.

"다행이구먼."

은근히 걱정스런 빛으로 진우청의 전신을 훑던 백운 노인은 마침내 시선을 돌렸다.

백운 노인은 진우청이 비무를 마친 후 유화성 일행과 인사를 나누다 서둘러 관중 속으로 파고드는 모습을 보곤 설령 외상은 입지 않았다 하더라도 내상은 어떤지 걱정이 되던 터였다.

외상은 눈으로 확인했으니 됐고, 내상은 어떤지 몰라 계속 말을 시켜보았지만 전혀 이상이 없어 보였다.

설사 곰이라 할지라도 내상을 입은 상태에서는 저렇게 식욕이 동할 리가 없었다.

식사를 마친 백운 노인은 손수건으로 입술을 닦았다.

잠시 후, 진우청도 배를 채웠는지 뒤로 물러나 앉았다.

조수아와 젊은 사내들도 식사를 마치고 빈 그릇들을 치웠다.

배가 부르고 나니 이여옥이 만들어주는 꽃잎차 한 잔 생각이 간절했지만 그건 지나친 욕심이었다.

다들 맹물 한 잔으로 입가심을 하고 다리를 쭉 뻗고 앉았다.

"계속할 작정인가?"

곰방대에 불을 붙여 문 백운 노인이 다시 진우청에게 눈길을 주었다.

진우청은 백운 노인의 말을 알아듣지 못하고 멀뚱거렸다.

"비무대회에 계속 출전할 것이냔 말일세."

그제야 진우청은 백운 노인의 말뜻을 알아듣고는 조금 복잡한 표정을 지었다.

비록 도종대 일행이 잡혀 있어 그 계기로 참가한 비무대회였지만 그전에 어느 정도 호기심이 이는 중이었다.

물론 상금도 탐이 났고…….

그러나 앞으로 어떤 변수가 있을지 몰랐다.

그 계집애 같은 놈이 다른 수작을 벌일지도 몰랐고.

"이왕 참가했으니 몇 판 더 붙어보고……."

진우청은 잠시 머뭇거리다 애매모호하게 답했다.

"세상에 무슨 그런 대답이 다 있어요? 사내대장부가 뜻을 세우고 출전을 했으면 당당히 우승하고 은자 일만 냥을 상금으로 받아야죠. 질 때 지더라도 그렇게 답해야죠."

진우청의 어설픈 대답에 조수아는 기가 막힌다는 표정으로 말했다.

"여비가 모자란다면 내가 좀 보태줄 테니 여기서 그만두는 게 어떻겠나?"

백운 노인은 오전까지만 해도 진우청이 비무대회에 참가하기를 간절히 바라는 눈빛을 했지만 지금은 생각을 달리하고 있었다.

어제 출전한 거력패도 염호광, 그리고 그를 곰방대 하나로 물리친 이름없는 노인.

거기까지는 큰 의구심을 느끼지 못했지만 오늘 탈명철검 조탁까지 보고 나자 뭔가 이상한 기운을 느낀 것이다.

"제가 뭐 거진 줄 아십니까?"

진우청은 퉁명스럽게 답했다.

"사람 참, 그런 뜻이 아닐세."

백운 노인은 자신의 말이 자칫 그렇게도 들릴 수 있겠다 싶어 더 이상 만류하지 못하고 용호곤 쪽으로 눈길을 주었다.

수십 년을 먼지 쌓인 벽장 구석에 처박혀 있었지만 은은히 뿜어져 나오는 묵광과 자태는 예전과 한 치도 변함이 없었다.

'쯧쯧!'

백운 노인은 내심 혀를 찼다.

한때는 절강성 일대를 주름잡던 기병이었다. 그러나 주인의 의기가 꺾이며 벽장 속에서 수십 년을 잠들어 있다가 이제 새 주인을 만났지만 안타깝게도 그 새 주인은 내내 먹는 데만 정신이 팔려 용호곤은 누가 슬쩍 집어가도 모를 정도로 방치되어 있었다.

'허허, 세월 무상이로고.'

내심 중얼거린 백운 노인은 씁쓸한 미소를 지었다.

스슥—

진우청도 백운 노인의 그런 심정을 눈치챘는지 저만치 뒹굴고 있는 용호곤을 슬며시 끌어당겨 자신의 다리 옆에 놓았다.

새 주인의 다리와 무기는 여전히 안 어울려 보였다.

"그놈을 비무대 위에서 사용할 심산인가?"

이럴 때는 또 눈치가 비상하다는 생각으로 쓴웃음을 삼킨 백운 노인은 궁금한 표정으로 물었다.

등 뒤에 꽂아 넣고 있던 것을 끄집어내어 하나로 조립까지 한 데는 무슨 이유가 있을 것 같았다.

"손바닥이 다 까져서 맨손으로 아까 같은 무기를 상대하기에는 무리가 있을 것 같아 꺼내보았는데……."

진우청은 말끝을 흐렸다.

꺼내긴 했지만 사용법은 물론 제대로 쥐는 법도 몰랐다. 그건 백운 노인도 잘 알 테니 더 이상은 말할 필요가 없었다. 끝까지 말했다간 스스로 역정만 날 뿐이었다.

"이쪽으로 와보게."

진우청과 용호곤을 물끄러미 바라보던 백운 노인은 자갈밭 한쪽 모래가 깔려 있는 곳으로 몸을 움직였다.

진우청은 어리둥절한 표정으로 몸을 일으켰다.

"그놈도 들고 오게!"

용호곤은 그 자리에 두고 몸만 덜렁 일으키는 진우청을 보고 백운 노인이 언성을 높였다.

진우청은 얼른 등을 돌려 용호곤을 집어 들고 백운 노인을 따랐다.

백운 노인은 자갈밭 옆으로 돌아 휘어진 제방 뒤쪽에서 걸음을 멈췄다.

그곳은 제방이 막혀 비무대 주변에서는 보이지 않는 장소였다.

아무리 사람들이 많아 서로 신경 쓰지 않는다 하지만 비무에서 이미 한 판을 이긴 진우청은 대부분 알아볼 것이다. 그런 사람에게 곤에 대해 초보적인 것을 가르치는 것은 이상한 광경으로 비칠 소지가 있었기에 백운 노인은 이곳으로 진우청을 데려온 것이었다.

"여기로 온 건 자네에게 곤에 대한 최소한의 지식만이라도 가르쳐 주고자 함일세. 그래야 어디다 갖다 버리지 않을 것 같으니 말일세."

백운 노인은 진우청의 손에서 용호곤을 받아 들었다.

"시간이 그리 많지 않으니… 우선 곤의 부위별 명칭부터 설명하고 장단점을 간략히 설명해 주겠네. 곤의 머리 부분을 곤초(棍梢)라 하고 그 반대쪽은 곤파(棍把)라 하네. 그럼 끝 부분은 자연히 초정(梢頂), 파정(把頂)이 되겠지."

백운 노인은 용호곤의 끝을 잡았던 손을 중간 부분으로 가져갔다.

"또 전체를 삼 등분하여 앞쪽 부분은 초단(梢段)이라 부르고 그 뒤로 중단(中段), 파단(杷段)으로 나눈다네. 곤이란 자체가 가장 단순한 무기이니 그 명칭 또한 이것이 전부일세."

"복잡하지도 않은 것이 정말 마음에 드는군요."

간단한 몇 마디로 모든 명칭의 설명이 끝났다는 백운 노인의 말에 진우청은 반색을 했다.

백운 노인은 입맛을 한 번 다시고는 설명을 이었다.

"그럼 이젠 곤의 특징과 장단점을 설명해 주겠네. 자네 취향에 맞춰 최대한 간단히 설명하도록 하겠네."

"경청하겠습니다."

진우청은 얼른 답했다.

"아침에 해천이 말했듯이 곤은 모든 무기의 근본일세. 그건 납득이 가겠지?"

"물론입니다. 저라도 들판에 내버려진다면 제일 먼저 몽둥이부터 하나 챙길 테니까요."

"그렇지. 그런 면에서 본다면 인간의 신체나 동작에 가장 친숙하고 잘 어울리는 것도 곤일세. 곤에서 창이라는 무기가 파생되어 나오고, 쇠를 더 잘 다룰 수 있게 되면서 도나 검이 만들어졌지. 날카롭게 날이 선 창이나 도검이 훨씬 무서운 무기라 생각할 수도 있겠지만 중국에 가면 그런 것은 별 의미가 없어진다네. 아무리 훌륭한 보검을 들었다 하더라도 제대로 휘두르지 못하면 그건 들지 않은 것만도 못하니까 말일세. 그건 지극히 원초적인 얘기고, 다시 곤으로 돌아오면 곤은 날이나 뾰족한 끝이 없기에 베거나 찌르거나 하는 데는 다른 병기보다 불리하지. 그러나 그건 하기에 따라 장점이 될 수도 있다네. 가장 비슷한 창과 비교하면 살상력 면에 있어서는 날이 시퍼렇게 선 창이 우수하지. 하지만 창날이 사람의 몸에 박히면 그걸 빼어내는 데는 아무리 미세하더라도 동작의 끊김이 있을 수 있지만 곤은 오히려 반대라네. 곤은 상대를 가격하면 즉시 반탄력이 생기고, 그 반탄력을 이용하여 반대 방향으로 더 빠르게 찌르거나 휘두를 수가 있다네. 그게 곤의 가장 큰 장점일세. 곤을 휘두르려면 그것에 가장 역점을 두어야 하네.”

한 가지 설명을 끝낸 백운 노인은 진우청의 표정을 살폈다.

진우청은 경청하는 자세를 잃지 않고 있었지만 그 표정에는 이론은 어서 끝내고 시범으로 들어가고 싶어하는 빛이 역력했다.

“한 가지만 더 설명하고 기본적인 동작을 가르쳐 주겠네.”

백운 노인은 다시 한 번 입맛을 다시고는 용호곤을 쳐다보았다.

“용호곤은 장창이나 장봉에 비하면 짧지만 도나 검에 비하면 긴 편이지. 그래서 접근전의 경우에는 조금 불리한 면도 있다네. 그러나 자네의 용호곤은 두 개로 분리가 되는 것이니 그런 단점은 없다고 할 수 있네. 그런 면에서 보면 용호곤은 정말 멋진 무기이지. 그리고 곤오철(昆吾鐵)과 묵강철(墨鋼鐵)을 섞어 만든 것이라 가볍지만 단단하기 이를 데 없는 물건이라네."

다시 용호곤을 쳐다보는 백운 노인의 눈에서 해천 노인을 쳐다볼 때와 똑같은 빛이 흘러나왔다.

"그렇군요. 분리하면 단곤 두 개가 되니 바짝 붙어 싸우는 데도 유리하겠군요."

진우청은 처음으로 고개를 끄덕거리며 관심을 표했다.

해천 노인으로부터 넘겨받을 때 하나로 휘둘러도 좋을 것 같고, 두 개로 분리해 휘둘러도 좋을 것 같다고 생각했는데 그런 것이 백운 노인의 설명에도 나오니 관심이 간 것이다.

"그럼 지금부터 초식이라고 할 수 없는 가장 기본적인 동작들을 가르쳐 주겠네. 해천도 가르쳐 주지 않은 초식을 내가 가르치는 것은 말이 안 되니 곤을 독문병기로 사용하는 사람이 아니라도 누구나 알 수 있는 가장 기본적인 자세와 잡는 법, 그리고 그 자세들을 취하는 단순한 동작만 가르쳐 주겠네. 그야말로 돌 지난 아이의 걸음걸이 수준의 동작이지만 아이도 그렇게 걷고 뛰고 하는 것이지."

백운 노인은 곁에 있는 청년 하나를 불러 용호곤을 건네주었다.

"입거곤(立擧棍) 자세를 취해보아라."

백운 노인의 지시에 따라 청년은 온몸을 똑바로 한 채 몸 옆에 용호곤을 세웠다.

백운 노인은 그 다음으로 배후배곤(背后背棍), 운곤(云棍), 가곤(架棍), 배곤(排棍), 료곤(撩棍) 등의 가장 기본적인 자세를 청년에게 취하게 했다.

곤술이라고 부를 수도 없는 가장 기본적인 동작과 자세였기에 검을 주 무기로 하는 청년이었지만 조금도 주저함없이 자세를 취했다.

한 번의 시범을 보여준 백운 노인은 진우청에게도 똑같은 자세를 익히게 하고 틀린 곳들을 교정해 주었다.

"다 됐네. 아까도 말했듯이 이건 그야말로 삼척동자도 할 수 있고, 무공을 익힌 사람은 누구나 아는 동작일세. 하지만 모든 곤술이 그런 동작에서 파생된 것이지."

곤의 각 부 명칭과 기본 자세, 그 자세를 취하기 위한 동작, 쥐는 법 정도만 알려준 백운 노인은 곰방대에 불을 붙였다.

용호곤을 들고 몇 가지 자세를 취해본 진우청은 아쉬움 가득한 표정을 지었다.

어차피 점심 시간의 끝을 이용해서 수박 겉핥기식으로 배울 수밖에 없었지만 너무 미진한 감은 털어낼 수가 없었다.

"아쉬운 모양이구먼?"

연기를 한 모금 내뿜은 백운 노인이 미소와 함께 말했다.

"곤의 각 부 명칭도 몰랐던 것보다야 낫지만 사실 좀 그렇군요."

진우청은 솔직히 시인했다. 그리고는 지금까지 배운 자세들을 잊지 않겠다는 듯 한 번씩 더 취해보았다.

백운 노인은 그런 진우청의 동작을 찬찬히 살피다가 무언가 생각난 듯 잠시 안광을 빛냈다.

담배 연기 한 모금을 길게 내뿜은 백운 노인은 가까이에 있는 젊은 이를 시켜 갈대 줄기 하나를 꺾어오게 했다.

잠시 의아한 눈빛을 하던 젊은이는 즉시 강변 쪽으로 달려가 갈대 줄기를 꺾어왔다.

젊은이가 꺾어온 갈대 줄기에서 잎을 추려내고 가느다란 막대기처럼 만든 백운 노인은 모래판을 반듯하게 고른 뒤 그 위에 무언가를 그렸다.

진우청은 눈을 가늘게 뜨고 갈대 줄기 끝을 응시했다.

조수아와 몇 명의 젊은이도 호기심 가득한 눈으로 모래판을 응시했다.

그러나 모두의 기대와는 달리 백운 노인이 모래 바닥에 쓴 것은 글자가 아니고 몇 가지 종류의 선이었다.

몇 개는 직선이었고 다른 몇 개는 이리저리 휘어져 있었다.

잔뜩 기대감에 물든 눈빛으로 모래 바닥을 응시하다 별다른 것이 없자 진우청은 시큰둥한 표정으로 고개를 들었다.

그때 백운 노인이 입을 열었다.

"자네가 배운 동작을 응용하여 그 용호곤으로 이 선들을 한 개도 남기지 않고 최대한 빠르게 이어보게."

진우청은 다시 바닥을 내려다보았다.

그러나 여전히 진우청의 표정은 시큰둥하기만 했다. 대신 옆에 있던 조수아의 눈빛은 의미심장하게 반짝거렸다.

조수아는 조부의 의도를 깨닫고 기대감 어린 눈으로 진우청을 쳐다보았다.

백운 노인이 모래 바닥에 그린 막대기와 곡선, 그리고 어지럽게 꼬인 나선들은 천강검초(穿鋼檢招)란 단 한 개의 초식이었다.

그것은 백운 노인 가문의 독문절기인 폭류검법(瀑流劍法)을 배우기 전에 검을 쥔 손에 힘을 기르고 폭류검초를 펼치는 데 필요한 다른 근육들의 힘을 기르기 위한 준비 운동 격의 단순한 초식이었다.

그 초식을 따라 일 년 정도 수없이 검을 휘두르고 나면 조금 다른 결과가 나타나지만 그 자체만으로는 초식이랄 것도 없을 정도로 단순한 동작들이 주를 이루었기에 창술이나 곤술로도 얼마든지 접목시킬 수 있었다.

때문에 무공에 대한 타고난 재능이 있는 사람이라면 끊어져 있는 선들 사이를 가장 효과적으로 이을 수도 있을 것이다.

백운 노인의 지시에 진우청은 묵묵히 모래 바닥에 그려진 선들을 다시 내려다보았다.

직선과 곡선, 그리고 이상하게 뒤틀린 선들은 서로 쉽게 연결될 수 있을 듯하면서도 교묘하게 꼬여 있었다.

잠시 더 쳐다보던 진우청은 고개를 저었다.

"그려주시려거든 다 이어서 그려주셔야지 이렇게 끊어서 그려놓으면 어디서부터 시작해서 어디로 이어야 할지 어떻게 압니까?"

진우청은 볼멘소리를 질렀다.

지극히 상식적인 진우청의 말에 뭔가 잔뜩 기대를 걸었던 백운 노인과 조수아 등은 적이 실망스런 표정을 지었다.

'지극히 평범해.'

조수아는 내심 읊조렸다.

처음 만났을 때부터 오늘까지 할아버지께서 필요 이상으로 관심을 가지고 해천 노인의 집에까지 데려간 사람이라 뭔가 특별한 것을 기대한 조수아였기에 실망감이 조금 더 컸다.

"그런가? 그럼 여기 이곳은 이렇게 잇고 이 점은 찌르기라고 하면 할 수 있겠나?"

잠시 진우청을 쳐다보던 백운 노인은 선 몇 개를 더 이은 후 다시 질문했다.

"그래도 이곳과 이곳이 떨어져 있지 않습니까?"

진우청은 여전히 뚱한 목소리로 완성된 초식을 요구했다.

미미하게 고개를 한 번 흔든 백운 노인은 결국 완전한 검로를 그려 주었다.

진우청은 그제야 모래 바닥 위의 선들을 살펴보더니 용호곤을 들어 올렸다.

위잉─

진우청은 용호곤을 한 바퀴 돌렸다.

조금 전에 백운 노인이 가르쳐 준 운곤의 동작을 가볍게 펼친 것이 었다.

방금 배운 것을 펼치는 그 자세는 제법 그럴듯해서 조수아는 다시 눈을 반짝거렸다.

그러나 뒤이어진 진우청의 움직임은 한층 더 실망을 안겨주었다.

진우청은 그냥 뻣뻣하게 서서 곤끝으로 초식을 따라 그리고 있었다.

'엉터리!'

조수아는 터져 나오는 한숨을 억지로 참으며 내심 중얼거렸다.

저렇게 뻣뻣하게 서서 바닥에 그려진 그림을 몇 번씩이나 보며 따라 그리는 것이야 네 살 먹은 아이들도 할 수 있는 일이다

설사 네 살 먹은 아이들이라 하더라도 저렇게 자주 쳐다보지는 않을 것 같았다.

기대감이 왕창 무너진 조수아의 이마가 자연스레 찡그려졌다.

아무래도 해천 할아버지가 선물한 저 용호곤은 결국 지팡이로 쓰이 거나 고물상에 팔릴 것 같은 생각이 절로 들었다.

"이젠 본격적으로 한번 해보죠."

조수아에 이어 백운 노인마저 실망의 한숨을 내쉬려는 찰나 진우청

의 목소리가 울렸다.

"본격적으로라니? 어떻게 하겠다는 것인지 설명해 주겠나?"

백운 노인은 진우청이 토해낸 '본격적으로' 란 말의 의미가 무엇인지 알지 못하겠다는 표정으로 물었다.

"전 그런 면으로는 소질이 없습니다. 사부님께서도 그렇게는 가르쳐 주시지 않았고."

"그건 또 무슨 말인가?"

본격적으로 하겠다는 말에 대해서 설명해 보란 질문에 전혀 엉뚱한 대답을 하는 진우청을 보고 백운 노인은 일순 머리가 혼란해짐을 느꼈다.

지기인 해천 노인 집에서 추측한 진우청의 내력이 궁금해 간단한 시험 겸 더 나아가 검식을 응용한 가장 기본적인 동작 한 가지를 더 가르쳐 주려 했는데 전혀 엉뚱한 대답을 들은 것이다.

"그냥 춤, 아니, 동작으로 해보겠습니다. 전 그게 편합니다. 사부님 앞에서도 항상 그랬고."

진우청은 용호곤을 들고는 자리를 조금 물리게 했다.

백운 노인과 조수아, 그리고 몇 명의 젊은 사내들이 얼른 뒤로 물러났다.

"우선 이렇게 하면……."

그 말과 함께 진우청은 한 손으로 용호곤을 잡고 천천히 몸을 움직였다.

모래판에 그어진 선을 따라 용호곤 끝이 움직이고 있었다.

휘이익―

천천히 한 번 움직이던 곤이 조금 빠르게 움직이며 한 손으로 용호곤을 잡고 있던 진우청은 자연스럽게 두 손으로 잡으며 이상한 각도로 보법까지 밟으며 움직였다.

다시 한 번 기대를 가지고 진우청을 쳐다보던 조수아는 고개를 저었다.

용호곤 끝이 모래판의 선들을 모두 긋고 지나가기는 했지만 가문의 검초와는 너무 달랐고 자세도 이상했다. 어차피 선만 그어놓은 것이고, 검이 아니라 곤으로 펼치는 것이기에 처음부터 똑같으면 그것이 더 말이 안 되는 일이지만 그래도 기본적인 것은 어느 정도 같아야 하는데 전혀 아니라는 생각이 들었다.

"후흡—"

용호곤을 휘두르던 진우청은 거센 호흡을 토하며 동작을 멈추었다.

"이렇게 하다간 호흡의 낭비가 심해 사부께서 보셨다면 두 끼는 굶기겠군."

다시 뜻 모를 소리를 중얼거린 진우청은 이번에는 다른 자세를 잡았다.

휘익—

휘익—

용호곤이 다시 천천히 움직이다 빠르게 움직이기 시작했다. 그리고 발 역시 몸을 따라 움직이며 용호곤 끝이 모래판의 선을 따라가기 시작했다.

아까보다는 어딘지 모르게 정교한 움직임이었다. 그리고 한 손으로 어정쩡하게 움직이던 처음의 몸짓에 비하면 두 손으로 곤을 잡고 휘두르는 모습이 훨씬 자연스러워 보였지만 그래도 뭔가 빠진 느낌이었다.

"후흡!"

다시 진우청의 숨소리가 들려왔다.

"호흡의 낭비는 줄였지만 중간에 두 번 끊길 뻔했습니다. 이것도 꼼짝없이 한 끼는 굶어야……."

진우청은 아까처럼 중얼거리고는 허리에 곤을 둘렀다.

'이놈 봐라?'

조수아와 비슷한 실망을 느끼고 있던 백운 노인은 두 눈을 조금 크게 떴다.

두 번의 반복과 함께 허리 어림으로 한 바퀴 용호곤을 돌리며 선 자세가 처음과는 전혀 다르게 점점 정교해지고 있었다.

휘이익—

진우청의 신형이 한 바퀴 회전하며 용호곤이 허공을 선회했다.

이번에는 먼저의 두 번처럼 천천히 시작하는 것이 아니라 처음부터 빠르게 휘둘렀다.

용호곤 끝이 쾌속하게 선들을 따라갔다.

모래판 위에 그려진 선들 속으로 빨려들던 진우청의 의식은 어느덧 황산의 이름 모를 봉우리 꼭대기로 향하고 있었다.

그리고 그 동굴 속에서 진우청은 모래판 위의 선들을 밟고 춤을 추고 있었다.

이제껏 좀 둔해 보이던 모습은 간곳없고 삼매(三昧)에 빠진 고승처럼 모든 의식을 용호곤 끝에 집중하고 있는 진우청을 보고 백운 노인의 눈이 기광을 발했다.

조수아 역시 숨을 죽이고 침만 삼키고 있었다.

우우웅—

모래판 위의 선이 용호곤 끝에 의해 모두 지워지는 순간 용호곤 끝에서 이상한 진동음이 흘러나왔다.

그 소리를 들은 백운 노인과 조수아, 그리고 몇 명의 사내는 저도 모르게 입을 벌렸다.

'스읍—'

움직임을 멈춘 진우청은 길고 낮은 숨을 토했다.

미세하게 어깨는 움직였지만 처음 두 번처럼 거친 숨결은 전혀 느껴지지 않았다.

"아직 좀 미진한 구석이 있지만 이게 제일 낫군요. 숨 쉬기도 제일 편하고."

진우청은 만족한 듯 씨익 웃으며 용호곤을 내렸다.

백운 노인은 조금 창백해진 안색으로 진우청을 쳐다보다가 모래판 앞으로 다가가며 손짓을 했다.

진우청은 그 손짓을 따라 다가갔다.

"이 선과 이 선을 연결할 때 이런 자세로 하면 어떻겠나?"

백운 노인은 갈대 줄기로 모래판에 그려진 두 개의 선을 가리키며 자세를 취했다.

그 자세는 천강검초 동작과 진우청의 동작이 제일 많은 차이가 있는 곳이었다. 다른 부분은 거의 비슷했지만 유독 그 부분에 있어서 진우청의 동작과 자세는 많이 달랐다.

진우청은 백운 노인이 취하는 자세를 따라 하다 잠시 호흡을 가다듬었다.

"그건 미세하지만 어딘지 가슴이 답답하군요. 노인장께는 어떨지 모르겠지만 저한테는 이 방법이 제일 좋습니다. 또 그렇게 하는 것이 천룡의 숨결이 이끄는 대로 춤을 추라 하시던 사부님의 가르침과도 부합

되고."

진우청은 자신의 방법대로 몸을 움직이며 확신 어린 목소리로 답했다.

"그런가?"

백운 노인은 고개를 끄덕였다.

그리고 '언젠가 저 아이는 자신에게 가장 잘 맞는 옷을 맞춰 입듯이 초식을 익힐 것'이라는 해천 노인의 말을 떠올렸다.

누구도 더 이상 말이 없자 진우청은 장난스레 허리를 감듯이 용호곤을 돌렸다.

휘리릭—

용호곤이 진우청의 허리를 휘감고 올라 어깨에 걸쳐졌다.

조수아는 그런 진우청의 모습에서 이젠 전혀 어색함을 느낄 수 없었다.

그건 정말 이상한 느낌이었다.

눈을 깜박거린 조수아는 다시 한 번 용호곤을 쳐다보았다.

그러나 용호곤은 어느새 두 개로 분리되어 진우청의 등 뒤로 꽂히고 있었다.

"점심 잘 먹었습니다. 그리고 거추장스런 막대기 같기만 하던 용호곤이 조금 손에 달라붙는 기분입니다. 가르침 감사합니다."

진우청은 백운 노인을 향해 고개를 숙인 후 비무대 근처로 시선을 돌렸다.

점심을 먹은 사람들이 다시 모여들고 있었다.

"찾아봐야 할 사람들이 있어서 조금 둘러보겠습니다."

진우청은 포권을 해 보였다.

"그러게나. 그리고 나중에라도 자리가 없으면 우리가 있는 곳으로 오게. 자리 몇 개는 항상 여분이 있다네."

백운 노인의 말에 진우청은 가볍게 고개를 끄덕이곤 멀어져 갔다.

"어떻게 그렇게 짧은 순간에 천강음(穿鋼音)을 낼 수가 있죠?"

진우청이 사라지고 난 후 놀란 눈을 한 조수아가 백운 노인을 보며 물었다.

천강음은 가문의 절기인 폭류검법을 익히기 위해 천강검초를 일 년 가까이 펼치다 보면 검첨에서 울려 나오는 소리였다.

그 소리가 울려 나오면 검으로 한 치 두께의 철판을 뚫을 수 있어 천강음이라 불렀다. 그리고 그 천강음을 발출한 후에야 비로소 가문의 절기인 폭류검법의 수련이 가능했다.

"글쎄다……."

백운 노인은 고개를 저었다.

"그리고 그 동작도 너무 비슷해요. 단 세 번 만에……."

곤으로 펼쳤기에 자신이 검으로 천강검초를 펼치는 것과 똑같지는 않았지만 단 세 번의 반복으로 거의 비슷한 자세를 펼치는 진우청의 모습이 이해가 되지 않았다.

"비슷하게 보이더냐?"

백운 노인은 미소를 지으며 물었다.

"그래요. 처음에는 전혀 아니었지만 점차 휘두르는 동작도 비슷했고… 그건 선을 따라 곤을 휘두르다 보면 그렇게 된다 치더라도 보법은 가르치지도 않았는데 너무 비슷했어요. 비록 단순한 초식이지만 깜짝 놀랐어요."

조수아는 빠르게 말했다.

"만류귀종(萬流歸宗)이라 하지 않더냐? 똑같이 두 팔, 두 다리로 서서 움직이는 사람이다 보니 그런 자세에는 그런 보법이 자연스러울 것 아니겠느냐. 저 청년은 자신의 호흡이 이끄는 대로 그렇게 자연스럽게 움직인 것이고."

"그렇기는 하지만……."

"너무 순식간에 그걸 자기 것으로 만들며 천강음을 발출한 것이 놀라울 뿐이지. 허허."

백운 노인은 껄껄 웃음을 터뜨렸다.

"고수인가 봐요?"

잠시 생각에 잠겼던 조수아는 백운 노인을 빤히 쳐다보며 물었다.

"글쎄다. 아직은 고수라 부르기보다는……."

백운 노인은 적당한 단어를 찾는 듯 잠시 말을 멈추었다.

"해천이 그러더구나. 어떤 고인인지 저 청년의 사부는 저 청년에게 무공 초식 같은 건 가르치지 않았지만 무공에 대한 인체 적응 능력은 극한까지 끌어올려 놓았다고."

"그런… 무공도 있나요?"

조수아는 재차 질문을 했다.

"저 청년은 그걸 무공이 아니라 춤이라고 하더구나."

"춤이라니? 그건 또 무슨 말인가요?"

"나도 모르겠다. 그러나 그걸 열심히 추면 제 몸 하나는 제 맘대로 움직일 수 있다며 배웠다더구나. 허허!"

백운 노인의 웃음소리가 조금 더 크게 울렸다.

"해천이 저 청년을 평가한 말이 이젠 조금 더 수긍이 가는구나."

백운 노인은 고개를 끄덕이며 신형을 움직였다.

“우리도 그만 자리로 돌아가자꾸나. 이번 비무대회가 평소와 달리 뭔가 불안한 기분이 들게 하지만 그럴수록 점점 더 흥미진진해지는 마음은 어쩔 수 없구나.”

백운 노인은 만면 가득 미소를 머금은 채 비무대를 향해 걸음을 옮겼다.

第十六章
상인의 복수심

상인의 복수심

“남들은 우리보고 욕심이 많다고 하는데 너는 어떻게 생각하느냐?”

후덕한 인상의 한 중년인이 질문을 던졌다.

그러나 그 후덕한 인상 뒤에는 절대로 후덕해 보이지 않는 눈빛이 감추어져 있었다.

“글쎄요. 숙부님과 아버님께서는 욕심이 많으셨을지 모르지만 전 욕심을 낼 겨를이 없었지요. 두 분께서 축적해 놓은 재물을 파악하고 정리하는 데만도 항상 시간이 모자랐으니까요.”

중년인 앞에 마주 앉은 청년은 전혀 표정이 없는 얼굴로 답했다.

“불행한 일이구나.”

“그러게 말입니다.”

두 사람은 그 말을 끝으로 잠시 입을 다물고 찻잔을 들었다.

천천히 차를 마시는 중년인과 청년은 마치 밀랍으로 얼굴을 칠한 것처럼 그 표정에서 무엇을 읽어내기란 불가능해 보였다.

"하지만 그 축적된 재물을 할아버지 대에서처럼 허무하게 빼앗기지 않기 위해 온갖 계획을 짜고, 하나하나 실행해 나가는 것도 꽤나 재미있는 일입니다."

차를 한 모금 마신 청년이 먼저 말했다.

"재물이란 것은 마냥 움켜쥔다고만 해서 자기 것이 되지 않는다. 흘러가는 물을 자기 논에 가두듯이 한발 앞서 물길을 잡아주는 것이 더 중요하지."

"이미 논에 물이 가득 찼으니 제가 지금 이러고 있지 않습니까."

비어 있는 논이 없다는 것이 더없이 아쉬운 듯 청년은 한숨을 내쉬며 말했다.

"그렇구나. 자꾸 그걸 잊는구나. 지금은 논둑이 무너지지 않게 일을 꾸미고 있는 단계인데 말이다."

중년인은 가볍게 고개를 끄덕였다. 그리고 다시 말을 이었다.

"아직까지는 논둑을 무너뜨리려는 무리들이 없는 것 같은데 너무 앞서 나가는 것이 아니냐? 어떤 때는 그런 생각도 든단다."

중년인은 넌지시 청년을 떠보는 눈빛과 함께 말했다.

"할아버지 때도 그랬지요. 하지만 결국은 칼을 든 자들이 달려들 겁니다."

"그럴까?"

"역사는 유전하니까요. 그리고 그것 때문에 이러는 것만은 아니지 않습니까."

청년은 자신을 떠보는 중년인에게 반격이라도 하듯 중년인과 똑같은 눈빛을 하며 말했다.

"그렇지. 둑을 지키기 위해서만은 아니지."

청년의 의중을 떠보던 중년인의 눈에서 살기가 뻗었다.

"상인의 복수가 어떤 건지 이번 기회에 온 세상에 인식시켜 줄 생각입니다."

청년의 눈에서도 짙은 살기가 뻗어 나왔다.

"이곳에서의 일이 성공적으로 끝나면 복수의 발판은 마련되고, 다시 일 년이 더 지나면 지난날 할아버지를 비명횡사하게 했던 놈들은 피눈물을 흘리게 될 겁니다. 할아버지께서 흘린 피는 그놈들의 피로 깨끗이 씻어낼 생각입니다."

청년은 이제까지의 무표정을 지우고 미소를 지었다.

"아무쪼록 한 방울도 남김없이 씻어내길 바라는 마음이구나."

청년과 달리 중년인은 여전히 밀랍 같은 표정을 유지한 채 억양없는 목소리로 대꾸했다.

중년인의 말이 끝남과 동시에 밖에서 인기척이 들렸다.

문이 열리고 사내 하나가 서찰 한 장을 들고 들어왔다.

서찰을 받아 든 청년은 천천히 서찰에 적힌 내용을 읽었다.

서찰에 있는 내용을 다 읽은 청년은 중년인에게 그것을 내밀었다.

"일이 재미있게 되어가고 있습니다, 숙부님."

중년인이 서찰의 내용을 다 읽고 접을 즈음 청년은 다시 입가에 미소를 지으며 말했다.

"낭패스럽게 되어가는 것이 아니고?"

중년인의 입가에도 한 가닥 미소가 어렸다.

"때로는 삐걱거리며 흔들리는 배를 타고 가는 것이 훨씬 재미있지요."

"그러다 배가 전복될 수도 있단다."

"일찍부터 헤엄치는 법은 배워두었으니 문제없습니다."

청년의 입가에 묻어 있던 미소가 모두 지워졌다.

"탈명철검 조탁이라면 네가 공들여서 끌어들인 사람인데 술에 찌든 폐인에게 당하리라고는 생각도 못했구나."

중년인은 의외라는 눈빛을 했다.

"저도 그 정도인 줄은 몰랐습니다. 하지만 상관없습니다. 항상 예상 못한 패가 나올 것에 대비하고 일을 추진하니까요."

"그런데 그 예상 못한 패가 두 개나 더 나오지 않았느냐? 거력패도 염호광도 당했고 무혼살수도 당했다니 말이다. 그래서는 유가검보의 제일검대를 움직일 수 없지 않겠느냐?"

중년인의 말에 청년은 잠시 대답을 미뤘다.

예상 밖의 패가 한 개 정도 나오는 것은 그 즉시 처리가 가능했지만 두 개, 세 개 겹쳐 나오는 것은 좀 시간이 걸리는 모양이었다.

"내일까지는 시간이 있습니다. 중요한 것은 내일 결정되니 상관이 없습니다."

"네가 그렇다면 걱정은 않겠다."

"심려 놓으십시오, 숙부님. 숙부님께서는 화산파의 움직임만 잠시 막아주시면 됩니다. 서쪽의 친구들이 본격적으로 움직이면 그들도 자연히 주저앉을 겁니다. 그때까지만 숙부님께서 힘 좀 써주십시오."

청년의 말에 중년인의 눈빛이 천천히 가라앉았다.

자세히 보지 않으면 알아차리기 힘든 변화였지만 중년인의 눈빛을 읽은 청년은 흠칫 신형을 굳혔다.

“친구라…….”

시선을 돌린 중년인은 청년이 했던 말을 되뇌었다.

“제가 실수했군요, 숙부님. 친구가 아니라 한시적인 동업자지요.”

청년은 즉시 자신의 실수를 인정했다.

“언제나 그걸 명심하거라. 상인에게는 이익이 되는 자와 손해가 되는 자, 두 가지 인간만 존재한다. 특히 무인은 더 더욱 친구로 생각해서는 안 되지. 네 조부께서도…….”

“잘 알고 있습니다, 숙부님. 두 번 다시 그런 일을 당하지 않기 위해 이곳에 왔지 않습니까.”

청년은 깊숙이 고개를 숙였다.

그때 또 한 번의 인기척이 들리며 인장호가 문을 열고 들어왔다.

인장호의 얼굴이 상기되어 있었다.

“그년이 드디어 승낙의 대답을 보내왔습니다!”

“그년?”

임문정의 눈살이 찌푸려졌다.

“그 다리 병신 년이… 크윽!”

상기된 얼굴로 빠르게 말을 이어가던 인장호가 비명을 지르며 주르르 뒤로 밀려났다.

임문정의 손에서 뻗어 나온 봄바람 같은 경력 한줄기가 인장호의 가슴에 닿은 결과였다.

어느새 인장호의 입에서 선혈이 주르르 흐르고 있었다.

“뭘 모르고 있나 본데… 지금 우리가 벌이고 있는 일에 있어 그녀는 네놈보다 적어도 백배 정도는 더 중요하다고 할 수 있지. 그러니 그 여인은 네깐 놈이 함부로 그런 험구로 대할 수 있는 존재가 아니란 말이다."

임문정은 뱀이 개구리를 노려보듯 인장호를 노려보았다.

"죄송합니다. 다시는……."

"당연히 그래야지. 앞으로의 일에 그녀의 안정된 심리 상태가 무엇보다 중요하니까 말이야."

잠시 말을 멈추고 인장호를 쳐다보던 임문정이 중년인에게로 고개를 돌렸다.

"가장 큰 문제가 해결되었습니다."

"그렇구나. 그럼 이제 다음 단계로 넘어가야겠구나."

임문정의 숙부이자 동방회의 부회주 임지건(林志乾)은 미미하게 고개를 끄덕였다.

"지금 당장 움직여 그녀를 준비된 장소로 데려가라. 최대한 은밀히, 그리고 최대한 예의를 갖추어서. 그런 후 그 다음 단계의 일을 시작해라."

임문정이 인장호를 향해 빠르게 지시했다.

"그럼… 비무대회는?"

입가에 흐른 피를 닦은 인장호는 머뭇거리며 질문했다.

예정된 장소로 이여옥을 데려가서 다음 단계의 준비를 하려면 내일 비무대회에는 참가할 수 없었기 때문이다.

"넌 더 이상 그곳에 신경 안 써도 된다."

"그게 무슨?"

인장호의 눈빛이 의문으로 물들었다.

"아하! 그러고 보니 유가검보의 둘째 아들 유화결과 네놈의 비무를 말하는 모양인데… 설마 네놈이 유화결을 이길 수 있다고 생각한 건 아니겠지?"

임문정의 눈빛이 차가워졌다.

"네놈은 유화결을 절대 이길 수 없다. 아직 그것도 모르는 모양이군. 네놈을 내세운 건 유가검보의 자식을 비무대까지 끌어내기 위함이었지. 마침 유가검보의 둘째 놈과 네놈이 어렸을 적부터 앙숙이어서 그걸 이용했지. 엉뚱하게도 비무대회에는 큰놈이 먼저 나왔으나 상관없어. 어쨌든 유가검보의 자식이 나왔고 내일도 출전하게 될 테니까 말이야."

임문정은 만족한 표정을 지으며 다시 입술을 움직였다.

"비무대회장에 있어서 네놈의 임무는 끝났다. 그러니 다른 임무에 충실해라."

"하지만……."

기가 막힌 심정이 된 인장호가 움직일 줄 모르고 서 있었다.

"매가 더 필요한 모양이지?"

피식 웃으며 말한 임문정이 손을 들어 올렸다.

임문정의 오른손에 푸르스름한 안개가 뭉쳐졌다.

사색이 된 인장호가 입을 딱 벌린 채 손을 내저었다.

"아, 아닙니다. 즉시 시행하겠습니다."

인장호가 문을 부수듯 열고 밖으로 사라졌다.

"너무 심하게 다루는 것이 아니냐?"

인장호가 나간 후 임지건이 염려스런 목소리로 말했다.

임문정이 인장호를 다루는 모습이 너무 매몰찬 것 같았기 때문이다.

"제가 얼마나 많은 인간들을 다뤄왔는지 숙부님께서 더 잘 아시지 않습니까? 저런 인간은 저렇게 다루는 것이 가장 효과적이고 뒤탈이 없지요."

임문정은 입가에 조소를 떠올리며 답했다.

"궁지에 몰리면 쥐도 고양이를 무는 법이니라."

"실망이군요."

"뭐가 말이냐?"

"저를 고양이 정도로밖에 생각 안 하신다니 말입니다."

임문정의 얼굴에 자신만만한 기운이 퍼져 나갔다.

"혈유(血幽), 움직여라!"

대화를 끝내고 왼쪽 벽을 향해 고개를 돌린 임문정이 짤막하게 지시를 내렸다.

그 순간 왼쪽의 벽이 움직이는 듯한 느낌이 들었다.

극히 짧은 순간 서릿발 같기도 하고 붉은 안개 같기도 한 그림자가 일렁이는가 싶더니 어느새 아무것도 느껴지지 않았다.

"저놈은 언제 봐도 기분 나빠."

임지건이 혀를 차며 말했다.

"보이십니까?"

임문정은 눈을 가늘게 뜨며 임지건을 쳐다보았다.

"말이 그렇다는 얘길세."

임지건은 입맛을 다셨다.

"큭큭! 저런 놈은 저렇게 다뤄야 뒤탈이 없다고?"

복도를 돌아나오며 입 안에 흥건히 고인 핏물을 내뱉을 생각도 않은 인장호는 자조적인 웃음을 토했다.

비릿한 피 냄새가 입 안 가득했지만 인장호의 신경은 그곳에까지 미치지 못하고 있었다.

오로지 유화결을 꺾고 더 나아가 동방회의 힘으로 유가검보를 밀어내고 이곳 제일가로 군림하겠다는 꿈을 위해 죽음 같은 고통도 마다않고 매진했다.

그런데 유화결과 싸워보지도 않았는데 상대가 안 된다고?

또 방문 사이로 흘러나온 '저런 놈은 저렇게 다뤄야 뒤탈이 없다'는 임문정의 말은 그동안 애써 쌓아 올린 탑들이 와르르 무너지는 참담한 기분을 느끼게 했다.

"결국 한 마리 개였단 말인가?"

인장호의 얼굴이 처참하게 일그러졌다. 그리고 그 위로 잔인한 미소가 번져 갔다.

"개도 심하게 걷어차면 주인이고 뭐고 없이 물어뜯는 법이지. 하물며 네놈은 내 주인이 아니야."

으스러져라 주먹을 쥔 인장호는 입술을 질끈 깨물었다.

이빨이 입술 깊숙이 파고들며 이미 입 안에 고여 있던 선혈과 같이 흘러내렸지만 인장호는 그것도 의식하지 못했다.

"마차를 준비했습니다, 공자님!"

밖에서 사내의 목소리가 들렸지만 인장호는 실성한 사람처럼 초점 잃은 눈을 벽 한곳에 고정시킨 채 앉아 있었다.

"공자님!"

조금 더 큰 소리가 울렸다.

그제야 인장호는 고개를 들었다.

"후후!"

메마른 웃음과 함께 초점을 잃고 있던 눈동자에서 섬뜩한 광채가 흘러나왔다.

"알았다. 출발하자."

본래의 표정으로 돌아온 인장호는 신형을 일으켰다.

임문정이 부하로부터 서찰을 받아 든 그 시간쯤, 유가검보주 유상목은 흡사 벼락에라도 맞은 듯 자리에서 벌떡 일어섰다.

"대체 그게 무슨 소리냐? 탈명철검 조탁이라니?"

유상목의 고함에 일검대 소속 무사는 전해야 할 말을 끝까지 전하지도 못하고 멍하니 유상목을 쳐다보았다.

유상목은 조탁과 유화성이 대결을 벌였다는 말만으로도 가슴이 철렁하다 못해 들고 있던 찻잔이 쏟아지는 것도 의식할 수 없을 정도로 놀란 모습을 했다.

뒤이어 유상목은 눈앞이 캄캄해 오는 기분을 느꼈다.

탈명철검 조탁이 누구인가?

한 자루 철검에 미친 검치(劍癡)라 해도 과언이 아닌 사람이고, 자신이 나선다 해도 승보다는 패할 확률이 높은 무인이다.

그런 자와 장남 화성이 비무를 벌였다니…….

둘째 화결이라도 결과는 달라지지 않았을 것이지만 화성이라면 결과는 더 더욱 뻔했다.

평소답지 않게 아침부터 멀쩡한 모습을 보이며 화결의 비무대회행에 따라나서던 놈이 비무대회에는 왜 참가했단 말인가?

그리고 조탁 같은 무인은 어떻게 이곳에 나타났단 말인가?

인장호의 콧대를 꺾어주겠다고 나간 화결은 또 어찌 되었단 말인가?

유상목의 머리 속으로 수많은 생각들이 폭풍처럼 휩쓸고 지나갔다.

“그래, 화성이는, 화성이는 어떻게 되었느냐? 설마……?”

조탁의 별호가 왜 탈명철검인지 익히 알고 있는 유상목은 차마 끝까지 말을 뱉지 못하고 앞에 선 무사만 노려보며 손끝을 가늘게 떨었다.

“큰공자님께서 조탁의 팔을 잘랐습니다.”

“팔, 팔이란 말인가?”

유상목은 다리에 힘이 쭉 빠지는 것을 느끼며 기둥을 붙잡았다.

그러나 힘이 빠진 신형은 기둥 아래로 연방 미끄러져 내렸다.

“보, 보주님, 왜 이러십니까?”

무사 몇 명이 급히 유상목의 신형을 부축했다.

“살아는… 있느냐?”

유상목은 핏기없는 입술을 힘겹게 움직였다.

열 손가락 깨물어 안 아픈 손가락이 없다지만 장남 화성은 유달리 가슴을 아리게 했다.

어릴 때부터 너무 섬세해서 유약해 보이기까지 하는 성격 탓에 일부러 매몰차게만 대해왔다.

그리고 표풍검법에 무서운 집착을 보이며 폐관에 든 때에도 대성을 바라는 자신의 욕심 때문에 연인의 임종도 지켜보지 못하게 했다.

그것으로 인하여 폐관 수련을 끝내고 석실에서 나오자마자 검을 놓고 피폐해져 가는 모습은 심한 죄책감에 시달리게도 만들었다.

이럴 줄 알았더라면 차라리 폐관 수련을 중도에 포기하게 하고 마지막 순간이나마 연인과 같이 보내게 할걸 하는 후회도 숱하게 했다.

그런 장남 화성이 이젠 조탁에게 팔이 잘려 육체적으로도 병신이 될 수밖에 없다는 사실에 유상목은 통곡이라도 하고 싶었다.

“생명에는 지장이 없을 것 같았지만 생의 의미를 잃은 모습으로 쓸쓸히 사라졌습니다."

잠시 어리둥절한 표정을 하던 일검대 무사는 조탁의 마지막 모습을 유상목에게 설명했다.

"사, 사라지다니? 그건 또 무슨 말이냐? 네놈들은 무얼 하고 화성이가 사라지게 놔두었단 말이냐?"

기둥을 잡고 바닥으로 주저앉다시피 하던 유상목은 벌떡 신형을 일으키며 고함을 질렀다.

"보, 보주님?"

일검대 사내는 눈을 끔벅거렸다. 그리고 잠시 후, 보주와 자신 사이에 심각한 의사 소통의 왜곡이 있었음을 깨달았다.

"보주님, 그게 아니라… 큰공자님께서 조탁의 팔을 자르고 팔이 잘린 조탁은 군중 속으로 쓸쓸히 사라졌습니다."

짜악—

비로소 일검대 사내의 말을 곡해없이 알아들은 유상목은 일검대 소속 무사의 뺨을 갈겼다.

"왜 그걸 이제야 말하는 것이냐?"

가슴이 새까맣게 타 들어간 기분이 된 유상목은 눈을 부릅뜨고 일검대 무사를 노려보았다.

"보주님, 저는 처음부터 그렇게 말씀드렸는데……."

괜한 따귀를 얻어맞은 사내는 말끝을 흐렸다.

"그, 그렇군. 내가… 지금 정신이 없구먼. 미안하게 됐네."

유상목은 자신의 실수를 깨닫고는 급히 사과하며 주변을 둘러보았다.

막내동생 유상기가 헐레벌떡 뛰어오고 있었다.

"대체 어찌 된 일이냐?"

조금 냉정을 되찾은 유상목은 막내동생이자 일검대주인 유상기를 보고 물었다. 그러나 유상기 역시 상황 파악이 제대로 되지 않기는 마찬가지였다.

잠시 후, 일검대 소속 무사의 세세한 설명을 다시 들은 유상목과 유상기는 한층 더 혼란스런 표정으로 서로를 바라보았다.

제일 먼저 폐인이나 마찬가지인 유화성이 조탁의 팔을 자른 사실이 도저히 이해가 되지 않았다.

그래서 유상목과 유상기는 그때의 상황을 몇 번이나 되묻고 고쳐 들었지만 여전히 상황 파악은 되지 않았다.

만약 직접 비무 광경을 지켜보았더라면 유화성이 몇 대 간에 걸친 유씨 가문의 숙원인 표풍무형의 초식을 깨쳤다는 것을 알았겠지만 일검대 무사의 설명만으로 그걸 추론하기란 불가능했던 것이다.

결국 일검대 무사의 설명을 일단은 액면 그대로 받아들이기로 한 두 사람은 놀란 가슴을 쓸며 상황을 정리해 보았다.

무관심한 척했지만 어쩔 수 없이 비무대회에 관심을 집중시키며 제일 먼저 신경이 쓰인 인물은 거력패도 염호광이었다. 그러나 그는 이름 모를 노인에게 패해 사라졌으니 더 이상 신경 쓸 필요가 없었다.

대신 염호광을 곰방대 하나로 물리친 노인에 대해서 은밀히 조사했는데 도저히 정체를 알 수가 없었다.

그런데 오늘은 탈명철검 조탁이라니?

하나같이 이런 비무대회에 나타날 인간들이 아니었다.

"그렇다면?"

동방회가 무슨 수작을 벌였을 가능성이 컸다.

유상목과 유상기는 동시에 그런 결론을 내리고 있었다.

그리고 그 결론은 연이어 또 다른 물음을 이끌고 왔다.

그들이 이런 고수들을 비무대회에 출전시킨 이유는?

"제 생각입니다만… 그들이 비무라는 공식적인 자리에서 화결이의 목숨을 노린다는 느낌이 듭니다."

유상기는 잔뜩 굳어진 표정으로 말했다.

*　　　*　　　*

점심을 먹고 오후 비무대회가 시작되기 한참 전부터 비무대 주변은 관중들로 빈틈없이 채워졌다.

예년과는 비교할 수 없을 만큼 흥미진진했고, 또 상상도 못할 고수들이 출전하여 모두 패했다. 그런 상황이니만큼 어떤 사람들은 아예 점심도 거른 채 자리를 지키고 있었다.

게다가 점심 후에는 관중들의 수가 오전보다 더 늘어났다.

진우청은 콩나물 시루처럼 빽빽이 서 있는 사람들 사이를 누비고 다니느라 비지땀을 흘렸다.

그러나 아무리 관중 속을 누비며 사방으로 고개를 돌려도 도종대 일행은 보이지 않았다.

또한 인장호와 계집애 같은 놈도 마찬가지였다.

마침내 찾기를 포기하고 걸음을 멈춘 진우청은 소태 씹은 표정을 했다.

그 계집애 같은 놈은 자신이 결선에 진출하기만 하면 그들을 풀어준다고 했는데 그들은 아직 풀려나지 못한 것이 확실했다.

"비열하기까지 한 놈이었나?"

진우청은 임문정의 모습을 떠올렸다.

요사스럽게 생기긴 했지만 그놈은 자기가 한 약속은 지킬 놈 같았다.

능수능란한 기운이 온 얼굴에 넘쳐흘러도 자존심은 강한 놈 같았다.

그러니 한입으로 두말하는 잡종이란 소리를 듣고 싶지 않아서라도 약속을 지키려 할 것이라 생각했다. 하지만 그 약속의 한계를 분명히 하지 않았다는 사실이 자책감을 불러일으켰다.

"그놈도 비열하지만 나도 멍청한 짓을 한 것 같군."

진우청은 잠시 심호흡과 함께 분기를 가라앉히며 중얼거렸다.

오늘까지 벌어지는 예선에서 이미 한 판의 승리를 거뒀으니 결선에 진출한 것이다.

그러나 그건 어디까지나 자신만의 생각일 수도 있었다.

그놈이 자신이 말한 결선이란 것은 여덟 명만 남은 상황이나, 아니면 네 명만 남은 상황이라고 우기면 답변이 궁할 것도 같았다.

"젠장!"

진우청은 그 점을 확실히 못 박지 않은 것이 후회되었다.

그리고 너무 성급하게 그곳을 벗어난 행동에 대해서도 같은 후회감이 들었다.

상대의 약점을 잡고 최대한 여유를 부리며 거드름을 피우는 놈들과는 한시라도 빨리 헤어지고 싶었다.

조부께서는 그런 상황에 최대한 잘 대처해야 큰 손해를 보지 않는다고 하셨는데 자신은 애당초 싹수가 노랬다.

그래서 휑하니 등을 돌려 나온 것이 이렇게 난처한 상황에 빠지게 하고 있었다.

"비무고 나발이고 다 때려치우고 소주나 항주를 향해 떠나 버릴까?"

지하 석실을 벗어나며 짧은 순간 느껴졌던 충동이 가슴속에서 다시 고개를 들고 있었다.

어차피 뒤통수를 치려고 서로 호시탐탐 노리던 사이인데 목을 걸고 매달릴 필요가 없을 것도 같았다.

잠시 그런 생각을 하던 진우청은 세차게 고개를 흔들었다.

인장호와 임문정이라는 그 요사스런 놈들의 입가에 걸린 조소가 바로 앞에서 쳐다보는 것처럼 선명하게 떠오르며 그들의 웃음소리도 귓가에 맴도는 것 같았다.

"기분 나쁜 놈들!"

진우청은 불만 가득한 음성을 토해냈다.

그때 진우청의 귓속으로 귀에 익은 음성들이 들렸다.

"내가 출전했으니 넌 더 이상 나가지 않아도 된다."

"무슨 소리야, 형? 이번 비무대회에는 애초부터 내가 나가기로 되어 있었어. 나가지 말아야 할 곳에 나간 건 형이야. 만약 재수없이 우리 둘이 마주친다면 그땐 형이 기권해."

유화성과 유화결 형제였다.

오전과는 반대로 이번에는 유화결이 출전하려 하는 것을 유화성이 말리는 모양이었다.

유화결의 말대로 두 형제가 계속 출전하면 마주칠 수도 있었다.

진우청은 찡그렸던 표정을 펴고 흥미진진한 눈빛으로 그들을 쳐다보았다.

그때 여인처럼 붉은 유화성의 입술이 다시 움직였다.

“그렇다면… 나가더라도 상대가 올라오고 난 후에 나가거라.”

도저히 고집을 굽히지 않는 유화결을 보고 유화성이 조금 누그러진 목소리로 말했다.

“그건 왜……?”

유화결이 미간을 좁히며 물었다.

“그렇게 해라. 어차피 오늘까지는 예선이니 인장호와는 만날 수 없다. 그러니 어떻게 하든 상관없는 것 아니냐?”

유화성이 무언가 깊이 생각하는 표정으로 말했다.

“하지만…….”

“부탁이다. 그렇게 해라.”

유화성이 다시 간절하게 말했다.

그러는 사이 비무대 위로 한 명의 사내가 올라갔다.

“이젠 나가도 되지?”

유화결이 비무대 위의 사내와 유화성을 번갈아 보며 말했다.

유화성도 비무대 위의 사내를 잠시 쳐다본 후 마침내 무겁게 고개를 끄덕였다.

“와아―”

유화결이 비무대 위로 오르자 고함 소리가 터져 나왔다.

비무대회가 시작되기 전부터 이곳 사람들의 가장 큰 관심사는 유가검보의 둘째 아들 유화결과 인가장의 장남 인장호의 대결이었다.

인가장과 인장호는 계속해서 그런 상황을 유도했고, 그런 분위기를 읽은 휘주와 둔계 인근의 사람들은 유가검보의 둘째 아들이 과연 이번 비무대회에 출전하여 인장호의 도전을 받아줄지, 받아준다면 또 결과는 어떻게 될까 하는 데 온통 관심을 쏟았었다.

그러나 막상 비무대회가 시작되고 보니 유가검보주가 나와도 이길 수 있을까 싶은 고수들이 출전했고, 그중 최고고수로 여겨지는 탈명철검 조탁을 폐인 유화성이 꺾어버렸다.

그 바람에 유화결과 인장호의 대결에 대한 관심은 잠시 뒤로 밀려났다가 비무대 위로 등장한 유화결을 보고 그 관심이 되살아나며 관중들이 술렁거렸다.

예상 밖으로 기라성 같은 고수들이 출전했지만 그들은 이번 비무대회가 끝나면 떠날 사람들이다.

그러나 유가검보와 인가장은 여전히 이곳의 가장 큰 세력으로 남아 패권을 다투며 각축을 벌이게 될 것이다.

뜻하지 않은 고수들의 대결과 마찬가지로 그 두 가문의 아들들인 유화결과 인장호의 대결은 또 다른 의미의 관심사였다.

"사천 출신의 복이록(卜伊碌)이오!"

소중부의 질문에 유화결과 마주 선 사내가 자신의 이름을 밝혔다.

소중부는 큰 소리로 복이록의 이름을 먼저 소개하고 물어볼 필요도 없는 유화결의 이름을 곧이어 소개했다.

잠시 뒤 소중부는 몇 가지 당부의 말과 함께 비무대 아래로 내려갔다.

유화결과 복이록은 천천히 걸음을 옮겨 비무대 중앙에서 마주 섰다.

복이록의 무기는 장창이었다.

하늘을 향한 세모꼴의 창날이 파리하게 빛을 발하고 있었다. 그리고 창날의 목 부분에는 알록달록한 수실이 달려 바람에 날리고 있었다.

보통의 장창과 길이에서나 모양에서나 별반 다를 게 없었다.

유화결은 유화성과 마찬가지로 예사롭지 않은 빛이 감도는 검을 들고 있었다. 언뜻 보기에도 그건 보검이라는 생각이 들었다.

'장창이라······.'

관중석에서 비무대 위를 쳐다보던 진우청은 침을 꿀걱 삼키며 시선을 고정시켰다.

조부께서 좋아할 것 같은 사내 유화결이 이길 것이 확실해 보였지만 장창을 든 사내의 실력도 궁금했다. 아니, 실력보다는 그 사내가 장창을 어떻게 사용하는지 그게 더 궁금했다.

사내가 들고 있는 무기가 장창보다는 봉이나 곤이었다면 훨씬 더 좋았을 것이지만 창으로도 많은 배울 점이 있을 것 같았다.

창은 곤이나 봉과 달리 날이 있는 한쪽 방향으로 주로 공격할 것이기에 몇 가지 기술에 있어서는 곤술과 차이가 있을 테지만 긴 막대기를 다룬다는 면에서는 유사점이 더 많을 것이다.

짧은 기다림 끝에 두 사람의 대결이 시작되었다.

먼저 공격한 사람은 복이록이었다.

뒤쪽으로 한 발을 슬쩍 빼며 기수식을 취한 복이록은 쾌속하게 유화결의 가슴을 찔러갔다.

유화결은 그 자리에서 상체를 가볍게 옆으로 젖히며 복이록의 창날을 피해냈다.

유화결의 움직임에 창날이 허공을 찌르는가 싶은 순간 복이록은 손목을 빠르게 움직였다.

휘익—

획—

곧게 뻗은 복이록의 창대가 폭풍우에 휩쓸린 대나무처럼 휘어지며 창날이 대여섯 개의 환영을 만들어 유화결을 공격해 들어갔다.

두 번을 더 가볍게 상체만 움직여 피한 유화결도 검을 빼 들었다.

유화성의 청풍검에 못잖은 보검 은하검(銀河劍)이 검집에서 뽑혀짐과 동시에 복이록의 창날을 쳐내갔다.

챙―

맑은 검명과 함께 금방이라도 유화결의 가슴을 꿰뚫을 듯하던 장창이 훨씬 더 심하게 휘어지며 유화결의 상체를 비껴났다.

“명불허전이다!”

관중들 사이에서 탄성들이 터져 나왔다.

찌르고 동시에 후려지는 복이록의 창술도 날카롭기 그지없었지만 그런 공격을 간단한 움직임으로 피해내는 유화결의 움직임도 결코 만만치가 않았다.

표풍검법으로 검보를 이룬 유가검보의 저력이 다시 표출되는 순간이었다.

휘익―

몇 번의 선제공격이 유화결의 간단한 수비 동작에 막히자 복이록은 창을 몸 쪽으로 재빠르게 회수하며 다음 공격을 펼칠 자세를 잡으려 했다.

그러나 유화결의 검이 그렇게 호락호락하지 않았다.

유화결은 신형을 바람처럼 움직이며 회수되는 복이록의 창대를 따라 은하검을 찔러 넣었다.

대경한 복이록은 묘하게 팔을 비틀며 장창을 흔들었다.

파라락―

흡사 여인의 옷자락이 바람에 휘날릴 때와 같은 음향이 울리며 복이록의 장창에서 무지개가 피어났다.

창날의 목 부분에 달린 수실이 장창의 회전과 함께 활짝 펼쳐지며 방패처럼 유화결의 검로를 차단했다. 그리고 더 나아가 그 수실은 우모침(牛毛針)처럼 유화결의 면상을 노리고 들었다.

계속해서 공격해 들어가다가는 바늘 같은 수실에 눈이 찔릴 위험을 느낀 유화결은 검을 회수하고 뒤로 물러섰다.

한차례 격돌한 두 사람은 다시 처음과 같은 대치 자서를 이루었다.

'저건 도저히 예상하지 못한 수법인데… 나도 용호곤에 수실을 달까?'

두 사람의 대결을 유심히 지켜보던 진우청은 복이록의 창날 목 부분에 달린 수실을 보며 내심 중얼거렸다.

곤은 창처럼 날이 없으니 상대에게 훨씬 덜 위협감을 줄 것이다. 그런 면에서 저런 바늘 같은 수실이 있으면 제법 겁을 줄 것 같았다.

'그럴 바에야 아예 창을 들고 말지.'

진우청은 고개를 흔들었다.

용호곤은 지금의 모습 그대로가 완벽했다.

거기다 무엇을 더 덧붙이고 치장을 한 모습은 오히려 그 빛을 잃게 만들 것 같았다.

잠시 대치를 이루었던 두 사람의 신형이 다시 움직이자 진우청은 급히 시선을 고정시켰다.

이번에는 유화결이 먼저 공격하여 들어갔다.

표풍검법이 본격적으로 펼쳐지며 산들바람에도 팔랑 날려갈 듯 보이던 유화결의 신형이 어느새 복이록 바로 앞으로 다가들며 표풍회선의 검초를 펼쳤다.

휘이잉—

유화결의 검이 한줄기 회오리바람을 일으키며 복이록의 상체를 쓸어갔다.

장창과 그 창날의 목에 달린 수실의 공격에도 효과적으로 대처할 수 있는 초식이었다.

표풍회선의 바람이 창날 목 부분의 수실을 날려 버리고 섬전처럼 다가들자 복이록은 급히 신형을 뒤로 빼며 쭉 장창을 뻗어 표풍회선의 검초 정중앙으로 찔러 넣었다.

그때 유화결의 검초가 변화를 일으켰다.

여러 개의 금속성이 터지며 장창이 더 이상 전진하지 못하고 뒤로 밀려났다.

장창이 한 자 정도 더 뒤로 밀려났을 때, 유화결의 검초가 훨씬 더 가볍게 변해갔다.

표풍회선에서 표풍소설의 초식으로 변화시킨 유화결은 눈발을 휩쓸어가는 바람처럼 가볍게 복이록의 좌측으로 돌아갔다.

장병기는 상대와의 거리를 둘 때 가장 큰 위력을 발휘한다.

그 점을 한순간도 잊지 않은 유화결은 복이록과 최대한의 접근전을 펼치려 하고 있었다.

휘리릭―

유화결의 근접 공격에 복이록은 창대의 중단을 잡고 창을 회전시켰다.

창의 손잡이 부분이 뒤에서 불쑥 튀어나오며 유화결의 가슴을 쳐갔다.

곤술로 따지면 료곤(撩棍)의 공격과 흡사한 초식이었다.

유효 적절한 복이록의 대응에 유화결은 다시 검초를 변화시켰다.

표풍소설에서 표풍일섬으로 초식을 변화시킨 유화결은 창대 사이로 은하검을 찔러 넣었다.

팟―

핏줄기가 솟구치며 복이록의 왼쪽 어깨에 작은 상처 하나가 생겼다.

"와아!"

침을 삼키며 연속된 몇 차례의 격돌을 구경하던 관중들의 입에서 다시 함성이 터졌다.

조탁의 팔을 자른 유화성은 네 번 모두 표풍일섬만 펼쳤고, 그것도 너무 쾌속하고 변화가 빨라 관중들은 유가검보의 표풍검법을 제대로 만끽하지 못했다.

그러나 유화결의 공격에서는 표풍검법을 만끽할 수가 있었다. 또한 팔은 안으로 굽는 법이기에 타지에서 온 고수가 이곳 휘주의 자랑인 유가검보의 검법에 밀리는 것이 분위기를 더욱 고조시켰다.

상처를 입은 복이록의 신형이 잠시 주춤하며 흔들리는가 싶더니 장창이 훨씬 변화무쌍하게 움직이기 시작했다.

장창 끝이 살아 움직이는 뱀처럼 유화결의 발끝을 노리다가 어느새 허공으로 솟구쳐 복부를 찌르고, 다시 허리를 쓸어갔다. 그리고 허공을 한 바퀴 돈 장창은 장검처럼 유화결의 목을 베어갔다.

상처 입은 맹수의 발악 같은 복이록의 공세에 유화결은 잠시 수비식만 펼치며 빠르게 신법을 전개했다.

차차창―

수비로만 대처하던 유화결의 상체가 순간적으로 쭉 늘어나는 것 같은 착각을 불러일으키며 쾌속하게 복이록의 창대를 쳐내고 복이록의 코앞으로 쇄도했다.

복이록은 장창을 급하게 회전시켰다.

그러나 한발 앞서 유화결의 은하검 끝이 복이록의 가슴에 닿아 있었다.

"좋은 검법이었소."

한동안 미동도 않고 은하검 끝을 내려다보던 복이록이 장창을 거두며 패배를 시인했다.

"멋진 창술이었소."

유화결도 짤막한 대답과 함께 가볍게 고개를 끄덕였다.

관중석에서 다시 우레와 같은 고함 소리가 울리며 두 사람은 서로 등을 돌려 묵묵히 비무대 아래로 내려왔다.

"수고했다."

유화성이 일승을 거두고 내려오는 유화결의 등을 두드렸다. 그러나 유화결은 떨떠름한 표정으로 유화성을 쳐다보았다.

방금 상대한 복이록이란 사람의 창술이 보통은 아니었지만 탈명철검 조탁과는 천양지차였다.

그러기에 형 유화성에 비하면 너무 쉽게 승리를 거둔 것이다.

그러나 유화결의 표정에 어려 있는 불만의 이유는 그게 아니었다.

비무 상대가 먼저 올라오기 전에는 출전하지 말라고 말렸던 유화성의 행동.

그와 함께 뭔가 음습한 기운을 느끼게 하면서도 종내는 알 수 없는 안개 속에 갇힌 것 같은 심정.

그것이 유화결의 불만을 가중시키고 있었다.

"이유가 뭐야?"

유화결이 여전히 떨떠름한 표정으로 유화성을 보며 물었다.

그러나 그 이유는 관중들의 함성 소리로 자연스럽게 밝혀졌다.

기대감과 경외감이 섞인 함성 소리를 등에 업고 비무대 위로 올라온 사람.

큰 키에 흑의 무복을 몸에 걸친 사내는 흑사편(黑蛇鞭) 동태승(東太承)이었다.

별호로도 그의 무기가 어떤 것인지 충분히 알 수 있었다.

검은 뱀처럼 가늘고 긴 묵색 채찍 하나로 강호를 유람하며, 그 흑사편으로 뭇 고수들의 목을 감아 공깃돌 날리듯이 허공으로 날려 절명시키는 흑도의 고수였다.

비록 조탁에게는 한 수 뒤질 정도일진 몰라도 이곳 휘주의 비무대회에 그가 출전한 것은 조탁이나 거력패도 염호광이 출전한 것만큼 의외이고 고무적인 일이었다.

유화결이 얼굴을 찌푸렸다.

형 유화성의 말대로 하지 않고 자신이 먼저 비무대 위로 올랐다면 지금 올라온 흑사편 동태승과 겨루게 되었을 것이다.

자신이 동태승과 겨루게 되었다면 결과가 어떻게 될까?

유화결은 도저히 승리를 장담할 수 없었다.

자신이 아무리 검보의 자손이라지만 아직은 온실 안의 화초일 뿐인 반면 동태승은 백전노장의 흑도고수였다.

형 유화성의 행동이 이젠 어렴풋이 이해가 되었다.

그러나 더 많은 의문이 꼬리를 물고 일어났다.

대체 이런 인간들이 왜 이곳에 나타난 것일까?

이들은 은 일만 냥을 벌고자 그 먼 길을 달려온 사람들이 아니다. 더 큰 무엇인 동방회의 힘이 작용했을 것이다.

그렇다면 동방회는 이런 괴물들을 왜 이 작은 고장의 비무대회에 출전시킨 것인가?

자신들이 내건 일만 냥을 회수하고자?

'개뿔!'

욕지거리를 삼킨 유화결은 점점 더 복잡해지는 심정과 함께 눈을 돌려 비무대 위를 쳐다보았다.

동태승의 상대로 아무도 올라오지 않았다.

자연 동태승의 기권승이 선언되었다.

그의 흑사편 솜씨를 구경하지 못한 구경꾼들은 아쉬움 가득한 탄성을 지르다가 비무대를 내려오는 그에게 찬사를 보냈다.

승자가 되어 결선으로 진출한 이상 지금 당장은 못 보더라도 내일이면 틀림없이 보게 될 것이었다.

그리고 그 다음으로 두 판이 더 치러지고 또 한 번 놀랄 일이 벌어졌다.

비무대 위에 전혀 예상 밖의 사람이 또 한 명 나타난 것이다.

그는 광음마각(狂音魔角) 천개일(千介日)이었다.

그가 가진 소뿔 같은 기형의 악기에서 뿜어져 나오는 음률은 미친 사람을 제정신이 들게도 하고 멀쩡한 사람을 미치게도 만들었다.

일장일단이 있다고 하겠지만 세상에는 미친 사람보다는 안 미친 사람이 훨씬 많은 바, 그의 음공이 펼쳐진 곳에는 미쳐 버린 사람이 미쳤다가 멀쩡하게 된 사람보다 압도적으로 많아 광음마각이라는 별호를 얻었다.

그 역시 상대가 없어 기권승을 거두었다.

천개일이 두 판 전에 올라온 흑사편 동태승과 싸웠으면 어떻게 되었을까?

왜 그때는 안 올라오고 지금 올라왔느냐 하는 의문과 야유가 잠깐 있었지만 금방 수그러들었다.

번쩍!

비무대를 내려오는 마지막 계단에서 천개일은 유가검보의 사람들이 있는 곳으로 날카로운 안광을 내쏘았다.

유화결은 천개일의 눈빛을 마주하고는 가슴에 얼음굴이 쏟아지는 기분을 느끼며 형 유화성을 쳐다보았다.

유화성의 눈빛은 여전히 담담하기만 했다.

유화결을 지나 유화성과 눈을 마주하던 천개일의 표정에 미세한 파문이 일었다. 그러나 그것도 잠시, 천개일은 등을 돌려 관중들 속으로 사라졌다.

"오빠, 저 사람 왜 우리를 뚫어지게 쳐다보고 간 거야?"

유화경도 천개일의 눈빛을 의식했는지 오싹함과 불쾌함이 뒤섞인 표정을 하며 유화성에게 질문을 던졌다.

"네 미모에 홀딱 반한 게 아닐까?"

깊이를 알 수 없게 담담하던 눈빛의 유화성이 아무렇지도 않게 답했다.

"오빠……. 이런 순간에도 농담할 기분이 나!"

유화경은 조금 전에 느꼈던 오싹한 기분을 깨끗이 잊은 듯 뾰족한 고함을 질렀다.

유화경 못잖게 굳은 표정을 짓고 있던 백봉령주도 유화성의 농담에 자신도 모르게 긴장을 풀며 한숨을 내쉬었다.

第十七章
역습

유화결과 복이록의 비무가 끝난 후 장창을 쓰던 복이록의 움직임을 머리 속에 담고 내내 생각에 잠겼던 진우청은 마침내 고개를 저었다.

"역시 사부께서 차근차근 풀어주시는 것을 몸으로 직접 체득해야 제격이지 이렇게 생각만으로는 애꿎은 머리털만 빠지겠어."

비 맞은 중처럼 구시렁거린 진우청은 다시 목을 길게 빼어 관중들은 둘러보았다.

여전히 도종대 일행은 보이지 않았다.

만약 그들이 풀려났다면 자신이 그들을 찾는 것보다 그들이 눈에 띄기 쉬운 자신을 먼저 찾고 다가왔을 것이다.

오후 시간도 이젠 제법 지났다.

지금까지 그들이 보이지 않는다는 것은 그 계집애 같은 놈이 자신을 내일 비무 시합에까지 참가시키려 하고 있는 것이다.

"빌어먹을!"

진우청은 땅바닥을 걷어차며 욕지거리를 내뱉었다.

집으로 가서 갇히는 게 싫어 가출을 결심했는데 이곳에서 갇혀 있다는 생각이 들었다.

황산의 동굴 속에서도 십 년 동안 갇혀 있었던 것이나 진배없었지만 그때는 조부님의 눈초리를 피해 한 이십 년 세월을 축내자는 뚜렷한 목적 의식을 가지고 스스로 행한 행동이었다.

이런 타의적인 속박은 더 이상 참을 수 없었다.

스스로 비무에 참가해 산 아래 사람들의 허술한 춤과 자신의 춤을 직접적으로 비교해 보고픈 생각도 있었지만 뭔가 거치적거리는 게 있다고 생각하니 모두 때려 엎고 싶을 뿐이다.

진우청은 지그시 주먹을 쥐었다.

우두둑—

묵직하게 주먹이 쥐어지며 뼈마디 부딪치는 소리가 울렸다.

세차게 쥐었던 주먹을 편 진우청은 백운 노인이 앉아 있는 곳을 쳐다보았다.

백운 노인은 여전히 일정한 시간 간격으로 자신 쪽을 향해 고개를 돌리며 신경을 쓰고 있었다.

비록 눈을 마주치지 않으려고 다리 쪽만 쳐다보고는 고개를 돌렸지만 내내 자신을 주시하고 있음이 분명했다.

'마침 잘됐군.'

무언가를 발견한 진우청은 내심 쾌재를 외쳤다.

"형씨!"

진우청은 낮은 목소리로 다가오는 청년을 불렀다.

오전에 진우청에 앞서 비무를 벌였던 부채를 든 청년기었다.

머리만 소림 화상처럼 박박 밀지 않았다면 진우청과 형제라고 해도 될 만큼 흡사한 덩치를 한 청년은 진우청이 부르는 소리에 우뚝 걸음을 멈추었다. 그리고 경계심 가득한 눈으로 진우청의 아래위를 힐끔거렸다.

그 역시 자신 바로 다음으로 비무대 위에 올라와 비발을 든 중년인과 싸웠던 진우청을 알아보고는 경계심이 든 모양이었다.

그러나 차츰 경계심 어린 표정보다는 자신과 너무 흡사한 진우청의 외모에 웃지도 울지도 못하는 표정을 지었다.

"나도 형씨 외모가 썩 마음에 드는 편은 아니니 그만 쳐다보시고 잠시 여기 서서 자리 좀 지켜주시오."

"자리는 왜?"

닮은꼴의 청년은 영문을 모르겠다는 표정을 지었다.

"이 자리를 빼앗겨서는 안 될 이유가 있어서 그러니 일각만 여기 서서 자리를 좀 지켜주시오. 마침 바지 색깔도 비슷하니 금상첨화구려."

"바지 색깔?"

닮은꼴 청년은 눈살을 찌푸리며 진우청의 말을 되뇌기만 하고는 다가오지 않았다.

"비슷한 사람들끼리 좀 도웁시다."

진우청은 닮은꼴 청년의 어깨를 와락 당겨 자기가 섰던 자리에 세웠다.

"일각 후에도 안 오면 마음대로 해도 좋소."

진우청은 빠르게 말한 후 상체를 웅크리고 사라졌다.

잠시 후, 다시 고개를 돌린 백운 노인은 여전히 그 자리에 서 있는 통나무만한 다리통 두 개만 흘깃 쳐다보고는 계속 비무 구경을 했다.

"무섭도록 치밀한 놈들이군."

텅 빈 석실 안에 선 진우청은 도종대 일행이 묶여 있던 벽 쪽을 바라보며 어이없는 목소리로 중얼거렸다.

솔직히 그놈들이 아직 이곳에 있으리라고는 생각지 않았다. 그러나 부하들 몇 명 정도는 이곳에 있으리라 예상했다.

그들에게 통보해 그 계집애 같은 놈을 만날 수 없으면 몇 명을 잡아 족치고 소란을 피워서라도 그놈을 다시 만나 확실히 담판을 지을 생각이었다.

그런 생각과 함께 이곳으로 달려와 제일 먼저 건물 안의 동정을 살폈지만 건물 안에서는 아무런 인기척이 느껴지지 않았다.

혹시나 싶어 안채의 방문을 열어봐도 집 안에는 처음부터 아무도 살지 않았던 것처럼 정적이 흘렀다.

바깥에서 볼 때는 별다른 점이 느껴지지 않았지만 건물 안에는 세간이나 집기 등은 물론이고 여러 개의 방 어느 곳에도 종이 쪽지 하나 남아 있지 않았다.

진우청은 자신이 뭔가 착각하여 다른 집으로 들어서지 않았나 하는 생각에 사방을 두리번거렸지만 분명 이 집이 맞았다.

낮도깨비에 홀린 것 같은 생각이 든 진우청은 석실 안으로 들어갔다.

석실 안도 마찬가지였다.

도종대 일행이 결박되어 있던 녹슨 철제 의자들은 하나도 보이지 않았고 바닥을 적시던 핏자국마저도 깨끗이 지워져 족히 몇 년 동안은 아무도 들르지 않은 곳처럼 변해 있었다.

스슥─

진우청은 도종대 일행이 묶여 있던 자리까지 다가가 바닥에 깔려 있는 먼지들을 발로 쓸었다.

제법 두텁게 깔려 있던 먼지들이 옆으로 쓸려 나가자 도종대 일행이 고문을 당하며 흘린 핏자국이 드러났다.

그것도 의도적으로 살펴보지 않으면 발견하기 힘들 정도로 희미하게 지워져 있었다.

정말 신속하고 철저한 놈들이란 생각이 다시 들었다.

반나절 정도밖에 지나지 않은 시간에 감쪽같이 사라진 것도 그랬고, 이런 지하 석실 바닥에 있는 핏자국까지 깨끗이 지우고 그것도 모자라 먼지로 덮어놓은 치밀함은 절로 혀를 내두르게 만들었다.

이 정도로 철저한 놈들이라면 스스로 데려오기 전에는 도종대 일행을 찾을 수 없겠다는 생각에 진우청은 눈살을 찌푸렸다.

"역시 그놈이 문제야."

임문정의 모습을 떠올린 진우청은 고개를 흔들며 중얼거렸다.

인장호 그놈의 행동을 손바닥 위에 올려놓고 결정적인 순간에 나타난 것이나 교묘하게 인질을 위협하는 자세로 자신의 움직임을 사전에 차단하던 모습은 빈틈이 느껴지지 않았다.

그런 놈이라면 충분히 이런 일을 벌일 수 있을 것 같았다.

스슥─

진우청은 잠시 멈추었던 발로 다시 바닥을 쓸었다.

고문의 흔적을 감추고자 덮은 먼지가 벽 구석으로 밀려났다.

엉겨 있던 피는 보이지 않았지만 다 지우지 못한 옅은 핏자국은 벽이 있는 곳까지 넓게 퍼져 있었다.

인장호 그 잔인한 놈이 얼마나 심한 고문을 했을지 짐작이 갔다.

그놈은 자신의 기분에 따라 사람을 파리 죽이듯이 죽일 놈이었다.

어쩌면 모진 고문으로 인해 이미 죽지나 않았을까 하는 걱정도 들었다.

"젠장!"

진우청은 부글부글 끓는 심정에 애꿎은 석실 벽을 걸어찼다.

쿵 하는 둔중한 소리가 울리며 두터운 석벽 한 부분이 움푹 기어들어 가며 급기야는 와르르 무너져 내렸다.

"어엇!"

벽이 무너진 공간에서 습한 바람이 후욱 밀려 나오자 진우청은 짧은 경호성과 함께 황급히 뒤로 물러섰다.

'비밀 통로?'

잠시 후 진우청은 벽 뒤로 난 공간 속으로 천천히 한 발을 들여놓았다.

*　　　　*　　　　*

은밀하게 움직이던 마차 한 대가 텅 빈 거리에서 천천히 멈추었다.

몇 명의 사내가 마차에서 내려 마차가 멈춘 집 앞 대문으로 빠르게 다가가 대문을 두드렸다.

잠시 후, 대문이 열리자 사내들은 조심스러우면서도 신속하게 대문 안으로 사라졌다.

"어디로 데려갈 텐가?"

해천 노인은 마주 앉은 젊은 사내를 보며 억양없는 목소리로 물었다.

감정의 기복이 느껴지지 않는 목소리와 함께 표정 역시 무심을 가장하고 있었지만 두 눈에 어려 있는 텅 빈 허공 같은 기운은 해천 노인의 현재 심정을 대변해 주고 있었다.

옆에 앉은 이여옥 역시 그런 해천 노인을 차마 쳐다보지 못하고 고개를 숙인 채 오열을 참고 있었다.

"어딜 가든 인근 백 리 안에 있을 수밖에 없겠지요."

사내는 이여옥의 천형과도 같은 체질을 들먹이며 답을 대신했다.

사내의 대답대로 이 지방을 백 리 이상 떠나서는 살 수 없는 이여옥의 체질.

그것이 이 순간 최소한의 위안거리라도 되어주었으면 좋으련만 온실 안의 화초 같은 손녀가 독사굴 속으로 들어가는 상황에 그 독사굴이 백 리 안에 있든 천 리 밖에 있든 그게 뭐가 다르겠는가?

해천 노인의 마음은 더 더욱 무거워졌다.

"더 이상 지체할 수 없소!"

사내가 냉막한 목소리로 말했다. 그리고 밖에 있는 부하들을 불렀다.

두 명의 다른 사내가 문을 열고 들어왔다.

"일으켜 세워라!"

사내가 짧게 지시하자 두 명의 부하가 서둘러 이여옥의 양쪽으로 다가가 팔을 잡았다.

"방금 한 말, 다시 한 번 해보아라."

두 사내가 거칠게 이여옥의 팔을 잡아 일으키려는 순간 해천 노인의 목소리가 낮게 울렸다.

　방 안에 있는 사람들에게나 겨우 들릴 수 있는 낮은 목소리였지만 무언가 항거할 수 없는 기운에 두 사내는 흠칫 움직임을 멈추며 해천 노인과 회의사내의 눈치를 살폈다.

　회의사내 역시 너무 달라진 해천 노인의 기도에 안광을 빛냈다.

　지금 이 순간 해천 노인의 모습은 이제껏 조그만 꽃집을 운영하며 아무런 욕심 없이 살아가던 촌로의 모습이라고 보기엔 너무도 이질적인 냄새를 풍기고 있었다.

　"할아버지……."

　그런 분위기를 느꼈음인지 이여옥도 동그랗게 눈을 뜨며 해천 노인을 쳐다보았다.

　"지금 내 비록 널 보내주지만 짐짝처럼 끌려가는 것은 용납할 수 없다."

　방 안의 공기를 모두 얼릴 듯 두 눈 가득 한광을 내뿜으며 말한 해천 노인이 회의사내를 쳐다보았다.

　폐부를 얼릴 듯 다가드는 해천 노인의 눈빛에 회의사내는 불끈 내력을 끌어올렸다.

　"가소로운 놈!"

　해천 노인의 입에서 나직한 비웃음이 흘러나왔다.

　"우욱!"

　회의사내는 내부가 온통 진탕되는 느낌을 받으며 자신도 모르게 시선을 거두었다.

　시선을 거둔 회의사내는 거친 호흡을 내뱉었다.

　탁한 호흡 한 가닥이 입 밖으로 빠져나가며 혼백마저 같이 빠져나가는 듯한 느낌을 받은 사내는 놀란 표정으로 해천 노인을 다시 쳐다보았다.

비록 인장호의 명령에 따른 일이었지만 그동안 평범한 촌로로 생각하고 온갖 야비한 짓을 다 행하지 않았던가?

꽃의 판매를 방해하기도 했고, 이여옥의 약을 사지 긋하게 손을 쓰기도 했다.

그런 행패에도 한결같이 허약한 촌로의 모습이던 노인이 자신으로서는 짐작조차 할 수 없을 정도의 고수일 줄이야!

회의사내 두채명(豆寨名)은 목덜미로 식은땀이 흐름을 느꼈다.

"네놈들이 할 수 있는 최대한의 공경한 자세로 내 손녀를 데려가라. 그렇지 않으면 모조리 기어나가게 해주겠다."

해천 노인은 여전히 낮지만 항거할 수 없는 목소리로 말하고 검지 하나를 앞으로 내밀었다.

해천 노인의 손가락 끝이 두채명의 미간을 가리켰다.

앙상하고 볼품없는 손가락이었지만 두채명은 해천 노인의 손가락 끝에서 뿜어져 나오는 무형의 압력에 포박되어 손끝 하나 까닥하지 못하고 호흡마저 멈추었다.

"네놈들 따위가 무서워 이제껏 참고 있었던 것도 아니고 인가장 따위 때문에 내 손녀를 보내는 것은 더욱 아니다."

얼음장 같은 목소리로 말한 해천 노인이 검지를 천천히 위로 올렸다.

"어디, 다시 지시를 내려보아라."

해천 노인의 검지 끝에 묶인 듯 두채명의 신형이 일으켜 세워졌다.

"모, 모셔라."

잠시 후, 해천 노인의 검지가 거두어지자 겨우 정신을 차린 두채명이 부하들에게 서둘러 지시를 내렸다.

“여옥아…….”

더없이 조심스럽게 부축되는 이여옥을 보며 해천 노인이 입술을 움직였다.

“내 걱정은 말고 무사히 일 마치고 돌아오너라.”

“할아버지…….”

이여옥의 눈에 눈물이 그렁하게 맺혔다.

이제껏 숨겨왔던 모습까지 보여주며 자신의 걱정을 덜어주는 할아버지의 마음이 이여옥의 가슴에 사무쳤다. 자신이 이곳을 떠나서는 살 수 없는 체질만 아니었다면 할아버지는 아무리 동방회의 위협이 있다 해도 자신을 데리고 이곳을 떠났으리라.

이여옥은 다시 한 번 자신의 저주스런 운명에 몸서리가 쳐졌다.

“만수무강하세요, 할아버지. 저도 건강한 모습으로 꼭 돌아올게요.”

눈물을 지우고 억지로 미소를 떠올린 이여옥은 두 사내의 부축을 받으며 마차를 향해 걸어갔다.

“모셔왔습니다.”

해천 노인 앞에서 혼쭐이 난 두채명은 파랗게 질린 얼굴로 마차 안에 앉아 있는 인장호를 보며 말했다.

“모셔왔단 말이지?”

인장호는 두채명의 말을 되뇌며 흐릿한 미소와 함께 두채명을 바라보았다.

“그, 그게 아니라… 데리고…….”

해천 노인에게서 놀란 가슴이 진정되기도 전에 흡사 뱀의 그것 같은 인장호의 눈빛을 대한 두채명은 온몸을 떨었다.

이여옥을 함부로 대하다가 해천 노인에게서 심맥이 파열될 듯한 충격을 받고 얼이 빠진 상태에서 최대한 공경한 자세로 이여옥을 모셔온 행동이 이번에는 인장호의 비위를 건드린 것 같았다.

두채명은 온 얼굴 가득 땀을 비 오듯 흘리며 인장호의 눈치를 살폈다.

마차를 몰고 이곳까지 오며 한마디도 하지 않고 얼음처럼 앉아 있던 인장호였다.

평소 차갑고 잔인한 성격이긴 했지만 과묵한 성격은 아니었다. 그러나 오늘은 돌부처라도 된 듯 말이 없었다. 그것이 내내 불안했고 지금 이 순간은 공포감을 느끼게 만들었다.

"그래, 당연히 모셔와야지. 큭큭."

인장호는 메마른 웃음을 흘리며 두채명에게서 시선을 거두고 마차 밖을 응시했다.

두채명은 죽었다 살아난 기분으로 한숨을 돌렸다.

"안으로 모셔라!"

잠시 더 마차 밖을 쳐다보던 인장호가 짧게 지시했다.

두채명과 다른 두 사내가 이여옥을 조심스럽게 마차에 태웠다.

이여옥이 마차 안으로 부축되어 올려지고 맞은편 자리에 앉을 때까지도 인장호는 시선을 마차 밖 한곳에 고정시킨 채 미동도 하지 않았다.

"공자님!"

한참 더 그렇게 미동도 않고 앉아 있는 인장호를 쳐다본 두채명은 잔뜩 긴장한 모습으로 인장호를 불렀다.

마차 밖으로 향해 있던 인장호의 시선이 천천히 마차 안으로 돌려졌다.

돌려지던 인장호의 시선이 이여옥의 얼굴 위로 잠시 스쳤다.

이여옥은 인장호의 눈에서 동공이 없는 것 같은 느낌을 받았다.

잠시 자신과 눈이 마주쳤지만 그건 마주친 게 아니었다. 초점이 없는 동공은 그 누구와도 눈을 마주칠 수 없다.

조금 전 인장호의 눈은 꼭 그런 모양이었다.

"출발해라."

마차 밖 한곳에 다시 시선을 고정시킨 인장호가 지시를 내리자 두채명의 부하 하나가 말고삐를 흔들었다.

마차가 미끄러지듯 텅 빈 골목길을 빠져나갔다.

따각—

따각—

빠르지도 느리지도 않은 말발굽 소리가 일각여를 규칙적으로 울렸다.

그동안 마차 안에는 숨이 막힐 듯한 정적이 감돌았다.

그 정적의 시발점은 여전히 인장호였다.

초점이 풀린 것 같은 텅 빈 눈으로 마차 밖을 응시하고 있는 인장호는 일각여의 시간 동안 단 한 마디의 말도 하지 않았고, 단 한 번도 다른 곳으로 시선을 돌리지도 않았다. 흡사 요괴에게 혼백을 모조리 빨아 먹혀 버린 인간 같았다.

심상치 않은 인장호의 모습에 두채명과 그 옆에 앉은 부하는 물론이고 어자석에서 마차를 모는 다른 부하 한 명도 불안한 표정을 감추지 못했다.

"쿡쿡!"

기괴한 웃음소리가 숨 막히는 정적을 깨뜨리며 마차 안의 경직된 공기를 진동시켰다.

"크— 하하하!"

억눌린 웃음 몇 줄기를 더 토하던 인장호는 마침내 실성한 듯 대소를 터뜨렸다.

웃음소리로 인해 얼어붙었던 마차 안의 정적은 사라졌지만 이젠 알 수 없는 불안감이 그 자리를 대신했다.

"왼쪽으로 꺾어라!"

목이 찢어져라 웃던 인장호는 웃음을 뚝 멈추고는 차갑게 내뱉었다.

"공자님, 이 길은⋯⋯?"

마차를 몰던 사내는 어리둥절한 표정으로 돌아보았다

목적지로 가려면 왼쪽이 아니라 직선으로 곧장 가야 했다.

사내는 잠시 더 갈피를 잡지 못하다 말고삐를 당겨 마차를 정지시켰다.

임문정의 명령과 상충되는 명령을 따르며 왼쪽으로 방향을 꺾는 것보다는 마차를 세우고 다시 한 번 확인을 하고자 하는 모양이었다.

퍼엉—

폭발음과 함께 마차를 몰던 사내는 등 한복판에 일장을 맞고 낙엽처럼 전방으로 날려갔다.

히히히힝—

말잔등 위로 구르듯 날아와 바닥에 처박힌 사내로 인해 두 필의 말이 깜짝 놀라며 앞발을 들어 올렸다.

그러나 바닥에 팽개쳐진 사내는 의식을 잃었는지 꼼짝도 하지 않았다.

"공자님, 왜, 왜 이러시는지요?"

두채명이 놀란 눈으로 부하와 인장호를 번갈아 쳐다보았다.

"왼쪽으로 말을 몰아라!"

풀어진 듯한 눈으로 두채명을 쳐다본 인장호가 다시 지시했다.

"그곳은 목적지가… 크윽!"

마차를 몰던 사내처럼 이의를 제기하던 두채명이 억눌린 비명을 토했다.

어느새 뻗어온 인장호의 손이 두채명의 목을 감아쥐고 공력을 불어넣고 있었기 때문이다.

"고, 공자… 님!"

두채명은 가래가 끓는 것 같은 목소리로 겨우 말했다.

"네놈들까지 내 말이 우습게 들린단 말이지?"

귀기 어린 표정을 한 인장호는 점점 더 손아귀에 힘을 주었다.

"끄으으―"

숨넘어가는 소리를 입 밖으로 토하며 두채명은 남은 부하 한 명을 향해 필사적으로 손짓을 했다.

두채명의 부하가 얼른 어자석에 앉아 마차를 왼쪽으로 몰았다.

휘익―

마차가 왼쪽 길로 들어서자 인장호는 두채명의 목을 감아쥐고 있던 손을 거칠게 뿌리쳤다.

두채명의 신형이 짚단처럼 마차 밖으로 날아갔다.

'할아버지……'

이여옥은 질풍처럼 달려가는 마차 안에서 양손을 겹쳐 필사적으로 입을 막으며 터져 나오려는 비명을 억눌렀다.

얼마쯤 더 그렇게 달린 후 인장호는 마차를 세우게 하고는 고개를 돌렸다.

이제껏 이여옥을 시체처럼 쳐다보던 인장호의 눈이 처음으로 초점을 맞추어왔다.

"어떤 인간이 그러더군. 네년이 나보다 최소한 백배는 더 중요한 존재라고."

생기를 느낄 수 없는 인장호의 목소리가 마차 바닥으로 내리깔렸다.

동시에 인장호는 어자석에서 등을 돌리고 마차 안을 쳐다보고 있는 사내를 향해 주먹을 뻗었다.

"크윽!"

이여옥과 인장호가 탄 마차를 몰고 왔던 사내가 비명을 내질렀다.

비명과 함께 사내의 입에서 피분수가 터져 나왔다.

인장호의 주먹에 가격당한 명치 어림을 부여잡은 사내가 고통과 의문이 가득한 눈으로 인장호를 쳐다보았다.

"네놈이 이쯤에서 죽어줘야 놈들이 내 흔적을 찾는 데 혼란을 느끼지."

인장호는 비릿한 미소와 함께 한마디 더 내뱉고는 사내를 마차 안으로 던져 넣었다.

"아악!"

서서히 주검으로 변해가는 사내의 신형이 발 앞에 떨어지자 이여옥은 마침내 비명을 질렀다.

그러나 곧 냉정을 되찾은 이여옥은 사내의 상세를 살피려 상체를 숙였다.

절명.

사내는 이미 숨이 끊어져 있었다.

이여옥은 인장호의 잔인함에 진저리를 치며 사내의 눈을 감겨주었다.

이여옥의 눈에서 자신도 모르게 눈물 두 줄기가 흘러내렸다.

"그런 감상이 얼마나 사치인지 앞으로 처절하게 느낄 것이다."

마차 안으로 들어온 인장호는 거칠게 이여옥의 어깨를 낚아챘다.

"아악!"

인장호의 손에 힘이 들어가자 이여옥은 다시 비명을 토했다. 먼저의 비명이 놀람 때문이라면 이번의 비명은 고통 때문이었다.

인장호는 헝겊 인형을 들듯 이여옥의 신형을 한 손으로 들며 마차 밖으로 끌어냈다.

"하앗!"

이여옥을 마차 밖으로 끌어낸 인장호는 말잔등을 세게 때렸다.

놀란 말들이 앞발을 들어 올리며 울음소리를 토하다 쏜살같이 앞으로 달려갔다.

마차가 시야에서 사라지자 인장호는 이여옥의 신형을 들어 올려 허리에 꼈다.

휘익—

세차게 땅을 박찬 인장호의 신형이 화살처럼 쏘아져 나갔다.

'무서워……'

너무나 갑작스런 상황에 이여옥은 눈을 질끈 감았다.

한 발짝을 움직이는 데도 한참의 시간이 걸리며 살아온 이여옥으로

서는 바람처럼 스쳐 지나가는 땅바닥을 도저히 쳐다볼 수가 없었다.

대체 이 악마 같은 인간이 자신을 어디로 데려가는지 그것이라도 알고 싶었지만 눈을 뜨면 온통 내장이 뒤틀리고 정신마저 놓쳐 버릴 것 같았다.

얼마나 그렇게 달렸을까?

이여옥은 자신의 신형이 다시 바닥으로 내팽개쳐지는 느낌을 받으며 가물가물한 의식을 억지로 일깨웠다.

이여옥은 겨우 눈을 떴다.

눈을 떴지만 여전히 아무것도 망막 속에 맺혀지지 않았다.

어둠.

칠흑 같은 어둠이 이여옥의 주변을 감싸고 있었다.

이여옥은 나락으로 떨어지는 것 같은 절망감을 느끼며 필사적으로 몸을 추스르려 했다.

차가운 돌의 감촉이 손바닥에 느껴지고 습한 이끼 냄새도 맡아졌다.

동굴처럼 울퉁불퉁하지 않고 인공의 흔적이 느껴지는 평평한 바닥은 지하 석실 같았다.

파앗—

미세한 소음이 들리며 망막을 뒤덮고 있던 어둠이 급격히 밀려났다.

화섭자에 붙은 불꽃이 유등에 옮겨지며 사방의 정물이 눈에 들어왔다.

짐작대로 사방이 막힌 석실 안이었다.

가물거리는 의식 속에서 들리던 둔중한 소음들은 석실 문이 열리는 소리인 것 같았다.

그런 소리가 몇 번이나 들렸으니 이곳은 여러 개의 석문을 거쳐 온

지하 깊은 곳의 석실 같았다.

"여, 여기가 어딘가요?"

파랗게 질린 얼굴이 된 이여옥이 겨우 입술을 움직였다.

불을 켜고 이여옥을 노려보던 인장호는 여전히 대답하지 않고 이여옥에게 시선을 고정시키고 있었다.

"여기는 어딘가요? 그리고 왜 날 이곳으로 데려온 것인가요?"

이여옥이 다시 질문을 던졌다.

"여기는 내 아버지와 나만 아는 비밀 공간이지. 그러나 이제부터는 영원한 네 집이 될 것이다."

인장호는 입술을 비틀며 웃었다.

"그전에 네년의 비밀을 벗길 실험실이기도 하지."

인장호의 미소가 더욱 짙어졌다.

"비밀이라니? 그게 무슨 말인가요?"

인장호의 뱀 같은 시선에 자신도 모르게 몸을 움츠린 이여옥은 더욱 창백해진 얼굴로 질문했다.

"나도 그게 궁금해. 다리 병신에 이곳을 백 리 이상 떠나서는 살 수 없는 계집에게 놈들이 왜 그렇게 광적으로 집착하는지 말이야."

인장호는 이여옥의 전신을 핥듯이 훑었다. 그리고 다시 말을 이었다.

"지렁이도 밟으면 꿈틀거리지."

끈적끈적 달라붙듯 이여옥의 전신을 훑던 인장호의 시선이 얼음장처럼 차갑게 변하며 벽 한곳을 응시했다.

그 얼음장에서 푸르스름한 귀화 한줄기도 같이 일렁거리는 듯했다.

"아주 오래전 어떤 놈에게 두들겨 맞고 시궁창에 처박힌 후부터 난 오늘까지 많은 사람들 앞에서 그놈을 개구리처럼 패대기치고 짓밟는 모습을 수만 번도 더 상상하며 살아왔지. 큭큭!"

인장호는 벽 한곳을 응시하며 억눌린 웃음을 흘렸다.

"그놈을 그렇게 짓밟을 수만 있다면 동방회가 아니라 악마와도 손잡을 수 있었지. 후후! 그런데 영원히 상대가 안 되니 비무 같은 건 꿈도 꾸지 말라고? 그리고 난 단지 그놈을 끌어내기 위한 미끼일 뿐이라고? 크하하하하!"

인장호가 목이 터져라 광소를 토하자 벽에 걸려 있던 유등불이 출렁거렸다.

"대체 그게 무슨 말인가요? 그리고 그게 나와 무슨 상관이 있다고 나를 여기로 데려온 건가요?"

멈춰질 것 같지 않은 인장호의 웃음소리를 자르며 이여옥이 절규하듯 소리쳤다.

"아주 깊은 상관이 있지!"

찢어질 듯한 웃음을 멈춘 인장호가 다시 이여옥에게로 시선을 고정시켰다.

"그놈이 말하길, 네년은 그들에게 나보다 최소한 백배는 더 중요한 사람이라고 하더군. 그러니 그렇게 중요한 네년을 내가 아예 죽여 버리면 그들이 목적한 일도 수포가 될 확률이 높지. 내 목표를 그들이 휴지 조각처럼 짓밟듯 나 역시 그놈들의 목표를 그렇게 짓밟아줄 생각이지. 이젠 이해가 가겠지? 큭큭! 크하하하!"

인장호는 다시 목을 젖히며 광소를 터뜨렸다.

이여옥은 동방회가 왜 자신을 원하는지는 모르겠지만 인장호가 왜 자신을 이곳으로 끌고 온 것인지는 이제 이해가 되었다.

자신이 목적한 바를 이루기 위해서는 무슨 짓이든 하는 인간.

그리고 그것이 좌절되면 파국의 늪 속으로 아무 거리낌 없이 기어들어 가는 인간.

그런 인간이 파멸의 동반자로 자신을 끌고 온 것이다.

이여옥은 온몸에 소름이 끼쳐 옴을 느꼈다.

인장호의 눈길이 가까워짐에 따라 그 느낌은 더 강해졌다.

"우선은 네년의 비밀이 무언지 그것부터 털어놓아라. 그러면 번거로운 일을 덜 수 있을 테니까."

인장호는 천천히 신형을 움직였다.

"나, 난 아무것도 몰라요! 당신들이 일방적으로……!"

이여옥은 몸을 뒤로 빼며 소리를 질렀다.

"그럼 번거롭지만 직접 알아보는 수밖에 없지. 우선 껍질을 벗겨서 그 속에 무슨 특별한 것이 있는지부터 살펴봐야겠군."

다가온 인장호가 팔을 뻗어왔다.

"가까이 오지 말아요! 더 이상 가까이 오면 찌르겠어요!"

필사적으로 몸을 빼며 품속에서 소도를 꺼낸 이여옥이 소도로 인장호를 겨누었다.

"귀엽군."

피식 웃음을 흘린 인장호가 손가락을 튕겼다.

핑―

인장호의 손가락 끝에서 뻗어 나온 지풍 한줄기가 이여옥의 손에 들린 소도를 허공으로 튕겨냈다.

"아악!"

소도를 튕겨낸 인장호는 이여옥의 머리채를 거칠게 잡아챘다.

"네년의 비쩍 마른 몸뚱이 따위에 마음이 동하는 것은 아니다. 하지만 대체 네년의 몸 어느 곳에 무슨 비밀이 숨겨져 있는지는 궁금해 죽겠단 말이야."

인장호는 이여옥의 얼굴 가까이 자신의 얼굴을 갖다 댔다.

"얼굴은 정말 예쁘군. 하지만 그것이 내 분노와 궁금증을 가라앉히지 못하는 게 유감이야. 이 지독한 궁금증을 해결하려면 우선 껍질부터 벗겨봐야겠지?"

한 손으로 이여옥의 머리채를 잡은 인장호가 다른 한 손으로 이여옥의 상의를 잡아갔다.

"안, 안 돼요! 제발……!"

이여옥은 온 힘을 다해 상체를 감싸 안으며 절규했다.

그러나 사내의 힘을, 그것도 무공을 익힌 사내의 힘을 막기에는 너무도 역부족이었다.

쫘아악—

이여옥의 왼쪽 어깨 부분의 옷이 비명을 지르며 찢겨 나갔다.

"아악! 제발, 제발 이러지 말아요! 그들이, 그들이 알면 당신을 가만 두지 않을 거예요!"

이여옥은 더 더욱 세차게 상체를 감싸 안으며 지푸라기라도 잡는 심정으로 소리를 질렀다.

"누구? 동방회 말인가? 상관없어. 그걸 두려워했더라면 애초에 이런 일도 벌이지 않았어. 내 맘대로 못하면 난 더 더욱 두려움이 없어지거든."

비릿한 미소를 흘린 인장호가 이번에는 이여옥의 오른쪽 어깻죽지 옷을 잡았다.

다시 날카로운 파열음이 들리며 이여옥의 오른쪽 소매가 뜯겨져 나갔다.

인장호의 손이 다시 다가왔다.

"으윽!"

온 얼굴을 찌푸린 인장호는 답답한 비명을 토했다.

가슴 어림으로 다가오는 인장호의 손을 이여옥이 혼신의 힘을 다해 깨문 때문이었다.

"이 망할 계집이!"

인장호는 이여옥의 뺨을 세차게 때렸다.

머리 속을 가득 채운 광기와 함께 무의식적으로 공력을 끌어올린 인장호의 손에 맞은 이여옥의 신형이 가랑잎처럼 날아 구석에 처박혔다.

울컥!

이여옥의 입으로 선혈이 토해져 나왔다.

"이 죽일 계집! 감히 내 몸에 상처를 내다니! 이제 궁금증이고 뭐고 다 필요없어! 그냥 죽여 버리겠다!"

자신의 손등에 난 상처를 본 인장호는 공력을 끌어올렸다.

인장호의 손에서 여러 마리의 벌이 날아다니는 것 같은 웅웅거리는 소리가 들렸다.

'그래, 차라리 죽는 게 나아.'

석실 구석에 처박힌 이여옥은 오히려 편안해지는 마음으로 눈을 감았다.

여인으로 이런 치욕을 당하며 사느니 차라리 죽는 게 나았다.

그렇게 생각하니 모든 두려움이 사라지고 모든 속박도 사라졌다.

지척의 거리를 이동하면서도 통나무처럼 넘어지지 않을까 벌벌 떨던 두려움도.

그렇게 쓰러진 후 천근같이 느껴지는 육신을 다시 일으키는 고통도 모두 사라졌다.

이생에서 이만큼 죗값을 치렀으니 전생의 업도 사라지고 후생에서는 평범한 여인으로 태어날 수 있을 것 같았다.

모든 것을 포기한 이여옥의 머리 속으로 친부모를 대신해 자신을 키워준 할아버지의 얼굴이 떠올랐다.

'할아버지, 만수무강하세요. 은혜는 죽어서도 잊지 않을게요.'

이여옥은 할아버지의 모습과 하늘 같은 은혜를 마음속 깊이 새겼다.

한 줌 흙으로 돌아가더라도 절대로 그것만은 잊을 수 없을 것이다.

할아버지와 작별을 고한 이여옥의 의식은 어젯밤 추었던 아름다운 춤 속으로 빨려들었다.

교교한 달빛 속에 호금 소리가 울리고, 온 세상을 가득 채운 사내의 존재감을 느끼며 한 점 두려움 없이 춤을 추던 자신의 모습이 떠올랐다. 그리고 뒤이어 철탑 같고 바람 같은 사내의 모습이 같이 떠올랐다.

'한 번만 더 춤을 추고 싶었는데……'

어젯밤에는 자신의 주위를 바람처럼 움직이던 사내의 모습이 보이지 않았는데 이상하게도 지금은 또렷이 보였다.

휘청 뒤틀리려는 무릎을 발끝으로 툭 걷어 올리며 중심을 잡아주고 쓰러지는 상체를 가벼운 손동작 하나만으로 깃털처럼 허공으로 띄우던 사내의 얼굴과 움직임이 환하게 그려졌다.

생의 마지막 순간 뇌리를 가득 채운 그 사내의 모습 때문에 저승길이 조금은 덜 외로울 것 같았다.

이여옥의 입가에 편안한 미소가 어렸다.

"병신 계집, 죽을 각오를 한 모양이구나! 그럼 죽여주마!"

이여옥의 얼굴에 떠오른 무념무욕의 기운을 읽은 인장호는 악귀처럼 중얼거리며 손을 들어 올렸다.

쿵!

순간 벽이 울리는 소리가 환청처럼 들려왔다.

그 소리에 일렁거리며 쏟아져 나올 듯하던 핏빛 그림자 하나도 급히 벽 속으로 사라졌다.

그러나 모든 것을 체념한 이여옥도, 광기에 사로잡힌 인장호도 그것을 듣지 못했다.

쿵!

다시 한 번 더 그 소리가 울렸다.

막 장력을 내뻗으려던 인장호는 비로소 그 소음을 의식하고 흠칫 고개를 돌렸다.

이곳은 자신과 부친밖에는 모르는 비밀 공간이다.

그리고 몇 개의 문을 지나 들어온 곳이기에 이렇게 가까운 소음은 이해할 수가 없었다.

아마도 착각이었을 것이라는 생각이 들었다.

그때 다시 한 번 똑같은 소음이 벽 쪽에서 울렸다.

그렇다면 결코 착각이 아니다.

손바닥 가득 끌어올렸던 공력을 자신도 모르게 회수한 인장호는 뚫어져라 벽을 쳐다보았다.

"빌어먹을, 이곳도 막혔군."

소음이 울리던 벽 한쪽에서 불만 가득한 음성이 가물가물 들려왔다.

아마 벽 뒤쪽에 있는 누군가의 목소리가 석벽의 빈틈을 비집고 흘러나오는 것 같았다.

놀란 인장호는 음성이 들린 벽 쪽으로 몸을 돌렸다.

거의 정신을 잃고 있다시피 하던 이여옥도 그 음성에 급격히 의식을 되찾았다.

"이젠 어디가 어딘지 방향조차 구별이 안 되니 되돌아갈 수도 없고… 뭐 이런 망할 곳이 다 있는 거야?"

불만 가득한 목소리가 조금 더 가까이서 들려왔다.

'이 목소리는……?'

이여옥은 감았던 눈을 부릅뜨며 와락 상체를 일으켰다.

어떻게 저 목소리가 저곳에서 들리는지는 상상조차도 할 수 없었지만 죽어도 잊을 수 없는 목소리였다.

"살려주세요! 살려주세요, 공자!"

이여옥은 어디에 그런 힘이 남아 있었는지 스스로도 의심스러울 정도로 진우청의 목소리가 들린 벽 쪽을 향해 찢어져라 고함을 지르다가 급히 입을 틀어막았다.

잠시 숨 막히는 정적이 흘렀다.

고함을 지르다가 급히 자신의 입을 틀어막은 이여옥은 제발 자신의 목소리가 벽 저쪽까지 들리지 않았기를 간절히 빌었다.

무의식적으로 고함은 질렀지만 그 고함이 끝나기도 전에 정신이 번쩍 들었다.

마차를 타고 오면서 자신의 부하 셋에게 패악을 저지르는 인장호를 똑똑히 보았다.

아무리 철탑 같은 사내지만 무공을 익혀 한 손으로 부하의 목을 잡고 공깃돌 던지듯 던져 버리는 악마를 당할 수 없을 것이라 생각했다.

그래서 무의식 중에 터져 나온 고함 소리를 필사적으로 틀어막으며 혼자 죽으려 했다.

평생 처음으로 삶의 의미와 함께 자신이 아름답다고 느끼게 해주었던 사내.

단 하루가 지났을 뿐이지만 온종일 어둠이 깃든 동굴 속에서 잠시 스쳐 가는 빛을 갈망하는 식물처럼 그리움을 느끼게 만든 사내.

그러나 지금은 제발 그 사내가 자신 앞에 나서지 않기를 빌고 또 빌었다.

"그쪽에 누구 있소?"

이여옥의 간절한 바람과는 달리 진우청의 목소리가 더 가깝게 울렸다.

"망할 계집!"

인장호의 발길이 날아들었다. 그러나 이여옥은 터져 나오려는 비명을 억지로 삼키며 벽 구석으로 처박혔다.

쾅!

와르르!

다시 탐색하는 듯 아무 소리도 들리지 않던 벽 뒤쪽에서 둔중한 소음이 울리며 벽이 무너졌다.

"아이고, 살았다!"

벽이 무너지고 와락 불빛이 쏟아지자 그 불빛을 향해 득달같이 몸을 날린 진우청은 십년감수했다는 표정과 함께 소리를 질렀다.

"이상한 곳에 발을 들였다가 길을 잃고 한참 동안 헤맸는데 이곳에 통로가 있을 줄 몰랐소."

갑자기 밝은 실내로 들어와 아직 적응하지 못한 진우청은 인장호를 구원자 쳐다보듯 보며 말했다.

"네놈은?"

결정적인 순간에 벽을 뚫고 나타난 괴인영을 멀뚱히 쳐다보던 인장호도 그 괴인영의 정체를 파악하고는 도저히 믿을 수 없다는 표정과 함께 신음처럼 내뱉었다.

"어라?"

진우청도 그제야 인장호를 알아보고는 눈을 크게 떴다.

"그러고 보니……."

잠시 갈피를 못 잡던 진우청은 뭔가 이해가 간다는 표정을 지었다.

한참 동안 칠흑 같은 미로 속을 헤매며 오로지 출구만 생각했기에 어쩌다 이곳에 왔는지조차 까맣게 잊고 있었지만 결국 이곳의 출발점은 인장호를 만났던 그 지하 석실이었다.

도종대 일행의 흔적을 놓치고 홧김에 걷어찬 벽이 무너지며 생긴 공간을 발견하고 이곳까지 왔다. 그러니 그곳에서 사라진 인장호가 이곳에 있다는 것은 수긍이 갈 것 같았다.

하지만 그 다음 광경은 전혀 수긍이 가지 않았다.

"소, 소저!"

인장호의 존재를 인식한 후 사방을 살피던 진우청은 벽 구석에 쓰러져 있는 이여옥을 발견하고는 놀란 목소리로 고함을 질렀다.

"이 소저 아니오? 소저께서 어떻게 여기에……?"

진우청은 혹시라도 잘못 본 것이 아닌가 머뭇거리며 이여옥에게로 다가갔다.

"공자님……."

이여옥의 목소리가 모깃소리처럼 흘러나왔다.

"이 소저가 맞군요. 그런데… 그런데 왜 이곳에……?"

쓰러져 있던 이여옥을 안아 일으키며 그녀의 몰골을 제대로 쳐다보게 된 진우청은 더 큰 소리로 고함을 질렀다.

그러나 이여옥의 상체는 더 이상 버틸 힘이 없는지 주르르 무너져 내렸다.

"소, 소저!"

다급한 목소리와 함께 이여옥을 부르던 진우청은 이여옥의 입가에 흐른 선혈 자국과 찢어진 상의 자락에 와락 고개를 쳐들었다.

아무리 둔하고 상황 판단이 늦은 인간이라도 현재 상황은 한눈에 알아차릴 수 있을 것이다. 특히 인장호의 성격을 몸소 겪으며 알고 있었기에 더 더욱 그랬다.

진우청은 잠시 핏발 선 눈으로 인장호를 노려보다 이여옥의 상태를 살폈다.

형언하기 힘든 일을 당한 이여옥은 결국 의식을 잃어버렸지만 맥박은 멈추지 않고 있었다.

다급한 마음이 된 진우청은 사부에게서 배운 대로 이여옥의 목덜미 뒤쪽으로부터 시작해 등줄기 아래까지 차례차례 손끝으로 눌렀다.

황산의 동굴 속에서 외줄 위의 용무를 수련하거나 석순 끝을 밟고 수련할 때 실수를 하고 바닥으로 추락하면 사부께서는 이렇게 혈을 다스려 주었다.

화식(火食)을 하지 않고 언제나 생식만 하셨기에 나뭇가지처럼 앙상하게 뼈마디가 드러났지만 그때 혈을 다스리는 사부의 손가락은 연체동물의 그것처럼 유연하고 부드러웠다.

사부의 손가락이 보이지 않을 정도로 빠르게 전신을 두드리고 누르며 부드럽게 훑고 지나가면 콱 막혔던 숨이 바위가 치워진 듯 시원하게 트였다. 그리고 뒤이어 나른한 잠이 쏟아지기 시작했다.

인색하기 짝이 없는 사부였지만 그때만큼은 한 시진가량의 휴식을 허락했다.

그러나 그것뿐, 한 시진 후에는 다시 호통을 치시며 용무에 매진하게 했다.

이상한 것은 다칠 때는 족히 며칠은 자리보전을 해야겠구나 싶었지만 한 시진만 지나고 나면 거짓말처럼 통증이 사라지고 용무를 추는 데는 전혀 지장이 없게 되었다.

처음에는 꾀병을 부리며 좀 더 누워 있으려 했지만 그런 것은 절대로 통하지 않았다.

사부께서는 제자의 몸 상태를 자신보다 더 잘 알고 계셨다.

눈 깜짝할 시간의 백분지 일만큼 어긋나는 호흡까지 간파하시고 호통과 함께 저녁을 굶기는 사람이니 그런 것은 식은 죽 먹기셨으리라.

그렇게 한 시진가량의 휴식이 끝나고 용무를 출 때마다 진우청은 굵디굵은 자신의 뼈마디를 원망했다.

뼈대가 약해 어디 한 군데 부러졌더라면 아무리 고약한 사부라도 어쩔 수 없을 것이지만 지독한 수련 동안 피 한 번 토하지 않은 내장과 마찬가지로 뼈마디 역시 단 한 번도 부러지지 않았다.

어쨌든 그런 사부의 손가락 기술을 완벽히 이어받지는 못했지만 흉내 정도는 낼 수 있었다.

진우청은 사부의 추나술을 떠올리며 이여옥의 등줄기와 목덜미를 조심스럽게 쓸었다.

'대체 이게 무슨 조화 속이지?'

이여옥의 등줄기 혈을 짚던 진우청은 이여옥의 몸속에 흐르는 이해할 수 없는 기운에 어리둥절해하며 손끝으로 조심스럽게 호흡을 불어 넣었다.

강호의 사람들은 그것을 진기(眞氣)라 부른다고 했지만 그것의 근본은 호흡이라는 말씀과 함께 사부께서는 언제나 호흡이라고 일컬었다.

그 부드럽고도 깊은 숨결이 진우청의 손가락을 통해 이여옥의 몸으로 흘러들었다.

여전히 마찬가지였다.

사부에게서 배운 공부가 이여옥에게는 전혀 통하지가 않았다.

인간의 외양은 각양각색이지만 근본을 이루는 장기와 뼈마디의 개수 등은 모두 같다고 했다. 그리고 진기가 움직이는 길도 마찬가지라고……

그러나 이여옥의 몸은 사부의 가르침이 처음부터 잘못되지 않았나 싶을 정도였다.

'그래서 이런 병을 얻은 것일까?

날 때부터 다리를 쓰지 못하고 이 고장을 떠나서는 살 수 없는 병은 이런 체질에 기인한 것이 아닌가 하는 생각이 들었다.

"으음!"

진우청의 거듭된 타혈 수법에 이여옥은 가느다란 신음을 토했다.

사부께서 자신에게 해준 만큼은 아니지만 그래도 조금은 효과가 있는 것 같았다.

이여옥의 상태가 호전되자 진우청은 조심스럽게 이여옥을 내려놓고는 자신의 겉옷 윗도리를 벗어 백옥을 깎아 만든 것 같은 이여옥의 어깨를 덮어주었다.

그때까지 인장호는 미동도 않고 진우청의 하는 양을 지켜보고 있었다.

진우청은 천천히 일어서서 인장호를 바라보았다.

"후후!"

진우청과 눈이 마주치자 인장호는 낮은 웃음을 흘렸다.

아침에는 임문정의 방해로 풀어주었지만 진우청은 애초부터 요절을 내고 싶은 인간이었다.

그런 인간이 제 발로 우리 속으로 기어들어 왔으니 춤이라도 추어야 할 일이 아닌가?

그런 생각과 함께 인장호는 사냥한 쥐를 저만치 놓아두고 놀리는 고양이 같은 눈으로 진우청과 이여옥을 번갈아 쳐다보며 손마디를 꺾었다.

우드득─

손가락 마디가 부딪치는 소리가 더없이 기분 좋게 울렸다.

사냥감을 잡아놓고 즐기는 이런 여유는 아무리 길어도 싫증나지 않고 언제까지나 기다릴 수 있을 것 같았다.

이번에는 목을 돌렸다.

우두둑─

손가락 마디에서 들려왔던 것 못잖게 기분 좋은 소리가 목과 등줄기로부터 울려왔다.

"그런 걸 보고 병신 육갑 떤다고 하지."

인장호를 보고 미동도 않고 서 있던 진우청이 불쑥 한마디 던졌다.

말재주도 없고 말로써 누굴 격동시키는 데는 전혀 소질이 없었지만 지금 인장호의 모습은 그 표현이 딱 어울려 보였다.

“병신은 네놈 옆에 있는 그 계집이지. 후후.”

사냥감을 가두고 나서부터는 온몸을 감고 휘돌던 광기는 씻은 듯이 사라지고 한없이 너그러운 모습으로 바뀐 인장호는 진우청의 도발에도 아랑곳하지 않고 빙긋 미소를 지었다.

그 모습만 놓고 본다면 수양이 깊어 어떤 상황에도 흔들리지 않는 부동심을 갖춘 청년고수 같았다.

“사지 육신이 멀쩡할 때 마음껏 재롱을 떨어라!”

진우청이 짤막하게 말했다.

살생을 하면 그 영혼이 목에 올라타 그만큼 몸이 무거워지고 용무를 추는 데 방해가 된다고 사부께서 말씀하셨지만 이놈은 말 그대로 죽여버리고 싶은 인간이었다.

진우청은 슬쩍 소매를 걷어 올렸다.

조부님 역시 싸움으로 문제를 해결하는 건 하급 중에서도 최하급의 처신이라 하셨지만 지금은 조부께서 몽둥이를 들고 쫓아와 말린다고 하여도 참을 수가 없을 것 같았다.

가슴 밑바닥에서 서서히 끓어오르는 분기가 진우청의 몸을 감싸왔다.

“후우~”

진우청은 날숨 한줄기를 길게 내뱉으며 몸을 가볍게 했다.

분기가 끓어오르며 무거워지던 몸이 다시 깃털처럼 가벼워졌다.

살얼음판 위에서도 서 있을 만큼 몸이 가벼워진 진우청은 여옥에게로 눈길을 주었다.

이여옥은 아직도 의식을 회복하지 못한 채 석실 구석에 구겨지듯 기대어져 있었다.

안쓰러운 모습이지만 싸움이 끝날 때까지는 최대한 그석 쪽에 붙어 있는 게 나았다.

"준비가 되면 말하라구. 난 사흘이라도 기다려 줄 수 있으니까."

인장호는 여전히 여유로운 표정으로 미소를 지었다.

"네놈 정도는 언제든지, 그리고 한쪽 발만으로도 이길 수 있다."

눈을 치켜뜬 진우청은 석실 가운데로 걸음을 옮겼다.

"무서워 못살겠군."

피식 웃음을 흘린 인장호도 석실 중앙으로 걸어나왔다.

흔들거리며 다가오는 인장호의 걸음걸이는 진우청을 철저히 무시하는 자세였다.

네깐 놈의 공격은 언제 어떤 자세에서라도 대처할 수 있다는 자만심이 가득했다.

그런 인장호의 움직임을 보며 진우청 역시 아무런 자세도 잡지 않고 서 있었다.

딱히 이런 상황에 어울리는 자세 같은 건 배운 적도 없었고 배웠다고 해도 잡을 필요성을 느끼지 않았다.

어느 순간,

짜작―

인장호의 볼에서 경쾌한 격타음이 터졌다.

느긋하게 다가오던 인장호의 신형이 그 자리에 우뚝 검추어졌다.

인장호의 동공이 최대한 크게 열리며 방금 자신의 양쪽 뺨에서 작렬한 소리가 무언지 진우청에게 묻고 있었다.

휘청―

인장호는 자신의 다리에서 순간적으로 힘이 빠지는 것을 느끼며 얼른 신형을 추스렸다.

이윽고 한쪽 콧구멍에서 핏물이 주르르 흐르는 것을 느낀 인장호는 도저히 수긍할 수 없다는 표정으로 진우청을 노려보았다.

“너……?”

짜악!

다시 두 가닥의 격타음이 인장호의 양쪽 뺨에서 터졌다.

그리고 나머지 콧구멍에서도 피가 흘러내렸다.

인장호는 코피를 닦을 생각도 않고 멍하니 진우청을 쳐다보았다.

경계심을 무너뜨리고 있었지만 한 번도 아니고 두 번이나 연속으로 따귀를 맞았다.

전혀 의식하지 못한 채 당했다면 이렇게 어이없는 기분이 들진 않을 것이다.

두 번째의 따귀는 어깨가 움직이는 것이 훤히 보였고, 솥뚜껑만한 손이 뻗어 나오는 것이 느껴졌는데도 이상하게 속수무책이었다.

호흡의 미세한 빈틈을 파고드는 듯한 움직임.

단순하기 짝이 없는 두 번째의 손놀림에는 그런 이상한 움직임이 숨어 있었다.

그리고 자신의 호흡에 그런 미세한 틈이 있다는 것도 지금 처음 알았다.

휘청!

인장호는 자신의 신형이 다시 휘청거려 옴을 느끼며 급히 공력을 끌어올렸다.

단 두 번의 따귀 세례였지만 공력이 한 바가지는 빠져나가는 느낌을 받은 인장호는 흉신악살 같은 표정을 지었다.

“이 자식이!”

짐승의 포효 같은 고함을 지른 인장호는 진우청을 향해 쏘아졌다.

슬쩍 한 발 뒤로 몸을 움직인 진우청은 앞쪽에 있던 발을 뻗었다.

단순하게 뻗어나간 진우청의 발끝이 어느새 인장호의 무릎을 찍어가고 있었다.

당장에라도 때려죽일 듯이 달려들던 인장호는 벼락처럼 몸을 틀었다.

그와 동시에 인장호의 정권이 진우청의 면상으로 질풍처럼 날아들었다.

스슥!

허공을 가른 발을 슬쩍 비튼 진우청이 이번에는 인장호의 반대쪽 무릎을 찍어갔다.

‘어엇!’

인장호는 목구멍 속으로 비명을 삼켰다.

팔보다는 다리가 길다.

특히나 인장호보다 머리 한 개 반은 더 큰 신장인 진우청의 다리는 인장호의 팔과는 비교가 되지 않았다.

인장호는 주먹을 거둘 수밖에 없었다.

끝까지 한 대 찔러 넣으려 고집을 부리다 무릎이 박살나면 앞으로는 두 번 다시 주먹 쓸 일이 없어질 것이다.

파앗—

주먹을 거두며 다시 바닥을 박찬 인장호는 팽이처럼 몸을 회전시키며 무릎을 찍어오는 진우청의 발목을 쓸어갔다.

커다란 낫이 억새를 휩쓸 듯 쓸어오는 인장호의 퇴법에는 아름드리

통나무라도 꺾을 만한 힘이 실려 있었다.

인장호의 발이 진우청의 발목을 쓸었다 싶은 순간 진우청의 발이 슬쩍 위로 들렸다.

'어헉!'

인장호는 더 큰 신음을 삼켰다.

쾌속하게 쓸어간 퇴법을 피하며 슬쩍 들린 진우청의 발이 이번에는 허공에서 무릎을 밟아오고 있었다.

마치 곰 발바닥처럼 커다랗게 내리눌러 오는 발 그림자.

그 그림자에 깔리면 자신의 무릎은 얼음 조각처럼 으스러질 것 같았다.

젖 먹던 힘까지 짜낸 인장호는 엉덩방아를 찧으며 겨우 신형을 뒤로 빼냈다. 그리고 진우청의 발을 쳐다보았다.

지금까지의 모든 일들이 환상인 듯 진우청의 두 다리는 석실 중앙에 못 박힌 듯 서 있었다.

내리눌러 오는 발바닥에 스치듯이 다리를 빼냈으니 바닥을 구르는 진각 소리라도 들렸어야 옳을 일이건만 아무런 소리도 들리지 않았다.

저 곰발만한 발이 솜뭉치가 아닌 이상 찍힌 바닥이 비명을 지르지 않을 리 없었다.

의문 가득한 눈을 부릅뜬 인장호는 일어설 생각도 않은 채 진우청의 다리만 쳐다보았다.

스슥—

통나무 같은 다리가 다시 움직이자 그제야 정신을 차린 인장호는 튕기듯 신형을 일으켰다.

너무 어이없는 상황에 인장호는 신형을 일으킨 후에도 싸울 자세를 잡지 못하고 우두커니 서 있었다.

부하들을 처치하는 수법을 봐서 한 가닥 실력을 숨기고 있다는 생각은 들었지만 자신의 상대는 될 수 없는 놈이라 여겼는게 따귀 세례에 이어 바닥에 주저앉게까지 만들었다.

아주 어린 시절, 유화결에게 호되게 두들겨 맞은 후 이제껏 누구에게도 맞아본 적이 없었다.

그런데 오늘은 오전에 임문정에게 따귀를 맞았고, 오후에 와서는 진우청에게 네 대나 더 맞았다.

그리고 이런 낭패스런 모습까지…….

심하게 흔들리던 인장호의 눈이 구멍이 난 벽면을 쳐다보았다.

거의 한 자는 되어 보이는 두께의 석벽이 단번에 무너져 커다랗게 아가리를 벌리고 있었다.

한 자나 되는 두께의 석벽이라면 쇠망치로 부순다 해도 여러 번을 거듭해서 두들겨야 저만한 구멍을 낼 수가 있을 것이다. 그런데 저 촌놈은 아무것도 들고 있지 않다.

등 뒤에 몽둥이 두 개가 꽂혀 있지만 그건 애초부터 그 자리에 있었다.

그렇다면 맨손이나 맨발길질로 단번에 석벽에 커다란 구멍을 냈단 말이다.

처음에는 너무 뜻밖의 조우에 그것까지는 생각 못했는데 이건 정말 예상 밖이었다.

"정말 뜻밖이야. 후후."

인장호의 얼굴에 어린 미소가 점점 짙어지는 듯하더니 어느새 차갑기 짝이 없는 기운이 온 얼굴 가득 뿜어져 나왔다.

좀처럼 감정의 흐름을 예측할 수 없는 모습이었다.

"칠면조 뺨 치는 얼굴이군."

진우청은 인장호의 얼굴을 보며 무뚝뚝하게 중얼거렸다.

"그렇게 재촉하지 않아도 죽여줄 텐데 아주 악을 쓰는구나. 그 벌로 최대한 고통스럽게 죽여주지. 네놈뿐만 아니라 저 계집까지."

한층 더 냉기 어린 표정이 된 인장호는 천천히 팔다리를 움직였다.

아까처럼 방심하지 않고 제대로 공격하겠다는 표시였다.

스윽—

인장호의 양팔이 묘한 각도로 교차되며 두 다리는 도약하기 직전의 표범의 뒷다리처럼 구부려졌다.

언뜻 보기에도 사이한 초식을 감춘 기수식이었다.

"육갑!"

그런 것들은 전혀 신경 안 쓴다는 표정의 진우청은 여전히 무방비 상태로 선 채 내뱉었다.

조금 뒤, 인장호의 뒷발이 미세하게 움직였다.

자세히 본다고 해도 쉽게 잡아내지 못할 움직임이었다.

그 순간 진우청의 앞발이 약간 방향을 바꾸며 한 치 정도 옆으로 비켜 밟았다.

진우청 자신도 의식하지 못한 무의식적인 움직임이었다.

그것은 돌산 꼭대기에서 몸을 스치는 바람에 무의식적으로 대처하며 용무를 추던 모습과 같았다.

눈 한 번 깜박이는 순간을 백 개로 자른 만큼의 불일치를 스스로 느끼며 진정한 의미의 용무를 추기 위해서는 주변을 흐르는 미세한 기류도 읽어야 했다.

그 기류의 흐름을 역행하면 기류는 두터운 막처럼 압력을 가하기도 했다.

이젠 의식 이전에 몸이 먼저 알았다.

인장호의 움직임이 일으키는 기류에 대응하며 진우청의 몸은 스스로 반응했다.

인장호는 순간적으로 숨이 턱 막히는 느낌을 받았다.

거의 차이가 나지 않아 보이는 한 치 정도의 불일치.

그러나 가장 적절한 순간에 가장 적절한 방향으로 비켜난 진우청의 걸음에 인장호는 자신이 노리고 있던 타점이 모조리 흐트러지며 자세마저 흐트러지는 것 같았다.

부웅—

인장호의 그런 파탄을 정확히 읽은 듯 진우청의 발이 무거운 바람 소리와 함께 날아들었다.

'무릎!'

인장호는 무릎 관절이 시큰한 기분을 느끼며 급급히 뒤로 물러섰다.

진우청은 발 하나만으로도 충분히 상대할 수 있다는 말을 증명하듯 오로지 한쪽 발만으로 집요하게 인장호의 무릎을 노리고 들었던 것이다.

선공을 하려다 오히려 몸을 뒤로 빼낸 인장호는 재차 한 걸음 더 뒤로 물러났다.

이 보 전진을 위한 일 보 후퇴였다.

한 걸음 더 뒤로 물러선 발로 강하게 땅을 박찬 인장호는 송곳을 찔러 넣듯 진우청의 명치를 향해 주먹을 찔러 넣었다.

"이런 죽일!"

인장호는 벌겋게 변한 얼굴로 비명 같은 고함을 질렀다.

이번에도 주먹을 끝까지 뻗지 못하고 회수할 수밖에 없었다.

진우청의 커다란 발이 여전히 무릎을 향해 다가오고 있었기 때문이다.

자신의 주먹이 명치를 가격하기 전에 촌각이라도 먼저 자신의 무릎을 건드릴 속도와 거리로 다가오는 발끝.

몇 번을 똑같이 무릎을 공격해 오지만 번번이 대처할 바를 찾지 못하고 당하고 있었다.

하체로 공격할 때는 상체와 양팔이 몸 전체의 균형을 잡아주는 것이 필수적이듯 주먹을 내지를 때는 하체의 굳건한 받침이 절대적이다.

그런 조화가 깨어지면 절대로 제대로 된 공격을 할 수 없고 치명적인 반격을 받게 된다.

인장호는 그런 단순한 무리가 새삼 해일처럼 거대하게 뇌리를 덮쳐 옴을 느꼈다.

일 권을 내뻗기 위해 버팀목처럼 든든히 버텨주어야 할 하체의 가장 취약하고도 가장 앞쪽으로 나간 무릎의 한 점을 노리는 진우청의 수법에 인장호는 헛웃음이 터져 나올 것 같았다.

그건 결코 정공법이 아니었다.

초식도 없고 제대로 배운 각법에 의한 공격도 아니었다.

그러나 절대로 무시할 수 없는 수법이었다.

초식과 자세는 갖춰지지 않았지만 매번 촌각도 어긋나지 않는 순간에 다가오는 발끝은 칼끝보다 더 섬뜩한 기분을 느끼게 했다.

다가오는 순간 무릎을 시큰하게 만드는 한 가닥 기운은 그 발에 실린 내력의 정도를 절로 짐작하게 해주었다.

단 한순간에 한 자가 넘는 두께의 석벽을 무너뜨린 힘이 고스란히 그 발끝에 담겨 있었던 것이다.

'뭐, 이런 놈이 다 있는 거야?'

인장호는 머리 꼭대기로 역류하는 혈기를 억누르느라 안간힘을 쓰며 진우청을 노려보았다.

여전히 진우청은 묵직한 발걸음으로 인장호와의 거리를 좁히고 있었다.

"싸우기 전에는 온갖 거만을 다 떨더니 막상 싸울 때는 뒷걸음질만 쳐대는군."

진우청은 입가에 비웃음 한 조각을 배어 물며 중얼거렸다.

제법 날카롭고 악독한 공격이었지만 이놈은 얼마 전 계집애처럼 손톱을 숨기고 장난을 치던 인간보다 더 너그러운 사부를 둔 것이 틀림없다는 생각이 들었다.

그런 주제에 죽이니 살리니, 준비가 될 때까지 며칠이라도 기다려 줄 수 있다느니 하며 거드름을 피웠다는 것이 가소롭기 짝이 없었다.

'병신춤에다 그것마저 제대로 못 추는 주제에……'

진우청은 내심 떠오른 가소로운 기분을 표정에 고스란히 드러내며 한 발 더 거리를 좁혔다.

"죽어!"

진우청의 표정과 말에 억누르고 있던 열기를 터뜨린 인장호는 회선보를 밟으며 연속 다섯 번의 발길질을 내뻗었다.

실내 공기가 압축되었다 터져 나가며 석실 벽을 두드리자 석벽이 둔중한 신음을 토했다.

빈틈을 연환 공격으로 메우며 연속해서 날아드는 발길질에 진우청은 상체를 흔들었다.

진우청의 상체가 흡사 연체동물처럼 움직였다.

결코 크지 않은 움직임.

인장호의 발길질이 스치듯이 지나갈 정도로만 움직이면서도 그 움직임 사이에는 물이 흐르는 듯한 자연스러움과 언제 어떤 모양으로도 변할 수 있는 비정형성이 내포되어 있었다.

인장호는 마치 허공을 상대하는 것 같은 느낌에 온 내력을 끌어올리며 두 손을 어지럽게 교차시켰다.

파아앙—

인장호의 손바닥에서 압축된 기파가 터져 나왔다.

압축된 공기의 파장을 느끼는 순간 진우청은 신속히 신형을 움직였다.

콰앙—

폭음과 함께 석벽 한쪽에서 흙먼지가 튀었다.

이윽고 벽에 손바닥만한 자국이 생겼다.

"천룡후(天龍吼)?"

진우청은 낮게 뇌까리며 인장호의 일장이 작렬한 벽면을 쳐다보았다.

천룡의 고함.

사부께서는 그것을 천룡후라 가르쳐 주셨다.

호흡의 소모가 심하니 절체절명의 순간이 아니면 절대로 내뱉지 말라고 신신당부하셨던 천룡후가 인장호의 손에서 터져 나왔다.

사부의 가르침대로 인장호의 얼굴이 핼쑥하게 변해 있었다.

천룡후가 아니라 토룡후(土龍吼)라 부르기에도 아까울 정도였지만 숨을 헐떡거리는 모습이 더 이상 주먹이나 내지를 수 있을지 의심스러워 보였다.

진우청은 좀 더 빠르게 인장호에게로 다가갔다.

그때 진우청이 의심스럽게 생각하던 일이 벌어졌다.

주먹도 못 뻗으리라 생각했던 인장호가 다시 한 번 일장을 날렸다.

진우청의 신형이 두 겹, 세 겹의 잔상을 남기며 용의 비늘을 만들어 냈다.

퍼억—

진우청의 가슴에 인장호의 장력이 정확히 격중되었다.

그러나 이미 힘이 빠진 지렁이의 몸부림이 용의 비늘을 뚫을 수는 없었다.

자연스럽게 운기된 용린탄주의 호체진기가 인장호의 일장을 흩어버렸다.

인장호는 멍하니 진우청을 쳐다보았다.

전신에 남은 내력을 모두 모아 뿌린 장력을 정확히 맞고도 아무런 타격을 입지 않은 진우청이 이젠 괴물 같아 보였다.

괴물의 손이 갑자기 뻗어 나왔다.

짜악—

뺨에서 격타음이 터져 나오며 인장호의 신형이 허공으로 떠올랐다.

그때 진우청의 발끝이 인장호의 발목을 건드렸다.

따귀를 맞고 허공으로 떠올라 벽 쪽으로 날아가려던 인장호의 신형이 거짓말같이 균형을 잡으며 그 자리에 내려섰다.

어떻게 자신이 벽 쪽으로 날아가지 않고 이 자리에 계속 서 있는지 갈피를 못 잡은 인장호의 붉은 손자국이 난 얼굴이 점점 백지장처럼 창백해져 갔다.

두 번에 걸친 장력의 발출로 내력의 소모가 심한 탓이기도 했고, 그 장력을 맞고도 꿈쩍도 않는 진우청에 대한 두려움이 밀려든 때문이기도 했다.

"쿨럭!"

인장호는 기침과 함께 선혈을 토했다.

선혈 속에서 이빨 두 개도 같이 토해졌다. 그것도 앞이빨이었다.

"이, 이……."

혀끝으로 앞이빨 두 개가 부러져 나간 것을 확인한 인장호는 짐승 같은 신음을 흘렸다.

앞이빨이 부러져 나간 것은 얼굴에 흉측한 상처가 난 만큼이나 외모를 갉아먹는다.

그런 생각에 이성을 상실한 인장호는 동귀어진이라도 하겠다는 자세로 진우청을 향해 주먹을 휘둘렀다.

"무릎을 꿇고 싹싹 빌어도……."

진우청의 발끝이 인장호의 무릎을 걷어찼다.

우둑!

무릎 관절이 유리 조각처럼 깨어지며 인장호의 얼굴이 처참하게 일그러졌다.

그러나 인장호는 공격을 멈추지 않고 성한 한쪽 다리로 바닥을 찍으며 달려들었다.

"절대로 봐줄 생각이 없는데……."

진우청의 발끝이 인장호의 성한 무릎을 더 세게 찍었다.

"아아악!"

마침내 인장호는 비명을 지르며 바닥으로 무너졌다.

아무리 악종이라도 무릎 두 개가 회생 불능으로 박살이 나면서까지 달려들 수는 없는 모양이었다.

"미운 짓만 골라서 하는군!"

박살난 무릎뼈를 감싸 쥐며 발악을 하던 인장호가 하필이면 이여옥이 기대 있는 벽 쪽으로 쓰러지는 것을 본 진우청은 디끄러지듯 다가가 인장호의 복부를 걸어찼다.

쿵―

인장호의 신형이 반대쪽 벽으로 날아가 처박혔다.

벽에 처박히는 충격으로 인장호는 까마득히 의식을 놓았다.

평생 다리를 쓸 수 없겠지만 지금 당장은 고통을 느끼지 않아 오히려 다행한 일일 것이다.

진우청은 아직도 분기가 다 풀리지 않은 눈으로 인장호를 쳐다보다가 급히 이여옥을 향해 고개를 돌렸다.

기력을 되찾은 것 같던 이여옥의 호흡이 다시 가늘어지고 있었다.

第十八章
드러나는 능력

급히 이여옥에게 다가온 진우청은 아까처럼 이여옥의 목덜미와 등줄기, 허리까지 빠르게 두드리고 쓸며 호흡을 불어넣었다.

몇 번을 더 반복하자 이여옥의 맥박이 고르게 뛰며 몸도 온기를 되찾아갔다.

진우청은 계속 이여옥의 등줄기로 진기를 불어넣었다.

한참이 지나고 진우청의 이마에 땀방울이 솟아날 즈음에서야 이여옥은 가는 신음과 함께 의식을 차렸다.

정신을 차린 이여옥은 놀란 눈으로 진우청을 바라보다가 사방을 두리번거렸다.

그녀에게 있어서 악마나 마찬가지였던 인장호의 존재를 찾는 것이었다.

“아!”

반대쪽 벽에 휴지 조각처럼 널브러져 있는 인장호를 본 이여옥은 낮은 비명을 토했다.

마차를 몰며 자신의 부하를 단 한 번의 주먹질로 죽여 버리는 인장호를 똑똑히 보았기에 진우청 역시 그렇게 당할 수도 있다고 생각했다.

그래서 무의식 중에 터져 나온 고함 소리를 필사적으로 틀어막으며 혼자 죽으려 했다.

그러나 이 사내는 오히려 인장호를 쓰러뜨려 구석에 처박아놓았다.

안도감과 함께 온몸의 긴장이 풀리며 벽에 기대어 있는 것조차 힘겹게 느껴졌다.

이여옥은 겨우 몸을 추스른 채 눈물만 하염없이 흘렸다.

“괜찮소, 이 소저?”

이여옥 옆에 무릎을 꿇은 진우청은 이여옥을 부축하며 걱정스런 표정으로 물었다.

도저히 이해가 안 가는 체질에 너무 연약한 여인이다 보니 정신을 차렸지만 안심할 수 없었다.

이여옥은 대답 대신 닭똥 같은 눈물만 흘리다 두어 번 고개를 끄덕인 후 상체를 잔뜩 움츠렸다.

자신 같은 사람은 두 명이 한꺼번에 들어가도 남을 만한 진우청의 상의가 헐거워 자칫 흘러내릴 것 같았기 때문이다.

“정말 괜찮은 거요?”

진우청이 재차 물었다.

이여옥은 다시 고개만 끄덕이며 상체를 잔뜩 움츠렸다.

“그렇다니 천만다행이오.”

진우청은 긴 한숨을 내쉰 후 물끄러미 이여옥을 쳐다보았다.

핏기없는 얼굴이 마음을 놓을 수 없게 만들었지만 숨은 고르게 쉬고 있었다.

진우청은 잠시 더 이여옥의 상태를 살피다 얼른 고개를 돌렸다.

이여옥의 불편해하는 모습이 뒤늦게 느껴졌기 때문이다.

"내 옷은 너무 큰 것 같군요."

진우청은 이여옥이 왜 이곳에서 이런 일을 당했는지 궁금했지만 그건 잠시 접어두고 쓰러져 있는 인장호에게로 다가가 인장호의 상의 겉옷을 벗겨냈다.

"이걸 입으시겠소?"

진우청은 인장호의 상의를 이여옥에게 내밀었다.

"아악! 싫어요!"

이여옥은 인장호의 옷에서 풍기는 냄새마저도 소름 끼치는 듯 도리질을 했다.

"알겠소. 그럼 이건 내가 입도록 하지요."

진우청은 인장호의 상의를 자신이 입기로 했다.

이곳에서 이여옥을 데리고 나가려면 누더기나 마찬가지인 속옷만으로는 안 될 일이었다.

인장호의 상의를 펼쳐 소매에 한 팔씩 차례로 끼워 넣던 진우청은 난감한 표정을 지었다.

팔이 반도 들어가기 전에 우두둑 하는 소리가 나며 실밥이 터져 나갔기 때문이다.

'에라, 모르겠다.'

진우청은 억지로 팔을 집어넣었다.

이곳저곳에서 우두둑거리는 소리가 나며 바람이 숭숭 들어왔다.

곳곳이 터지고 소매 끝은 거의 팔꿈치까지 당겨와 이상한 몰골이 되었지만 도리가 없었다.

인장호의 옷을 억지로 입은 진우청은 이여옥에게로 다가갔다.

"대체 어찌 된……."

진우청은 조심스레 질문을 던졌다.

"아무것도… 아무것도 묻지 말아주세요."

진우청의 질문에 이여옥은 기어들어 가는 목소리로 말하며 고개를 숙였다.

그 수치스럽고 끔찍한 일들을 어떻게 다 말할 수 있으랴.

이여옥은 피가 나도록 입술을 깨물었다.

"알겠소. 그럼… 집으로 모셔다 드리겠소."

대체 무슨 일인지 구름 같은 의구심이 일었지만 이여옥의 목소리와 표정에서 절박함을 읽은 진우청은 묵묵히 고개를 끄덕인 후 이여옥을 부축해 일으켰다.

'이런!'

진우청은 내심 혀를 찼다.

한 손으로 잔뜩 상체를 감싼 이여옥은 진우청의 손을 잡고 몸을 일으켰지만 긴장과 놀람으로 굳어지고 힘이 빠진 다리는 진우청의 손을 잡고서도 일어서는 것이 불가능했다.

겨우 몸을 일으키다 풀썩 쓰러지는 이여옥을 진우청은 황급히 부축했다.

"부담 갖지 마시고 내게 몸을 맡기시오."

진우청은 이여옥의 의사와 무관하게 그녀의 몸을 조심스럽게 안아

들었다.

이여옥은 잠시 주춤하며 신형을 굳혔지만 도리가 없는 일이었다.

한 발짝도 자신의 힘으로는 움직일 수 없는 상태이기에 업혀 나가든 들려 나가든 진우청의 뜻에 따를 뿐이었다.

'이렇게 가벼워서야.'

진우청은 이여옥의 몸이 마치 한 마리 새처럼 가볍다고 느꼈다.

이런 몸으로 이곳에서 모진 꼴을 당했으니 그 심정이 오죽했으랴 생각하니 인장호에 대한 분노가 다시 끓어올랐다.

'마음 같아서는 아예 목뼈를 분질러 놓고 싶군!'

쓰러져 있는 인장호를 다시 한 번 노려본 진우청은 석문을 향해 걸음을 옮겼다.

두어 발 옮기던 진우청은 무언가에 소스라치게 놀란 듯 이여옥이 무의식적으로 품으로 파고드는 느낌을 받으며 우뚝 걸음을 멈추었다.

"왜 그러시오, 소저?"

진우청은 이여옥을 내려다보았다.

파랗게 질린 이여옥이 겨우 고개를 들어 공포에 질린 눈으로 석문 쪽을 쳐다보고 있었다.

이여옥의 갑작스런 행동에 진우청도 얼른 고개를 들어 석문을 향해 시선을 고정시켰다.

이여옥이 뚫어질 듯 쳐다보는 벽면에 희미한 붉은색이 그림자처럼 비쳤다가 사라졌다.

'착각이었나?'

진우청은 순간적으로 온몸의 신경 세포가 급격히 일어서던 느낌을 떠올리며 고개를 두리번거렸다.

그러나 더 이상은 아무것도 느껴지지 않았다.

순간 이여옥이 급히 고개를 돌렸다.

"저, 저곳······!"

파랗게 질린 이여옥이 다시 소리를 질렀다.

진우청은 이여옥의 시선을 따라 고개를 돌렸다.

다시 그 그림자가 석문과는 정반대쪽 벽에서 일렁거렸다.

그러나 순식간에 사라졌다.

"저기, 아니, 저쪽······."

이번에도 그걸 먼저 느낀 사람은 이여옥이었다.

진우청의 품속에서 조금 용기를 얻었는지 이여옥은 손가락으로 벽면을 연달아 가리켰다.

횃불이 일렁이는 것 같은 옅은 붉은빛이 급히 이여옥의 손가락을 피해 사라졌다.

진우청은 호흡을 가다듬고 감각을 일깨웠다.

용무와 함께 발달된 감각이 최고조로 그 기능을 발휘했다.

그러나 그 느낌은 아주 잠깐씩 간헐적으로 느껴질 뿐 확연히 인식되지는 않았다.

"저곳이에요!"

이여옥이 다시 소리를 질렀다.

십 년 동안의 용무가 무색하게 느껴질 정도로 이여옥은 여전히 진우청에 앞서 그 존재를 감지하고 손가락 끝으로 가리켰다.

진우청은 이여옥이 가리키는 곳으로 신경을 집중시켰다.

아까보다는 좀 더 연속적인 움직임이 느껴졌다. 아마도 이여옥의 손가락을 피해 다니느라 호흡이 흐트러진 것 같았다.

"귀신인지 사람인지 그만 나오시오!"

진우청은 이여옥의 손가락 끝을 쫓아 고개를 돌리며 소리를 질렀다.

"크크크……."

웃음소리인지 신음 소리인지 모를 기분 나쁜 소리가 석벽 한쪽에서 들려왔다.

그리고 붉은빛이 조금 더 짙어지며 점차 사람 모양의 혈화(血畵)가 석벽 가운데에 그려졌다.

금방이라도 벽을 타고 흘러내릴 것 같은 핏빛 형상에 이여옥은 진저리를 치며 고개를 파묻었다.

핏빛으로 물든 벽을 쳐다보고 진우청은 잠시 이여옥을 내려다보았다.

진우청은 이여옥이 대체 어떻게 저런 귀신이지 요괴인지 모를 존재를 정확히 감지해 낼 수 있는지 경이로운 느낌이 들었다.

자신으로서는 온 감각을 다 동원해야만 잠깐 동안 미세하게 느낄 수 있는 존재를 이여옥은 눈으로 본 듯 정확히 가리켰다.

사부의 등쌀에 굶어 죽지 않기 위해 발달시킨 자신의 감각이 누구에게도 뒤떨어진다고 생각되진 않았다. 그러나 좀 전의 상황에서는 이여옥과 비교가 되지 않았다.

평생 방 안에만 갇혀 살아온 여인이 이런 일을 자주 겪어서 그런 능력이 생기지도 않았을 것이고, 어젯밤 자신이 추게 해준 용무 때문에 그런 능력이 생긴 건 더 더욱 아닐 것이다.

아마도 남들과 다른 체질을 타고난 듯 그런 능력도 타고난 모양이었다.

진우청은 짧은 상념을 접고 벽을 쳐다보았다.

　이여옥의 존재로 인해 더 이상 정체를 숨기는 것이 무의미하다고 생각했는지 핏빛 그림자는 그대로 벽 표면에 혈화를 그린 채 서 있었다.

　“도대체 누구시오?”

　진우청이 목소리를 높였다. 그러나 핏빛 그림자는 대답이 없었다.

　“이곳이 당신 집쯤 되는 모양인데… 벽을 부순 건 미안하오. 나도 미로 같은 동굴 속에서 길을 잃고 헤매다 피치 못하게 그렇게 됐소.”

　핏빛 그림자를 이곳에서 사는 요괴쯤으로 생각한 진우청은 자신이 무너뜨린 석벽을 쳐다보고는 계속 말을 이었다.

　“그 점 이해해 주시고, 더 이상 소란 피우지 않고 나갈 테니 그만 쉬시오.”

　말을 마친 진우청은 문을 향해 조심스럽게 걸음을 옮겼다.

　“크크, 이곳에서… 나갈 수 없다!”

　핏빛 그림자가 일렁 물결을 치는가 싶더니 석문 쪽을 막아서며 거북한 목소리가 울려 나왔다.

　진우청은 다시 걸음을 멈추고는 핏빛 그림자를 쳐다보았다.

　사람 말을 하는 것으로 보아 요괴는 아닌 것 같았다.

　요괴라고 사람 말을 못하란 법은 없었지만 무엇보다 호흡이 느껴졌다.

　은신하며 모습을 드러내지 않을 때는 아주 잠깐씩 느껴지다 길게 사라진 호흡이 이젠 규칙적으로 느껴졌다.

　“요괴나 귀신이 아니라 사람이에요.”

　진우청이 핏빛 그림자를 계속 요괴로 착각하고 있다고 느꼈는지 이여옥이 고개를 돌리며 말했다.

　“특이한 능력을 지니고 태어나 그 능력을 갈고닦아 저렇게 된 것 같아요."

잠시 고개를 들었던 이여옥은 핏빛 그림자 혈유(血蚴)의 모습이 여전히 징그러운 듯 급히 고개를 돌렸다.

'확실히 사람이란 말이지?'

이여옥의 말을 들은 진우청은 후우 하고 한숨을 내쉬었다.

요괴나 귀신이라면 무섭지만 사람이라면 무서울 것이 없었다.

이 세상에서 가장 괴팍한 노인 곁에서도 십 년을 견뎠는데 더 이상 겁날 사람이 어디 있으랴.

진우청은 긴장으로 굳어졌던 어깨를 쭉 펴며 입술을 움직였다.

"우린 가야겠으니 비켜주시오!"

고함과 함께 진우청은 석문을 향해 걸음을 옮겼다.

"크크, 그 여인을 두고 가면 보내주겠다."

진우청이 막무가내로 움직이자 핏빛 그림자 혈유는 잠시 일렁이다 쇠를 깎는 목소리로 다시 말했다.

'이 여인을 두고 가라고?'

혈유의 말에 진우청이 눈을 치떴다.

이 요괴 같은 놈이 자신을 막는 이유가 그가 살고 있는 집을 무너뜨리고 소란을 피운 때문인 줄 알았는데 그게 아닌 모양이었다.

이런 요괴 같은 놈들은 동남동녀의 정혈을 빨아 먹고 산다던 얘기를 들은 것도 같았다. 그렇다면 이놈 역시 그런 이유로 이여옥을 놓고 가라는 것이라 생각한 진우청의 표정이 험악하게 변했다.

아무리 요괴 같은 놈이지만 작은 새 한 마리처럼 가볍게 느껴지는 여인을 불쌍히 여기지는 못할망정 먹잇감으로 생각하며 군침을 흘리는 모습이 치가 떨렸다.

눈을 부릅뜬 진우청은 뒷걸음질을 치며 바닥 한가운데로 갔다.

"잠시만 내려 계시오."

진우청은 바닥 가운데에 이여옥을 내려놓았다.

벽 쪽은 저 요괴 같은 놈이 어디든지 스며들 수 있으니 오히려 한가운데가 안전하다고 생각한 때문이었다.

"공자님, 그냥 절… 두고 가세요."

바닥에 내려진 이여옥은 간절한 표정으로 진우청을 올려다보았다.

형체도 제대로 느낄 수 없는 저런 자를 인간의 힘으로 막는다는 것은 불가능해 보였다.

저 괴물의 목적이 자신뿐이라면 자신 하나만 희생하면 되었다.

자신 때문에 생애 처음으로 삶의 희열을 느끼게 해준 사람까지 해를 입는 것은 결코 바라지 않았다. 인장호 앞에서 죽음을 각오할 때처럼 가슴에 품고 가면 될 뿐이었다.

"귀신이 아니고 사람인 이상 겁날 게 없으니 아무 말 말고 가만히 있으시오."

진우청은 이여옥을 안심시키고 등 뒤로 손을 돌렸다.

등 뒤에 꽂혀 있던 용호곤이 진우청의 양손에 들려졌다.

"끝까지 막겠다면 뚫고 나갈 수밖에."

진우청은 양손에 든 용곤과 호곤을 한 번씩 번갈아 흔들어본 후 혈유가 있는 곳으로 걸음을 옮겼다.

혈유의 그림자가 일렁 춤을 추었다.

쌔애앵―

파공음이 들리며 진우청의 오른손에 들린 용곤이 엄청난 회전을 하며 혈유가 서 있는 석문 쪽으로 날아갔다.

핏빛 그림자가 춤을 추듯이 흔들리며 사라졌다.

콰앙—

석문에서 폭음이 일어나며 돌 가루가 튀어 올랐다. 그리고 찌잉 하는 소리와 함께 균열이 갔다.

휘이잉—

석문에 균열을 내고 튕겨오는 용곤을 진우청이 가볍게 잡아챘다.

진우청은 다시 손에 잡힌 용곤을 바라보았다.

두터운 석문에 균열을 낼 만큼 세게 부딪쳤지만 용곤은 흠집 하나 없이 깨끗하기만 했다.

이 정도라면 석문을 부수는 데 문제도 없을 것 같다고 생각한 진우청은 혈유의 흔적을 찾았다.

천장 위에서 흐트러진 숨결 한 가닥이 느껴졌다.

쨍!

신속히 용호곤을 하나로 조립한 진우청은 천장을 향해 용호곤을 쑤셔 넣었다.

까앙!

용호곤 끝에 걸린 천장이 무너질 듯 흔들렸다.

천장에서 느껴지던 호흡의 기색이 급히 사라지며 혈유의 흔적 자체가 사라졌다.

“그렇게 사라져 준다면 다시는 싸울 필요가 없지 않겠소?”

그때 사라졌던 혈유의 존재가 느껴지며 석실 벽면에 있는 횃불이 출렁거렸다.

불이 꺼지고 심지에 남아 있던 잔광마저 사라지자 한 치 앞을 볼 수 없는 어둠이 온 실내를 가득 채웠다.

“젠장!”

진우청은 욕지거리를 토하며 이여옥의 옆에 붙어 섰다.

불이 켜져 있어도 어차피 형체가 제대로 안 보이던 인간이었으니 상관없지만 어둠 속에 갇힌 이여옥은 몇 배로 더 두려울 것이다.

진우청은 팔을 뻗어 이여옥의 허리를 감아 일으켰다. 그리고 석문 쪽을 향해 걸음을 옮겼다.

“나갈 수 없다!”

석문 앞에서 음산한 목소리가 들렸다.

파앗—

그러나 진우청은 들고 있던 용호곤을 신속히 천장을 향해 찔러 넣었다.

소리는 석문 앞에서 났지만 느낌은 천장이었다.

‘결국 같은 인간이야.’

진우청은 내심 중얼거렸다.

방금 천장을 향해 찌른 용호곤의 끝에서 딱딱한 돌의 감촉과 함께 미세한 인육의 느낌이 전해졌다.

어둠을 믿고 방심한 요괴 같은 놈이 완벽하게 피하지 못하고 스친 것 같다는 판단이 들었다.

아무리 환술이 뛰어나다 해도 그것은 사람의 눈을 현혹시키는 기술일 뿐 뼈와 살로 된 육신 자체가 벽이 되었다 천장이 되었다 할 수는 없으리라.

그런 생각과 함께 진우청은 용호곤 끝을 바닥으로 향했다.

툭툭!

진우청은 용호곤을 장님의 지팡이처럼 이용하여 바닥을 치며 계속 석문 쪽으로 다가갔다.

그때 이여옥의 다급한 소리가 울렸다.

"뒤쪽!"

동시에 용호곤이 부웅 하며 허공을 갈랐다.

천장에서 내려와 진우청의 뒤쪽으로 접근하던 혈유의 기척이 다시 사라졌다.

"접근을 못한다면 막지도 못하겠지?"

내심 중얼거린 진우청의 뇌리 속으로 모든 병기의 근본은 바로 몽둥이라고 하던 해천 노인의 말이 떠오르며 손에 들린 용호곤이 더없이 믿음직하게 느껴졌다.

툭—

용호곤 끝에 앞쪽 벽이 걸렸다. 아마도 석문일 것이다.

진우청은 높이를 어림하며 석문 중간쯤으로 강하게 용호곤을 찔러 넣었다.

콰앙!

폭음이 울리며 석문에 균열이 일어나는 소리가 좀 더 크게 들렸다.

"절대로 보내줄 수 없다."

기분 나쁜 소리와 함께 왼쪽 측면에서 날카로운 바람 한줄기가 밀려 왔다.

진우청은 급히 이여옥의 신형을 앞으로 돌리며 용호곤을 휘둘렀다.

까앙!

뭔지는 모르겠지만 단단한 것이 용호곤에 맞아 팅겨 나갔다.

아마도 암기나 단검 같았다.

진우청은 어둠 속에서 와락 눈살을 찌푸렸다.

접근을 못하게 했더니 암기를 날려왔다.

석문을 깨부수다 보면 아무래도 신경이 분산될 것이고, 그때마다 이렇게 날아드는 암기는 귀찮기 짝이 없을 것 같았다.

'그렇다면……'

진우청은 석문에서 등을 돌렸다.

이렇게 되면 피해가는 것보다 해치우고 가는 게 나을 것이다.

진우청은 이여옥을 안은 채 바람 줄기가 느껴지는 곳으로 움직였다.

자신이 뚫고 나온 석벽 앞에 선 진우청은 벽을 걷어찼다.

진우청의 몸이 빠져나올 만한 구멍이 뚫려 있던 벽이 무너지며 훨씬 더 큰 구멍이 생겼다. 그리고 그곳으로부터 더 많은 바람이 흘러들었다.

아마도 미로 같은 동굴 어느 곳에는 땅속으로나, 아니면 밖으로 기류의 흐름이 있는 모양이었다.

살갗으로 느껴지는 바람.

그 흐름의 미세한 변화는 보이지 않는 존재의 정체를 훨씬 더 잘 감지할 수 있게 해줄 것이다.

'꽤나 영리한 놈이군.'

진우청은 이쪽으로 올 때는 전혀 방해를 하지 않는 혈유의 움직임에 입맛을 다셨다.

커다랗게 구멍이 뚫려 있었지만 이쪽으로 나갔다가는 아까처럼 칠흑 같은 미로 속에서 방향을 잃고 헤매게 될 것이다.

그곳에서는 이곳보다 더 저놈이 유리할 것이다.

그걸 알고 저놈도 이곳을 막지 않고 있다는 생각을 하며 진우청은 이여옥의 신형을 천천히 바닥으로 내렸다.

“작은 돌 조각이 있으면 몇 개 집어보시오.”

진우청이 낮게 말했다.

“공자님, 그냥 절…….”

“어서 집으시오!”

진우청이 고함을 지르자 다시 애원하듯 말하던 이여옥은 입을 다물고 손을 움직였다.

진우청은 이여옥의 손이 더 움직이지 않음을 느끼고는 손을 뻗었다.

이여옥의 손에서 한 개의 돌을 받아 쥔 진우청은 용호곤으로 앞을 두드리며 석문 쪽으로 걸어갔다.

패앵—

석문 앞에 도달해 석문을 부수려 하자 어김없이 암기가 날아왔다.

용호곤으로 암기를 쳐낸 진우청은 이여옥을 자신의 몸 앞에 내려놓고는 왼손을 자유롭게 했다.

다시 용호곤을 들어 올리자 암기가 날아왔다.

슬쩍 상체를 흔들어 피한 진우청은 왼손에 든 돌 조각을 쾌속하게 뿌렸다.

“큭!”

뒤쪽에서 짧은 비명 소리가 들리며 혈유의 존재감이 급격히 강해졌다. 이젠 처음처럼 그렇게 오래 숨어 있을 수 없을 것 같았다.

진우청은 이여옥에게서 다시 한 개의 돌을 받아 들었다.

휘익—

또 한 개의 돌이 허공을 갈랐다.

이젠 바람 소리까지 내며 혈유의 신형이 급히 움직였다.

진우청은 그 틈을 타 용호곤을 석문 중앙으로 찔러 넣었다.

용호곤에 찔린 석문이 비명을 토하며 가느다란 빛 한줄기가 스며들었다.

드디어 구멍이 난 모양이었다.

그때 찢어지는 듯한 혈유의 목소리가 들려왔다.

"죽인다!"

이여옥 때문에 번번이 은신이 드러나며 예상 못한 기습까지 당해 분기가 극에 달한 혈유의 목소리가 장송곡처럼 울려 퍼졌다.

휘이잉—

바람 소리와 함께 혈유의 존재감이 그물처럼 진우청을 덮쳐 왔다.

이제껏 모습을 숨기고 어쩔 수 없는 순간만 존재감을 드러내던 것과는 다른 느낌에 진우청은 온몸으로 이여옥을 막으며 용호곤을 휘둘렀다.

용호곤이 혈유의 허리를 갈라가는 순간 놀랍게도 혈유의 허리 부분이 갈라지며 둘로 나눠지는 것 같았다. 그리고는 순식간에 하나로 합쳐졌다.

퍼억—

진우청의 어깨에 무엇인가 부딪치며 파육음이 터져 나왔다.

낮은 신음을 목구멍 속으로 삼킨 진우청은 용호곤으로 바닥을 짚으며 휘청 밀려나는 신형을 바로 세웠다.

용무를 추다 때때로 사부께서 날리는 호두알을 맞았을 때보다는 덜 아팠지만 제법 욱신거렸다.

'음!'

진우청은 아랫배 속으로 깊게 숨을 불어넣었다.

부드러운 숨결이 온몸 곳곳으로 퍼져 나가며 어깨의 통증도 사라졌다.

아픔이 사라지자 오기가 밀려왔다.

사부께서 날린 호두 알을 모두 팅겨내고 그 뒤부터는 이런 타격을 받은 적이 없었는데 오랜만에 제대로 한 방 맞은 것 같았다.

통증을 몰아낸 진우청은 등을 돌리며 혈유의 느낌을 찾았다.

혈유는 저만치서 가만히 서 있었다.

이젠 벽이나 천장에 딱 붙어 있는 것이 아니고 바닥을 딛고 서 있었다.

존재감 역시 감추지 않고 그대로 노출시키고 있었다.

대신 그 존재감은 진우청이 공격을 하는 순간에 감쪽같이 사라져 버렸다.

그건 오히려 더 위험했다.

사라졌다가 공격하는 순간 나타나는 것은 대처가 가능했지만 내내 느껴지다가 공격을 하는 순간 사라지면 이처럼 또다시 한 방 맞을 수도 있는 것이다.

'어디!'

진우청은 이여옥에게서 돌 조각 몇 개를 더 받아 들었다.

피잉―

돌 조각이 혈유의 가슴을 향해 날아들었다.

돌 조각이 혈유의 가슴에 맞는 순간 혈유의 가슴에 구멍이 생기는 느낌이 들며 돌 조각은 벽을 때렸다.

'어떻게 저렇게 되는 것인가?'

진우청은 의아한 기분에 더 이상 돌 조각을 던질 생각도 않고 서 있었다.

귀신이 아닌 사람의 몸인 이상 허리나 가슴 부분이 뚝 끊어졌다 다시 연결될 수는 없는 일이다.

'대체 어떤 능력을 타고났기에……?

진우청은 저 괴물은 특이하게 타고난 능력을 갈고닦아 저렇게 됐다는 이여옥의 말을 떠올리며 용호곤을 더욱 세게 거머쥐었다.

"크크크!"

고막을 긁는 소리가 들리며 혈유가 다시 그물처럼 진우청을 덮쳐 왔다.

"속지 마세요! 가짜예요!"

진우청이 막 용호곤을 휘두르는 찰나 석실 바닥에서 이여옥의 목소리가 들려왔다.

진우청은 흠칫 신형을 굳혔다.

이여옥의 목소리와 함께 그물처럼 덮쳐 오던 혈유의 존재감이 씻은 듯 사라졌다.

"저 사람은 공자님의 정신을 갉아먹고 있어요."

이여옥이 다급하게 말했다.

"저 바람 소리……!"

"크크!"

이여옥의 다급한 목소리가 저주 같은 혈유의 웃음소리에 묻혔다.

"모두 죽인다. 크크크……."

자신의 비밀을 벗겨 버리는 이여옥을 향해 혈유는 저주처럼 말했다.

비명 같은 웃음소리와 함께 혈유의 존재감이 쾌속하게 밀려왔다.

진우청은 용호곤을 휘두르려다가 이여옥의 말을 떠올리며 급히 신형을 틀었다.

이여옥의 말대로 지금 느껴지는 혈유의 존재감은 실체가 아닐 것이다.

실체라면 아무리 특이한 능력을 지녔다고 해도 사람의 몸이 둘로 갈라졌다 다시 합쳐졌다 할 수는 없는 것이다.

허리가 갈라지고 심장에 구멍이 뻥 뚫리는 것 역시 환술의 일종이리라.

진우청의 예상대로 혈유의 존재감이 느껴지는 곳과는 반대쪽 어깨를 무언가가 스치듯 지나갔다.

진우청은 그곳을 향해 용호곤을 휘둘렀다.

곤끝에 아무것도 느껴지지 않았다. 그러나 이번에는 자신도 맞지 않았다. 아마도 아까처럼 느낌만으로 반응했다면 또 맞았을 것이다.

'바람 소리라고……?

진우청은 이여옥의 말을 되뇌었다.

어둠 속이라 볼 수 없으니 눈이 현혹되지 않았다고 생각했는데 저 요괴 같은 놈은 소리로서 자신을 현혹시키고 있는 모양이었다.

그 때문에 허리가 두 쪽으로 갈라지고 심장에 구멍이 나는 착각이든 모양이었다.

진우청은 허탈한 기분이 들었다.

천성적으로 둔해서 그런 술수에는 당하지 않을 줄 알았는데 하마터면 놈의 꼭두각시가 될 뻔했다.

요괴 같은 놈의 흔적을 더 잘 찾으려고 구멍을 크게 만들어 바람 소리를 키웠는데 저놈은 그걸 역이용하여 자신을 홀린 모양이었다.

언젠가 사부께서는 정신이 흐트러지지 않는 한 이런 시술은 통하지 않는다고 하셨는데 못난 제자라서 수양이 덜 되어 이 모양이란 생각이 들었다.

그러나 이젠 그걸 알았으니 다를 것이다.

진우청은 용호곤을 분리해서 양손에 쥐었다.

쨍!

용곤과 호곤이 부딪치며 날카로운 쇳소리를 토해냈다.

쨍!

진우청은 다시 용곤과 호곤을 부딪쳤다.

두 번의 쇳소리가 울리고 나자 진우청의 귓속으로 들리던 바람 소리가 끊어졌다.

진우청은 온 신경을 호흡에 집중했다.

진우청의 심신이 호흡 속으로 녹아들어 가자 온몸이 안개 같은 막에 둘러싸였다.

진우청의 몸에서 일어나는 갑작스런 변화에 깜짝 놀란 이여옥은 터져 나오려는 비명을 두 손으로 틀어막았다.

진우청의 눈에서 커다란 횃불이 일렁이고 있었다.

이여옥은 진우청의 눈이 밤에 지붕과 담장 위로 뛰어다니던 도둑고양이의 눈빛 같다는 생각에 공포감마저 느꼈다.

그러나 그것만은 아니었다.

맹수의 그것처럼 두려움을 주면서도 진우청의 눈에는 뭔가 잡스런 것들을 모두 태울 것 같은 신광이 어려 있었다.

"후읍—"

이여옥의 귓전으로 진우청의 긴 호흡 소리가 들렸다.

그와 함께 진우청의 눈에서 태울 듯 뻗어 나오던 광채가 눈동자 깊은 곳으로 사라졌다.

그때 끊어졌던 바람 소리가 서서히 이어졌다.

"요괴! 이젠 소용없다!"

다시 들려오는 바람 소리에 진우청이 고함을 질렀다.

바람 소리는 아까보다 훨씬 은밀하게 들려왔다.

그러나 그건 이제는 더 이상 바람 소리로만 들리지 않았다.

바람 소리 속에 음울한 주문(呪文) 소리가 섞여 있었다.

째앵—

진우청은 다시 한 번 용호곤을 부딪치며 혈유의 기색을 찾았다.

휘익—

용호곤이 부딪치며 터져 나오는 맑은 쇳소리에 주춤한 혈유가 급히 움직였다.

진우청은 왼손에 든 호곤을 던졌다.

픽—

급히 신형을 옮기던 혈유가 다 피하지 못하고 호곤에 걸리는 소리가 났다.

진우청의 신형이 미끄러지듯 움직였다.

동시에 진우청은 쾌속하게 용곤을 휘둘렀다.

팟—

무언가 물컹한 것이 용곤 끝에 걸렸다. 그리고 신속히 옆으로 이동했다.

진우청은 그 기색을 향해 강하게 발길질을 날렸다.

진우청의 발에서 둔탁한 소리가 터져 나왔다.

진우청은 다시 용곤을 휘둘렀다.

투닥—

제대로 맞은 느낌이 용곤을 통해 온몸으로 전해졌다.

"큭!"

짧은 비명이 터져 나오며 혈유의 기색이 더 진하게 느껴졌다.

진우청은 온몸을 던지며 혈유의 가슴 어림에 팔꿈치를 꽂아 넣었다.

퍼억―

혈유의 상체 한가운데에 진우청의 팔꿈치가 강하게 꽂혀들었다.

"크윽!"

비명과 함께 뻥 뚫린 벽을 지나 진우청이 고생을 한 미로 같은 동굴 안까지 날아간 혈유의 몸이 바닥에 떨어지는 소리가 났다.

"크으으……."

찢어지는 듯한 혈유의 신음이 점점 잦아들었다.

그리고는 더 이상 혈유의 움직임이 느껴지지 않았다.

혈유를 처치한 진우청은 긴 한숨을 토했다.

정말 어이없고 한심한 일이었지만 좋은 경험을 했다는 생각이 들었다.

아무리 육체를 단련하고 수련을 쌓아도 정신이 지배를 당하면 쓰러질 수밖에 없다.

이여옥이 아니었더라면 그랬을지도 몰랐다.

언제나 방심하지 말고 호흡 속에 녹아들어 있으라는 사부의 가르침을 잠시 잊는 순간 어이없는 일을 당하고 말았다.

'족히 사흘은 굶을 바보 짓을 했군.'

내심 중얼거린 진우청은 이여옥을 향해 고개를 돌렸다.

"괜찮으시오, 이 소저?"

진우청이 걱정스런 목소리로 물었다.

"전 괜찮아요."

이여옥은 아직도 두려움이 다 가시지 않은 목소리로 겨우 대답했다.

진우청은 몸을 숙여 이여옥을 부축했다.

"이젠 밖으로 나갑시다."

용곤과 호곤을 챙겨 든 진우청은 이여옥을 안고 미세한 빛이 스며드는 석문 쪽으로 향했다.

그 요괴 같은 놈이 다시 나타나 석문을 막을 것 같은 기분이 들었지만 그놈은 저 동굴 속에 뻗어 있는지라 더 이상은 핏빛이 일렁거리지 않았다.

용곤과 호곤을 하나로 조립한 진우청은 석문을 연속으로 두드렸다.

이미 빛이 새어들 정도로 금이 간 석문에서 폭음이 터졌다.

와르르—

잠시 후 석문이 수많은 돌 조각으로 무너져 내렸다.

석문 밖 복도에 밝혀져 있던 횃불 빛이 무너진 석문으로 해일처럼 밀려들었다.

음습한 어둠이 후욱 밀려나며 석실 안의 모습이 눈에 들어왔다.

아직도 미세한 돌 가루와 먼지들이 허공 중에 부유하는 장면은 혈유와의 대결이 꽤나 격렬했다는 것을 반증해 주었다.

'설마 이곳도 미로로 되어 있는 것은 아니겠지?'

진우청은 내심 중얼거리며 걸음을 옮겼다.

그리 길지 않은 복도가 끝나고 나서 다시 석문이 앞을 가로막았다.

그러나 이번 석문은 기관 장치 같은 것이 설치되어 있지 않고 그냥 힘으로 밀면 열리게 되어 있었다.

진우청은 한 손으로 이여옥을 받쳐 안고 다른 손으로 석문을 밀었다.

그긍—

석문이 밀려나며 무거운 음향이 흘러나왔다.

진우청은 혹시라도 문밖에서 뭐가 튀어나올지도 몰라 호흡을 끌어올리며 이여옥의 몸을 자기 몸 뒤쪽으로 돌렸다.

반쯤만 몸을 틀어도 이여옥의 작은 몸은 모두 가려졌다.

"엇!"

진우청은 불식간에 짧은 경호성을 토했다.

석문 밖에서는 다행히 암기 같은 것은 튀어나오지 않았다.

그러나 암기나 독 같은 것보다 더 귀찮은 인간들이 우르르 몰려오고 있었다.

"어엇!"

그들도 진우청을 보고 놀랐는지 우뚝 멈추어 섰다.

"무사합니다!"

잠시 후, 앞에 선 누군가가 외마디 소리를 질렀다.

"이 소저는 무사합니다!"

이여옥을 데리러 갔다가 해천 노인에게 혼쭐이 나고, 마차에서는 인장호에게 목이 잡혀 바닥에 내동댕이쳐졌던 사내 두채명은 이젠 살았다는 표정으로 뒤에 있는 누군가를 향해 고함을 질렀다.

만약 이여옥이 잘못되었다가는 자신은 물론 가족의 생사까지도 불투명해질 상황이었으니 지옥에서 천당으로 직행한 기분이 된 것이다.

두채명이 환희에 찬 음성으로 보고를 올린 뒤쪽의 사내를 쳐다본 진우청의 눈빛이 가라앉았다.

"노형은?"

두채명의 고함 소리를 듣고 빠르게 앞으로 나온 임문정은 놀람과 의구심이 반반씩 섞인 눈빛으로 진우청을 쳐다보았다. 그리고는 빠르게 이여옥의 상태를 살폈다.

두채명의 말대로 이여옥이 무사하다는 것을 확인한 임문정은 낮은 한숨을 내쉬고는 다시 진우청에게 눈을 돌렸다.

"대체 노형께서 여긴 어쩐 일이시오?"

잠시 떠올랐던 의문과 놀람의 표정을 깨끗이 지운 임문정이 다시 말했다.

진우청은 대답 대신 뚫어져라 임문정을 쳐다보았다.

'모든 것이 이자의 농간이란 말인가?'

진우청은 끓어오르려는 한줄기 열기를 천천히 억눌렀다.

두 번 다시 요괴 같은 놈에게 당했던 전철을 밟아서는 안 될 일이었다.

이놈은 인장호란 놈보다 조금은 더 계집애같이 생겼지만 그놈과는 비교가 되지 않는 놈이었다.

심계에서나 숨기고 있는 실력 면에서나 모두 다.

이런 놈이 이번 일을 모두 지시한 것이라면 일이 더욱 복잡해지고, 이곳을 뚫고 나가는 것도 그만큼 어려워질 것 같았다.

낮은 날숨을 한 번 내뱉은 진우청은 가슴속을 채운 의문을 입 밖으로 토했다.

"이 모든 것이 당신의 소행이오?"

낮지만 뭔가 강하게 응축된 기운이 느껴지는 음성이었다.

"내 소행?"

진우청의 물음에 임문정은 눈 사이를 좁히며 빠르게 염두를 굴렸다.

초주검이 되어 뛰어든 두채명의 보고를 들었을 땐 최악의 사태가 벌어졌음을 알았다.

말 그대로 쥐새끼에게 발뒤축을 물리고, 오랜 시간 동안 공들였던 일이 한순간에 수포로 돌아갈 수도 있다는 생각에 위기감을 느꼈다.

그러나 그런 최악의 경우를 대비해 혈유를 은밀히 딸려 보냈기에 한 가닥 여유를 가질 수 있었고, 급히 혈유가 남긴 흔적을 따라왔다가 이여옥이 무사하다는 두채명의 고함 소리에 한숨을 내쉬었다.

그런데 이여옥을 안고 나온 사람은 천만뜻밖에도 혈유가 아니라 진우청이었다.

도저히 갈피를 잡을 수 없는 인간.

그리고 그 인간의 입에서 튀어나온 당신 소행이란 말은?

뭔가 혼란스럽기만 할 뿐 모든 걸 한눈에 파악할 수 없었다.

"지금으로선 방금 한 노형의 질문에 갈피를 잡지 못하겠소. 그러니 조금만 더 정보를 주시오. 노형이 여긴 어쩐 일이오?"

임문정은 수많은 생각들이 한꺼번에 뇌리를 지나가는 표정으로 진우청을 보며 말했다.

진우청은 그런 임문정의 표정에서 거짓은 찾을 수 없었다.

능수능란하고 경우에 따라서는 뱀보다 더 냉혹하게 행동할 수도 있는 인간 같았지만 인장호처럼 음침하거나 야비한 냄새는 풍기지 않았다.

그래서 훨씬 더 경계심을 불러일으키는 놈이었다.

어쨌든 지금 한 말은 거짓이 아닌 것 같았다.

"내 동료들을 다시 찾아왔다가 지하에서 길을 잃었소. 한참 헤맨 끝에 인기척이 있는 석실로 들어섰는데 그 석실에서 당신 부하가 이 소저를 죽이려 하고 있었소."

진우청은 더 말하지 않고 입을 다물었다.

그 뒤의 상황은 지금 이여옥의 몰골만 봐도 알 수 있을 것이다.

진우청의 대답에 임문정의 눈에서 짧은 순간 섬뜩한 살기 한 가닥이 뻗어 나왔다가 사라졌다.

그것은 인장호란 놈에게로 향하는 살기 같았다.

"이젠 대강 짐작하겠소. 그리고 이 자리에서 확실히 밝혀두는데… 인장호 그놈은 내 부하 될 자격이 없는 놈이오. 잠시 필요에 의해… 쩝, 그만 다물겠소. 당신에겐 그놈이 그놈일 테니."

임문정은 자신이 쓸데없는 변명을 늘어놓고 있음을 느끼고는 잠시 말을 잘랐다. 그리고 다시 설명했다.

"나 역시 그놈이 이 소저를 끌고 갔다는 말을 듣고 눈썹이 휘날리게 달려오는 중이었소. 그런데 노형 덕분에 이 소저가 무사한 걸 보니 십 년감수한 기분이오. 정말 고맙소."

임문정은 꼭 필요한 말만 하고는 가볍게 고개를 숙여 감사의 표시를 했다.

그러나 진우청의 표정은 조금도 달라지지 않았다.

"당신이 왜 내게 고마워해야 하는 건지 모르겠소."

진우청이 무뚝뚝한 음성으로 말했다.

"그건……."

임문정은 잠시 할 말을 잃었다.

"어쨌든 당신이 이 소저를 해치려 하지 않는다니 다행이오. 그럼 이만 길을 비켜주시오. 난 이 소저를 집으로 모셔 드려야겠으니……."

진우청이 걸음을 옮기며 팔꿈치로 임문정을 밀쳤다.

임문정의 신형은 땅에 뿌리라도 내리고 있는 듯 꼼짝도 하지 않았다.

“힘 자랑은 내 전문이오.”

그 자리에 우뚝 선 진우청이 아래를 내려다보며 말했다.

“미안하오. 힘 자랑을 하려는 의도는 아니었소.”

임문정은 위를 올려다보는 것에 자존심이 상한 듯 진우청의 가슴 언저리 쪽에 시선을 고정시킨 채 말을 이었다.

“부연 설명을 하자면… 이 소저는 우리의 일을 돕기 위해 스스로 우리에게 오는 길이었소. 그런데 그놈이 내게 앙심을 품고 이 소저를 해치려 한 것이오.”

‘스스로 오는 중이었다고?’

임문정의 말에 진우청은 미간을 좁히며 임문정을 쳐다보다가 이여옥에게로 시선을 돌렸다.

이여옥은 진우청이 걸쳐 준 상의만 양손으로 꼭 감싼 채 시종 눈을 질끈 감고 있었다.

자신의 의도와는 무관하게 벌어진 일이었지만 인장호에게 수치를 당하고 뭇 남자들에게 그 수치스런 흔적들을 고스란히 목격당하고 있는 심정이 오죽하랴.

‘젠장!’

이여옥의 얼굴과 꼭 깨문 입술을 본 진우청은 눈살을 찌푸렸다.

“부하들을 모두 물리시오.”

진우청이 낮게 말했다.

“모두 돌아가라.”

진우청의 요구에 임문정은 일말의 망설임 없이 명령을 내렸다.

같이 온 사내들이 우르르 복도를 빠져나가고 임문정과 둘만, 아니, 이여옥까지 셋만 있게 되자 진우청은 복도 왼편에 있는 공간으로 눈을 돌렸다.

다른 석실과 비슷했지만 그곳에는 탁자와 의자가 있었다.

진우청이 말없이 걸음을 옮겼다.

임문정도 말없이 진우청을 따랐다.

이여옥을 의자에 조심스레 내려놓은 진우청은 자신도 의자에 앉았다.

"솔직히… 방금 당신이 한 말, 반 푼도 못 믿겠소."

임문정이 자리에 앉자 진우청이 임문정을 쏘아보며 물었다.

"사실… 이에요."

대답은 임문정 대신 이여옥의 입에서 흘러나왔다.

진우청은 고개를 돌려 이여옥을 쳐다보았다.

초췌한 모습이었지만 자기가 나서야 할 때를 남에게 미루지 않는 과단성이 느껴졌다.

"대체 왜……?"

이여옥의 대답에 잠시 할 말을 잃었던 진우청이 혼잣소리처럼 말했다.

아무리 봐도 이여옥은 이런 인간들과 어울리지 않았다.

이여옥과 해천 노인은 아무런 욕심 없이 꽃을 가꾸고 살아가는 사람들이었다.

물론 해천 노인은 뭔가 범상치 않은 과거를 숨긴 사람 같았지만 그 과거는 깨끗이 묻어두고 사는 것이 확연히 느껴졌다.

그렇게 살아가는 사람인 이여옥이 스스로 이런 인간을 찾았다는 말은 도저히 믿어지지 않았다.

"이유는 묻지 말아주세요."

이여옥이 다시 눈을 질끈 감으며 말했다.

"하지만……."

이여옥이 두 번이나 확인시켜 주었지만 진우청은 수긍할 수 없었다.

사람의 말이란 것을 액면 그대로 믿어서는 손해만 보고, 왕창 망해 가게 문을 닫을 수도 있다는 말은 어린 시절부터 가훈처럼 듣고 살았다.

이여옥은 임문정의 말을 스스로 시인했지만 그건 협박에 의한 것일 수도 있고 피치 못할 사정에 의해 어쩔 수 없이 그럴 수도 있었다.

마주 앉은 이 계집애 같은 놈은 그런대로 호기가 느껴지는 놈이었지만 인장호 같은 놈과 손을 잡고 무슨 일을 벌이는 것을 보면 스스로도 말했듯이 결국은 그놈이 그놈인 것이다.

진우청은 조금도 누그러지지 않은 기색으로 두 사람을 번갈아 보았다.

그때 이여옥이 다시 입술을 움직였다.

"사람마다 타고난 운명이 제각각이듯 처한 사정도 그래요. 이유는 말씀드릴 수 없지만 저에게는 간절한 사정이 있어 스스로 온 것이에요. 그러니 제발… 보내주세요."

이여옥은 조용하지만 또렷한 목소리로 말했다.

진우청은 이여옥의 목소리에서 간곡함과 아울러 알 수 없는 단호한 기운을 느꼈다.

'별로 크지도 않은 이 고장에서 대체 무슨 일들이 벌어지고 있는 것인가?'

진우청의 뇌리 속으로 이곳에 들어서는 순간부터 겪었던 여러 가지 이해 안 되는 일들이 빠르게 스쳐 지나갔다.

이곳에 들어오는 길목에서 마주쳤던 면사여인을 태운 마차.

그 여인은 지금 유화성의 일행으로 비무대회장에 있다.

그리고 실력을 감춘 채 주정뱅이처럼 주루에 처박혀 있던 유화성.

해천 노인.

계집애같이 생긴 이놈.

그리고 이여옥.

그 모든 사람들이 짙은 안개 속에서 흐릿한 그림자만 남긴 채 빠르게 움직이고 있는 것 같았다.

지나가는 길에 들른 마을에서 무슨 일이 생기든 내 알 바 아니라고 치부하면 그만이지만 이젠 자신도 그 일들의 중심을 향해 제법 다가섰다는 기분이 들었다. 그리고 뒤엉킨 실타래가 어느새 난마처럼 몸을 감싼 것도 같았다.

그걸 떼어내지 않고 그대로 훌쩍 떠났다가는 언젠가 그 실타래들이 더 얽히고설켜 팔다리를 조여올 것만 같았다.

갈 데까지 가며 끝을 보고 싶지는 않았지만 얽힌 실타래의 실마리 한 가닥 정도는 잡아보고 싶었다.

"제 스스로 왔다는 말이 믿어지지 않으시면 할아버지께 물어보세요. 그럼 제 말이 거짓이 아니라는 걸 알 수 있을 거예요."

여전히 수긍하는 빛을 보이지 않고 심마에라도 빠진 듯 상념에 잠겨 있는 진우청의 모습을 본 이여옥이 다시 말했다.

이여옥이 그렇게까지 말하자 진우청도 더 이상 할 말이 없었다.

그녀의 말대로 인간이 타고난 운명과 처한 사정은 제각각 다르다.

십 년 만에 하산하여 집과는 정반대 방향으로 달아나고 있는 자신의 사정을 이여옥도 이해 못할 것이다. 마찬가지로 이여옥의 사정을 자신의 잣대로만 재고 이해하려는 것은 주제 넘은 일이 될지도 모른다. 기구한 운명의 여인이니 더 더욱 그럴 것이다.

진우청은 낮은 한숨과 함께 말문을 열었다.

"그렇게까지 말하니 안 믿을 수도 없군요. 어제저녁까지만 해도 그런 기색을 전혀 못 느꼈기에 수긍을 할 수가 없었소."

진우청은 이여옥을 물끄러미 바라보며 말했다.

"이젠 그럴 만한 간절한 사정이 생겼어요."

이여옥은 여태까지 내리고 있던 눈을 들어 짧은 순간 진우청을 쳐다보며 답했다.

찰나의 순간이었지만 진우청은 방금 자신을 쳐다본 이여옥의 눈이 홍건하게 젖어 있다는 느낌을 받았다.

그리고 목소리 역시.

진우청은 천천히 고개를 끄덕였다.

계속해서 의심스런 표정으로 채근하면 이여옥은 무너질 것 같았다.

"그렇다면 더 이상 막지 않겠소."

말을 마친 진우청은 임문정에게로 시선을 돌렸다.

"이 소저를 어떻게 모셔갈 것이오?"

"밖에 마차가 준비되어 있소."

임문정이 조금도 걱정 말라는 표정과 함께 답했다.

"그곳까지는 내가 모셔다 주겠소. 그리고……."

"얘기해 보시오."

"도종대와 그 일행은 어디 있소?"

이제껏 가라앉은 목소리로 얘기하던 진우청이 윽박지르듯 말하자 임문정은 입맛을 다시며 잠시 시선을 돌렸다.

“그 일에 대해서는 정중히 사과드리오. 고절한 실력을 감춘 고수인 줄 모르고 치졸한 수작을 벌였소. 당장 돌려보내겠소.”

임문정은 여전히 시선을 딴 데로 둔 채 말했다.

“그리고 이젠 더 이상 비무대회에 출전하지 않아도 되오.”

임문정은 도종대 일행의 석방을 놓고 내걸었던 조건 역시 철회했다.

진우청은 무표정하게 임문정의 얼굴을 쳐다보았다.

“그건 내가 알아서 할 일이고… 그것보다…….”

말끝을 흐리던 진우청이 갑자기 목소리를 높였다.

“돈 많다고 들었소.”

진우청이 다시 윽박지르듯 불쑥 말하자 임문정이 시선을 돌리며 가슴으로 손을 가져갔다.

“급히 나오느라 지금 당장은……. 미안하오.”

진우청의 말을 지금 돈 좀 내어놓으라는 말로 곡해하더 가슴을 더듬던 임문정은 매서워지는 진우청의 눈빛에 사과의 말과 함께 급히 손을 내렸다.

“아침에 그 사람들 꼴을 보니 족히 두어 달은 자리보전을 해야 될 것 같았소.”

“알겠소. 그들 각각에게 은자 열 냥…….”

진우청의 눈빛이 더 매서워졌다.

“미안하오. 스무 냥…….”

여전히 진우청의 눈빛은 풀리지 않았다.

“쩝! 서른… 냥을 주어 보내겠소.”

“꼬마에게도 한 냥 정도 잔돈으로 바꿔서 주시오.”

진우청은 점소이 꼬마도 챙겼다.

임문정은 고개를 끄덕거렸다.

협상을 끝낸 진우청은 이여옥을 향해 팔을 뻗었다.

양팔에 힘을 주며 이여옥을 안아 들던 진우청은 주춤 움직임을 멈추었다.

이제 열 살을 겨우 넘긴 어린아이를 안아 올린 것 같은 느낌이 양팔을 통해 전해졌다.

진우청은 조심스럽게 팔을 움직였다.

그와 함께 너무 가벼운 이여옥의 몸무게가 가슴을 아프게 했다.

어젯밤 춤을 추게 해주면서도 느꼈고, 조금 전 지하 석실에서도 느꼈지만 지금은 가슴 더 깊은 곳에서 그런 느낌이 몰려왔다.

이 연약한 여인에게 운명은 왜 그렇게 가혹한 것일까?

진우청은 낮은 한숨을 내쉬며 걸음을 옮겼다.

지하를 벗어나자 임문정이 말한 대로 마차가 준비되어 있었다.

마차는 외양은 화려해 보이지 않았지만 자세히 뜯어보면 금을 녹여 떡칠을 해도 안 될 만한 재료들로 만들어져 있었다. 돈의 힘으로 세상을 지배하는 동방회의 단적인 모습이었다.

진우청은 슬쩍 눈살을 찌푸렸지만 어쨌든 저 마차는 이여옥을 편히 싣고 갈 수 있으리란 생각을 하며 이여옥의 신형을 들어 올려 마차 안에 있는 좌석에 앉혔다.

이여옥을 마차에 태우고 바닥으로 내려온 진우청은 그 자리에 우두커니 서서 이여옥을 바라보았다.

새처럼 가벼운 여인이었지만 내려놓고 보니 왠지 그 무게만으로는 절대로 되채울 수 없을 것 같은 허전함이 가슴 가득 밀려왔다.

"이랴!"

이여옥이 마차에 탄 것을 확인하자 마부석에 앉은 사내가 조심스럽게 말고삐를 흔들었다.

따각!

따각!

말발굽 소리 역시 조심스럽게 울리며 마차는 천천히 앞으로 나아갔다.

'내가 정말 잘하는 짓일까?'

자신의 손으로 이여옥을 넘겨준 행동에 여전히 확신이 서지 않은 진우청은 이여옥의 눈을 쳐다보았다.

마차는 멀어져 가고 있었지만 진우청의 신형에 못 박힌 듯 고정되어 있는 이여옥의 시선은 조금도 멀어지지 않고 있었다.

빙판 용무를 추던 심연의 연못물을 다 부어도 못 채울 것 같은 깊은 두 눈이 슬픔을 가득 담고 있었다.

자신의 몸무게에 비해 너무 큰 무게의 슬픔을 담은 눈동자에 진우청은 할 말을 잃고 물끄러미 이여옥의 눈을 바라만 보았다.

그러는 순간에도 마차는 점점 멀어져 갔다.

진우청은 언제까지 이렇게 우두커니 서서 쳐다만 볼 수는 없다고 생각했다.

무슨 짤막한 작별 인사라도 해야 할 것 같았다.

그러나 어쩐지 입이 떨어지지 않았다.

마차가 조금 더 멀어졌을 때 긴 한숨을 내쉰 진우청은 입술을 움직였다.

"어제 내가 한 약속, 꼭 지키겠소. 어떤 일이 있어도."

진우청은 다짐하듯 말했다.

골목길을 돌아 모습을 감추어가는 이여옥의 눈에서 출렁 물결이 넘치는 것 같은 느낌을 받으며 진우청은 천천히 등을 돌렸다.

텅 빈 골목길에서 한줄기 바람이 횡하니 불어왔다.

진우청은 이여옥이 사라진 골목길 반대쪽으로 무거운 발걸음을 옮겼다.

이곳에서 할 일이 남아 있는지 임문정은 마차를 따라가지 않고 진우청과 함께 나온 집 입구에 서 있었다.

진우청은 임문정 앞에서 걸음을 멈추었다.

"형장은 내 이름을 아는 것 같으니 필요없을 것 같고… 형장의 존함은 어떻게 되시오?"

진우청은 정말 몰라서 묻는 것인지, 아니면 일부러 그러는 것인지 구별이 안 가는 표정으로 임문정의 이름을 물었다.

"임문정이라 하오."

약간은 어이없는 표정이 된 임문정이 자신의 이름을 밝혔다.

"이름도 외모와 비슷하구려."

뚱하게 중얼거린 진우청은 비무대회장 방향을 향해 몸을 움직였다.

이젠 다시 비무장으로 가서 도종대 일행이 돌아오는 것을 확인하고 다음 일을 생각해 봐야 할 일이다.

"다음 일이라……. 청개구리 한 마리가 뱃속에서 요동을 치는군."

혼잣소리로 중얼거린 진우청은 걸음을 빨리했다.

"약속이라고……?"

진우청이 사라지고 난 후 어이없는 웃음 한줄기를 피워 올린 임문정이 낮게 중얼거렸다.

“무슨 약속인지 모르겠지만 네놈 하기에 따라서 지킬 수도 있고 못 지킬 수도 있지.”

임문정의 얼굴이 서서히 차가워져 갔다.

“인장호 이 죽일 놈!”

얼음처럼 냉기를 풍기던 임문정은 조금 전에 빠져나온 석실로 몸을 날렸다.

“혈유!”

진우청과 이여옥이 갇혀 있던 석실에까지 도착한 임문정은 바닥에 쓰러져 있는 인장호를 일견한 후 혈유를 찾았다.

그러나 혈유의 모습은 보이지 않았다.

“어디 있나, 혈유?”

임문정은 신경질적으로 고함을 질렀다.

스스스—

핏빛 광채가 눈에 띄게 흐려진 혈유의 그림자가 벽을 타고 나타났다.

임문정의 고함에 겨우 정신을 차린 모양이었다.

“어떻게 된 일이냐?”

임문정이 차가운 목소리로 물었다.

혈유의 대답이 즉각적으로 나오지 않았다.

임문정의 눈썹이 꿈틀 움직였다.

“당했… 습니다.”

혈유의 목소리가 석실 바닥에 낮게 깔렸다.

“당하다니? 누가 누구에게 당했단 말인가? 그리고 그 모습은 무슨 일인가?”

아직도 쓰러져 있는 인장호와 앞에 선 혈유를 번갈아 쳐다본 임문정이 목소리를 높였다.

석벽과 천장 곳곳에 가볍지 않은 싸움의 흔적이 있고, 인장호는 기절까지 해 있다.

혈유가 여기까지 따라온 이상 이곳에 싸움의 흔적이 있는 것은 별로 이상할 것이 없었지만 점점 더 사기(邪氣)를 잃어가는 혈유의 모습과 음성은 혼란스러움을 느끼게 했다. 아직까지 한 번도 못 본 현상이었던 것이다.

"혈음구유기(血陰九幽氣)를 극성까지 끌어올렸습니다."

혈유가 답했다.

혈음구유기는 혈유를 혈유답게 만들어주는 사공(邪功)이었다.

그리고 그것을 극성으로 끌어올린 후에는 필연적으로 이런 후유증이 나타났다.

혈유는 잠시 뜸을 들이다 처음 인장호를 따르던 때부터 환술이 깨어지며 동굴 속으로 나가떨어지던 상황까지 간략하게 설명했다.

임문정은 꼼짝도 않고 혈유의 설명을 듣고 있었다.

혈유의 설명이 끝나고도 한참 더 미동도 않고 있던 임문정이 입술을 움직였다.

"만약에 말이야……."

임문정이 차가운 음성으로 말했다.

"마지막 순간에 이 소저가 훼방을 놓지 않았더라면 그자를 제압할 수 있었겠나?"

임문정의 질문에 혈유의 대답이 다시 끊어졌다.

잠시 후 혈유의 목소리가 석실 안을 울렸다.

“혈음구유기도 제대로 먹히지 않았습니다. 극성으로 끌어올려서 겨우 한순간 심혼을 흔들고 일장을 날렸는데 큰 충격을 받지 않았습니다. 오히려 무거운 반탄강기가……”

“패자의 변명은 짧을수록 빛나는 법이다.”

임문정이 끊어지는 목소리로 말했다.

“장담할 수 없습니다.”

혈유가 피에 절은 목소리로 답했다.

“장담할 수 없다……?”

임문정은 더욱 차가운 표정으로 혈유를 바라보았다.

“어둠 속에서는 적수가 없다고 들었는데 뜬소문이었나?”

“…….”

더 이상 질문도 대답도 이어지지 않고 괴괴한 적막만이 실내를 가득 채웠다.

“한 가지 큰 희망과 한 가지 큰 불안을 동시에 얻었다.”

한참 후 임문정의 목소리가 이어졌다.

“큰 희망은… 이 소저의 능력이 우리가 예측한 것보다 강하다는 것이다. 그건 아주 고무적인 일이지. 아울러 한 가지 큰 불안은 자네를 격퇴시킨 그자의 진면목 또한 우리의 예상을 벗어났다는 것이다.”

말을 마친 임문정은 석실 안을 서성거렸다.

“그놈을 어떻게 해야 할지 지금은 좋은 생각이 안 떠오르는군.”

움직임을 멈춘 임문정이 독백처럼 중얼거렸다.

“얼마면 되겠나?”

고개를 획 돌린 임문정이 혈유를 보며 말했다.

“……?”

갈피를 잡지 못한 혈유의 그림자가 일렁 춤을 추었다.

"자네 몸을 감싼 핏빛이 얼마면 예전의 색채로 돌아오겠나?"

흐릿해진 혈유의 그림자를 쳐다보는 임문정의 눈빛이 송곳처럼 빛났다.

"열흘만… 시간을 주십시오."

"닷새 후에 보세."

잘라 말한 임문정은 인장호에게로 다가갔다.

"다행히 큰 외상은 없군. 내일 오후 크게 한 번 써먹는 데는 지장이 없겠어."

인장호의 혈 몇 군데를 건드린 임문정은 인장호의 신형을 들어 허리에 걸쳤다.

"한 가지만 더 물어보겠다."

인장호의 신형을 허리에 끼고 무너진 석실 문을 빠져나가려던 임문정이 혈유를 향해 고개를 돌렸다.

시커멓게 아가리를 벌린 동굴 안쪽으로 사라지려던 혈유의 그림자가 다시 일렁거리며 벽에 붙어 섰다.

"내 이름이 계집애 이름같이 들리나?"

혈유의 그림자가 조금 더 심하게 일렁거렸다.

第十九章
자각(自覺)

자각(自覺)

임문정에게 이여옥을 넘겨주고 강변에 도착한 진우청은 제방 한곳에서 걸음을 멈추고 앞을 바라보았다.

저 멀리 비무대회장에는 여전히 입추의 여지없이 사람들이 와글거리고 있었다.

진우청은 제방 아래로 내려갔다.

비무대 주변은 인산인해를 이루고 있었지만 이곳은 개미새끼 몇 마리만 기어다닐 뿐 아무도 없었다.

진우청은 자갈밭에 털썩 주저앉았다.

정말 긴 하루라는 생각이 들었다.

그리고 그 하루가 다 지나려면 아직도 좀 멀었지만 족히 열흘은 지난 것 같은 기분이 들었다.

잠시 생각에 잠긴 채 주저앉아 있던 진우청은 용호곤을 끄집어내어 조립했다.

쨍─

용곤과 호곤이 마주쳐 쇳소리를 내며 용호곤으로 바뀌었다.

진우청은 짙은 묵광을 발하는 용호곤을 죽 훑어보았다.

처음에는 거추장스럽기만 했는데 지하에서 요괴 같은 놈을 상대하며 동고동락한 때문인지 깊은 친근감이 느껴졌다.

앉은 자세 그대로 용호곤을 머리 위로 한 바퀴 돌렸다.

휘잉─

용호곤에서 뿜어져 나온 묵광이 우산처럼 허공에 펼쳐졌다.

쨍─

진우청은 용호곤을 다시 용곤과 호곤으로 분리했다.

그리고 바닥에다 팽 하고 코를 세차게 풀었다.

아까부터 계속해서 뱃속에 든 청개구리 한 마리가 요동을 쳐대는 기분이 들었다.

싹수가 노란 놈이란 소린 수없이 들었어도 청개구리 같은 놈이란 소리는 듣지 못했는데 뱃속에 들어앉은 청개구리 한 마리는 시간이 갈수록 점점 더 심하게 요동을 쳤다.

인질을 잡아놓고 비무대회에 출전하라고 협박을 하니 정말 싫었다. 그래서 어떻게 하든 도종대 일행을 넘겨받고 비무대회에 계속 출전해야 한다는 멍에를 벗어버리고 싶었다.

그러나 이여옥을 넘겨주는 자리에서 도종대 일행을 돌려보낼 테니 그만 출전해도 된다는 임문정의 말을 듣고 나서부터는 뱃속에 청개구리가 한 마리 들어앉은 기분이 되었다.

"내가 무슨, 오라면 오고 가라면 가는 말 잘 듣는 강아지 새끼도 아니고……."

퉁명스럽게 중얼거린 진우청은 양손에 든 용곤과 호곤을 번갈아 쳐다보았다.

"이걸로 맞으면 손발에 맞는 것보다 훨씬 더 아프겠지?"

진우청은 양손에 들려 있는 용곤과 호곤을 장난처럼 들려가며 중얼거렸다.

잠시 후 진우청은 천천히 용곤과 호곤을 아래로 내리며 고개를 돌렸다.

"사부, 당신은 대체……."

용곤과 호곤을 무릎 위에 내려놓은 진우청은 황산 쪽을 쳐다보며 고개를 흔들었다.

처음에는 운 좋게 병신춤만 추는 인간들을 만나 사지 육신을 온전히 보존하고 있는 줄 알았다.

그리고 십 년 동안 이상한 춤만 가르쳐 주고 몽둥이 휘두르는 법은 물론 주먹 쥐는 법 하나 가르쳐 주지 않은 사부를 원망하기도 했다.

하지만 이젠 그딴 거 필요없다.

사부께서는 네놈 몸뚱이 하나는 네 마음대로 움직일 수 있다고 하셨다.

그리고 그렇게 만들어주셨다.

그거면 됐지 뭐가 더 필요하겠는가?

초식이니 뭐니 하는 것은 스스로의 한계일 뿐이다.

어제 관중석에서 주워들은 '무초(無招)가 유초(有招)를 이긴다' 는 말도 같은 맥락이리라.

사부께서는 한계를 뛰어넘고 초식을 무너뜨리는 춤을 가르쳐 주신 것이다.

중원의 무공 따위는 눈 아래로 내려다볼 수 있는 춤.

그래서 천룡신무이리라…….

사부께서 가르쳐 주신 춤사위 속에 녹아들고, 사부께서 그렇게 철저히 용무 동작에 일치시키라고 호통을 치시던 호흡 속에 녹아들면 세상에 두려울 것이 아무것도 없다는 것을 깨달았다.

천룡의 춤사위!

그것은 백주에 만난 사람이든 칠흑 같은 어둠 속에서 맞닥뜨린 요괴든 아무런 차이가 없었다.

"괴팍한 노인네…….”

진우청은 사부의 모습을 떠올리며 푸념을 토했다.

그러면 그렇다고 귀띔이라도 좀 해줘야 할 것이 아닌가?

그러잖아도 둔하디둔한 놈을 보고 '용무를 열심히 추면 네놈 몸뚱이 하나는 네 마음대로 움직일 수 있다' 는 몇 마디 말과 함께 무공의 고수니 뭐니 하는 것은 생각지도 말라니…….

이제까지는 괴팍하고 고지식하기 짝이 없는 노인네라고만 생각했는데 어쩐지 비밀이 많은 노인네일 것 같다는 생각도 슬슬 들기 시작했다.

대체 어떤 사람이고 어떤 내력을 지녔기에 그런 춤을 이어받았단 말인가?

물처럼 유려하고 바람처럼 자유롭지만 그 속에는 해일 같은 힘이 숨어 있는 춤.

때로는 연체동물의 움직임처럼 이상하게 느껴지지만 중원의 무공마저 눈 아래로 바라볼 수 있는 춤.

그 신비로운 춤사위가 이젠 자신의 혈맥 속에 고스란히 녹아들어 있었다.

미욱하기 짝이 없는 놈!

사부의 목소리가 들려오는 듯했다.

"쩝."

입맛을 한 번 다신 후 뒤통수를 벅벅 긁은 진우청은 비무대회장 쪽으로 고개를 돌렸다.

이제라도 깨달았으니 확인을 해봐야 할 일.

튼튼한 비무대와 수많은 관중들…….

한마디로 멍석이 멋지게 깔려 있다.

유가검보나 동방회나 인가장이나 마차를 타고 온 면사여인이나…….

그들이 그 멍석 위에서 무슨 짓들을 벌이는지는 모르겠다.

별로 관심도 없고.

만 냥 상금도 이젠 시들하다.

하지만 준다면 절대 거절은 안 할 것이다.

'후후~'

비무대 쪽을 바라보는 진우청의 얼굴에 황소 웃음 같은 미소가 어렸다.

내일도 오늘 못잖게 긴 하루가 될 것 같다.

하나 오늘과는 달리 아주 재미있기도 할 것이다.

한바탕 휘저어놓으면 임문정인가 임문영인가 하는 계집애 같은 놈도 표정이 좀 변할 것이다.

돈이 많은 인간이니 이것저것 때려 부수어도 금방 고칠 것이다.

그게 비무대든 그가 부리는 사람들의 갈비뼈든.

쨍—

쨍—

진우청은 용곤과 호곤을 다시 들어 올려 조립했다가 분리하기를 반복했다.

조립과 분리의 반복과 함께 그 속도가 점점 빨라졌다.

째째째쨍—

용호곤이 세 개, 네 개로 늘어난 듯했다.

"슬슬 가보자꾸나, 용호야."

용곤과 호곤을 등에 꽂은 진우청은 천천히 신형을 일으켰다.

천천히 비무대회장으로 돌아온 진우청은 비무대 주변을 둘러보았다.

우선 자신이 섰던 자리를 쳐다보았다.

"저런 곰탱이를 봤나!"

진우청은 혀를 찼다.

일각 정도만 자리를 지켜달라며 부탁하고 갔는데 진우청과 여러모로 닮은꼴의 사내는 아직까지 그 자리에 서 있었다.

"비무가 꽤나 재미있었던 모양이군."

진우청은 저 사내가 꼭 자신의 부탁 때문에 저렇게 서 있었다기보다는 흥미진진한 볼거리에 자리를 뜨지 못했을 수도 있다는 생각과 함께 닮은꼴의 사내에게로 다가갔다.

"형씨!"

진우청은 사내의 어깨를 툭 치며 불렀다.

사내는 고개를 돌리다가 뜨악한 표정을 지었다.

원인은 진우청이 걸치고 있는 상의에 있었다.

자신에게 자리를 부탁하고 떠날 때 입고 있던 옷도 그렇게 맵시있는 것은 아니었지만 그래도 이렇지는 않았다.

비록 아까 것과는 비교할 수 없을 정도의 재질로 된 옷이었지만 억지로 걸치느라 곳곳에 실밥이 터지고 팔은 거의 반소매 수준이었다.

저걸 구해 입으려고 자신에게 자리까지 부탁하고 사라졌다 온 것인가 하는 생각과 함께 닭은꼴의 사내는 기도 안 찬다는 표정을 지었다.

"혹시 여벌의 옷 한 벌 없소?"

진우청은 사내의 생각에 호응이라도 하듯 팔을 벌려 보이며 물었다.

"킥!"

"푸하하!"

주변에서 두 사람을 쳐다보던 몇몇 사람들이 웃음을 터뜨렸다.

판에 찍은 듯이 곰만한 덩치의 두 사람이 마주한 것만으로도 신기한 눈으로 쳐다볼 일인데 진우청의 꼴은 도저히 웃음을 짜아내지 않고는 못 배길 수준이었다.

"따라오시오."

닭은꼴의 사내는 고소를 삼키다가 황급히 진우청의 어깨를 잡아끌었다.

'없소!' 하고 한마디로 거절한다고 해서 쉽게 나가떨어질 인간도 아닐 것 같았고, 그래서 계속 승강이를 벌이다 보면 비무보다 자신들이 더 흥미진진한 구경거리가 되기 십상이었다.

"자네, 대체 어딜 갔었나? 그리고 옷 꼴은 그게 뭔가?"

끌려가다시피 걸음을 옮기는 진우청 앞에서 백운 노인이 목소리를 높였다.

다리통만 보고 진우청으로 착각한 후 결국은 진상을 파악하고 진우청을 찾아 돌아다녔던 모양이다.

"푸후! 깔깔깔!"

백운 노인 옆에 있던 조수아가 배를 잡고 넘어가듯 웃었다.

"피치 못할 일이 있어 이런 꼴이 되었습니다. 이분이 옷을 한 벌 준다고 하니 어서 갈아입고 오겠습니다."

진우청은 얼른 닮은꼴의 사내를 끌며 말했다.

그럴 리야 없겠지만 혹시라도 백운 노인이 옷의 임자를 알아보면 곤란했다.

"입어보시오."

진우청을 데리고 왔는지 진우청의 손에 끌려왔는지 모르게 강변 한 곳으로 온 닮은꼴의 사내는 좌판을 벌이고 있는 노파에게서 보따리 하나를 받아 들고 그 속에서 갈색 무복 한 벌을 꺼냈다. 아마도 노파에게 몇 푼 쥐어주고 짐을 맡긴 모양이었다.

"웬만하며 바지도 같이 갈아입으시오. 당신 때문에 내 다리통까지 돋보이게 되지 않소."

사내는 바느질이 잘못되어 짝짝이로 된 진우청의 바지를 쳐다보며 눈살을 찌푸렸다.

"아이쿠! 이거 고마워서……."

진우청은 이게 웬 횡재냐는 생각으로 입이 벌어졌다.

사내는 아예 보자기를 풀어 자신의 몸과 보자기로 진우청의 몸을 가려주었다.

진우청은 재빨리 바지까지 갈아입었다.

"옷값은 얼마나……?"

바지까지 다 갈아입은 진우청은 사내에게 형식적인 질문을 했다. 그리고 여차하면 다시 갈아입을 자세를 취했다.

"맞는 옷이 없어 일일이 맞춰 입어야 하니 그게 귀찮아서 그렇지 비싼 옷은 아니오. 그러니 신경 쓰지 마시고 기회 있으면 술이나 한잔 사시오."

사내는 쓴웃음과 함께 손을 저었다.

"정말 고맙소, 노형. 그러고 보니 인사도 못 나눴구려. 함자라도……."

진우청은 사내의 이름을 물었다.

"비무대에 오르며 밝혔는데, 흠흠, 하긴 워낙 출전자가 많으니 모를 수도 있겠지요. 여조명(呂朝明)이라 하오."

사내는 자신 바로 다음 차례로 비무를 한 진우청이 자신의 이름을 기억 못하는 사실에 약간 서운한 표정을 짓다가 그럴 수도 있다는 표정으로 바꾸며 이름을 밝혔다.

"내 이름은……."

진우청은 자신의 이름을 말하려다 비무대 위에서 즉흥적으로 지어낸 이름이 갑자기 생각나지 않아 난감한 기분이 들었다.

"알고 있소."

다행히 사내는 진우청의 가명을 기억하고 있는 모양이었다.

난감한 상황을 모면한 진우청은 사내에게 한 번 더 감사의 표시를 하고 비무대 쪽으로 걸어가려다 문득 등을 돌렸다.

“말 나온 김에 오늘 저녁에 술 한잔하겠소?”

진우청이 사내에게 물었다.

아직 술 맛도 제대로 모르지만 왠지 오늘은 누구하고라도 술을 한잔 하고 싶었다.

저 사내와 술을 마시게 되면 술값은 십중팔구 자신이 계산해야 될 것이지만 품속에 있는 돈을 다 써버리고라도 오늘 저녁은 술이 마시고 싶었다.

“자리가 있을지 모르겠는데… 끝나고 나면 저기 다리 건너 연화루(蓮花樓)에서 봅시다.”

여조명은 잠시 주저하다가 고개를 끄덕였다.

진우청도 마주 고개를 끄덕거린 후 걸음을 옮겼다.

“아저씨!”

옷을 갈아입고 관중들 속으로 돌아온 잠시 후 관중들 틈바구니에서 점소이 꼬마가 진우청을 향해 다가왔다.

진우청은 눈을 크게 떴다.

벌써 이 꼬마가 여기에 나타났단 말인가?

이 꼬마가 돌아왔다면 도종대 일행도 풀려난 것이리라.

정말 신속하고 정확하게 일을 처리하는 인간들이란 생각과 함께 진우청은 무릎을 꿇고 앉아 꼬마의 안색을 살폈다.

“다친 데는 없느냐?”

진우청이 꼬마의 어깨를 잡고 물었다.

“훌쩍!”

입술을 깨물며 안간힘을 쓰던 꼬마는 결국은 눈물을 떨어뜨렸다. 그러나 얼른 소매로 눈물을 훔친 꼬마는 다시 진우청을 쳐다보았다.

불우한 환경에서 자란 아이답게 잡초 같은 끈기와 성명력이 느껴졌다.

"도종대 아저씨와 친구 분들도 다 집으로 돌아갔어요. 치료비로 은 삼십 냥도 받았고."

꼬마는 잠시 말을 멈추고 가슴에서 주머니를 꺼냈다.

"저도 한 냥을 잔돈으로 받았어요. 고마워요."

꼬마는 미리 교육을 받았는지 외우듯 말했다.

'몇 푼 더 주면 어디가 덧나나? 하여간 장사하는 놈들이란……. 이크!'

진우청은 한 푼도 틀리지 않게 철저히 계산한 임문정과 동방회를 떠올리며 싸잡아 욕을 하려다 얼른 생각을 바꾸었다. 그랬다간 조부와 부친, 그리고 자신까지 싸잡혀 들어갈 수 있기 때문이었다.

"그래, 그 아저씨들은 괜찮더냐?"

진우청은 도종대 일행의 안부를 물었다.

"처음에는 정신도 못 차렸는데 무슨 수를 썼는지 집으로 돌아갈 때는 정신을 차리고 움직였어요. 그러나 많이 놀랐는지 말은 한마디도 안 했어요."

꼬마는 자신이 느낀 대로 말했다.

"너도 많이 놀랐겠구나? 자, 여기 한 냥 더 줄 테니까 아무도 모르는 곳에 파묻어두고 모아라. 일단 내 손에 들어온 돈은 절벽에서 나뭇가지를 놓지 않듯이 놓지 말아야 부자가 되는 법이란다."

진우청은 집안 어른 누군가에게서 들은 듯한 말을 그대로 꼬마에게 해주었다.

꼬마는 눈을 휘둥그레 뜨고 진우청의 손에 들린 은자 한 닢을 쳐다보았다.

받고 싶은 마음은 굴뚝같았지만 이유없이 받은 큰돈의 부작용을 일찍부터 알고 있는 듯했다.

"괜찮으니까 받아. 나 때문에 고생한 대가로 주는 거야."

진우청은 은자 한 닢을 꼬마의 손에 억지로 쥐여주었다.

꼬마는 은자가 자신의 손에 들어왔음에도 믿어지지 않는다는 눈으로 쳐다보다 사방을 두리번거렸다.

"고마워요."

꼬마는 아무도 특별한 낌새를 채지 못하게 천천히 손을 움직여 은자를 품속에 감추었다.

"그런데……."

은자를 품속에 감춘 꼬마는 뭔가 다른 할 말이 있는 듯 입을 열었다.

"말해 봐."

진우청은 호기심 어린 얼굴로 채근했다.

"자기 손에 들어온 돈은 절대로 내놓지 말아야 부자가 된다고 가르쳐 주면서 아저씨는 왜 그렇게 쉽게 돈을 내놓으세요?"

꼬마는 눈을 깜박거리며 진우청을 쳐다보았다.

"날 때부터 싹수가 노란 놈, 아니, 노란 인간이라서 그렇다, 이 녀석아! 그리고 다시는 아저씨라고 부르지 마! 알겠지?"

진우청은 눈을 한 번 부라린 후 솥뚜껑 같은 손으로 꼬마의 엉덩이를 철썩 갈겼다.

휘청하고 온몸이 흔들리던 꼬마가 고개를 꾸벅 숙인 후 등을 돌렸다.

"주무실 데 없으면 제가 있는 객점으로 오세요, 아저씨! 아니, 형! 형

자리는 언제든지 마련해 놓을게요!"

구경꾼 속에 파묻힌 꼬마의 목소리가 함성 소리에 섞여 들려왔다.

"이젠 모든 것이 해결된 건가?"

꼬마가 사라진 방향을 한참 쳐다보던 진우청은 긴 한숨과 함께 중얼거렸다.

이틀째 비무대회도 막바지로 치닫고, 조금만 더 있으면 날이 어두워짐과 함께 막을 내릴 것 같았다.

"남은 시간은 마음 편하게 구경이나 해볼까, 어떤 엉성한 춤이 추어지는지?"

진우청은 피식 웃으며 관중들 속으로 파묻혔다.

비무대 위의 대결들은 시간이 갈수록 치열해지고 있었다.

첫날에는 관망만 하던 출전자들이 예선 마지막 날인 오늘, 그것도 오후 나절부터 집중적으로 몰리며 고수들도 제법 눈에 띄었다.

자연 피치 못할 부상자들도 생겨 들려 나가기도 했다.

"저 사람, 아까 그 사람 아냐?"

비무대 위에서 시선을 돌린 유화경이 유화결을 향해 말했다.

그 소리에 유화결과 함께 유화성도 고개를 돌렸다.

"그래도 자기 옷이 이상하다는 것은 느낀 모양이네? 후후."

유화경은 짧게 웃으며 관중들 사이를 파고드는 진우청을 가리켰다.

상, 하의 모두 제각각의 부조화를 이루던 옷을 벗어버리고 갈색 무복으로 갈아입은 진우청은 백운 노인의 손짓을 받고는 백운 노인 일행 옆 자리에 앉고 있었다.

유화경의 목소리와 함께 백봉령주의 눈빛이 다시 복잡한 빛을 띠었지만 누구도 그걸 느끼지는 못했다.

"화경 소저, 잠깐만."

백봉령주는 유화경을 불렀다.

"왜요, 언니?"

유화경은 백봉령주에게로 다가갔고, 두 여인은 고개를 맞대고 몇 마디 소곤거리다가 자리를 떴다.

"어딜 가려고?"

유화결이 무뚝뚝한 어투로 물었다.

"여자들도 때로는 말없이 사라지고 싶은 때가 있는 거야."

눈을 흘긴 유화경은 백봉령주의 팔을 끌고 관중 속을 헤치고 나갔다.

"여자들은 이런 때 정말 난감해요."

강변에서 좀 떨어진 주루 한곳에 도착한 유화경이 미소를 지으며 말했다.

주루는 평소보다 더 붐볐지만 손님들의 대부분은 주루 안쪽보다는 뒤쪽을 찾았다.

다른 사람들과 함께 뒤쪽으로 잠시 사라졌던 두 여인은 다시 주루 안에 모습을 드러냈다.

"여기 온 김에 차라도 한잔하며 잠시 다리나 폈다가 가요."

다시 비무대회장으로 가려는 유화경의 팔을 백봉령주가 붙들며 말했다.

"그것도 좋은 생각이네요. 구경도 좋지만 하루 종일 앉아 있는 것도 예삿일이 아니에요."

유화경이 반색을 하자 백봉령주는 객실 하나를 잠시 빌려 유화경과 함께 들어섰다.

잠시 후 차가 날라져 왔고, 차를 마신 백봉령주는 유화경을 쳐다보며 양손을 펼쳤다.

"제가 재미있는 것을 보여 드릴게요."

백봉령주가 손가락을 펼쳐 움직이자 유화경은 호기심 가득한 눈으로 백봉령주의 손을 쳐다보았다.

"정말 예쁘네요."

유화경은 백봉령주의 손가락에 끼워져 있는 두 개의 반지를 보며 탄성을 토했다.

그냥 끼고 있을 때는 평범해 보이던 반지 두 개가 양손을 모으며 서로 가까이 접근시키자 영롱한 광채를 띠며 여러 가지 꽃 모양을 떠올리기 시작했다.

유화경은 그 광채에 눈을 떼지 못하고 빠져들었다.

"잠시만 편안히 계세요, 착한 아가씨. 그럼 피로가 싹 풀릴 거예요."

반지 두 개가 뿜어내는 광채를 쳐다보다 스르르 눈을 감은 유화경을 침상에 반듯이 눕히고 이불을 덮어준 백봉령주는 급히 신형을 움직여 옆 객실로 들어갔다.

옆방에는 마부노인과 세 명의 사내가 탁자를 중심으로 빙 둘러앉아 있었다.

"좀 늦었군."

마부노인이 서둘러 자리를 마련하며 말했다.

"의심받지 않게 행동하려니 보통 조심스러운 게 아니에요."

백봉령주는 빠르게 자리에 앉은 후 마부노인과 세 명의 사내를 둘러보았다.

“알아본 일들은 어떻게 됐나요?”

백봉령주가 사내들을 보며 물었다.

“여기 있습니다.”

사내들은 품속에서 여러 겹으로 접은 종이를 꺼내 백봉령주에게 넘겼다.

“수고했어요.”

종이를 받아 든 백봉령주는 그 내용을 훑어볼 시간이 없다는 듯 급히 품속에 갈무리하고는 마부노인을 쳐다보았다.

“계속 비무대회에 출전하실 생각인가요, 노야?”

백봉령주의 표정에 약간의 불안감이 어렸다.

“호랑이를 잡으려면 호랑이 굴에 들어가라고 하지 않던가?”

마부노인이 걱정 말라는 표정으로 답했다.

“그래도 이번에는 예상외의 인물들이 너무 많아요. 전 그게…….”

“그건 나도 정말 뜻밖이라 생각하네. 거력패도 염호광에 탈명철검 조탁…….”

탈명철검 조탁이란 이름을 꺼내는 마부노인의 눈에 잠시 광채가 일렁거렸다.

잠시 말을 멈춘 노인이 다시 말을 이어갔다.

“그리고 혹사편 동태승과 광음마각 천개일까지 이곳에 나타났지? 정말 뜻밖이야.”

마부노인은 고개를 흔들었다.

“정말 뜻밖인 일이 두 가지 더 있습니다.”

마부노인의 말이 끝나자 마부노인의 왼쪽에 있는 사내가 말했다.

삼십대 초반 정도의 나이에 보통 체격의 사내는 이마에 깊게 패인

흉터가 있었다. 그걸 감추려고 그러는지 그 사내는 다른 사내들과 달리 이마 앞의 머리를 흘러내리게 하고 있었다. 그래서 그 흘러내린 머리카락 사이로 번뜩이는 눈빛이 더욱 날카롭게 느껴졌다.

“말씀해 보세요, 황기조장(黃旗組長)님.”

백봉령주가 말했다.

“먼저 탈명철검의 팔을 자른 유가검보의 장남을 염두에 두어야겠지요.”

“물론일세. 정말 경악할 일이었네. 그게 득이 될지 화가 될지 모르겠지만.”

탈명철검에 대한 얘기가 나오자 마부노인이 말을 받았다.

“그 다음으로는 그 낮도깨비 같은 놈과 싸워 패한 사람이 무흔살수로 밝혀졌습니다.”

“무흔살수?”

황기조장의 말에 백봉령주는 눈을 크게 떴다.

“비발을 쓰던 그자 말인가?”

마부노인도 관심이 간다는 눈빛으로 물었다.

“그렇습니다. 그동안 무흔살수에게 당한 사람들의 상처는 도흔으로 추측했는데 실제로는 그 비발인 것 같습니다.”

황기조장은 진우청을 주시하다 얻은 뜻밖의 수확에 약간 고무된 듯했다.

“역시 무흔살수는 동방회의 하수인일 가능성이 크군요.”

“그렇습니다. 그리고 그 무흔살수를 그 낮도깨비 같은 놈이 때려눕힌 것이 두 번째로 주목할 일입니다.”

황기조장은 눈살을 찌푸리며 계속 말했다.

"그리고 그 낮도깨비가 오늘 두 번이나 찾아간 곳은 인가장 소유의 장원이었습니다."

"그럼 역시?"

백봉령주의 표정이 급격히 굳어졌다.

현기조장 묵시량은 강한 어조로 아니라고 했지만 인가장 소유의 장원을 오늘 하루에 두 번이나 들락거렸다면 낮도깨비는 동방회 쪽의 인물일 가능성이 컸다.

'그런데……'

굳어지던 백봉령주의 표정에 강한 의문이 어렸다.

그 낮도깨비가 동방회 쪽 인물이라면 무흔살수와는 왜 싸웠단 말인가?

무흔살수가 동방회가 부리는 자객이란 확신을 완전히 굳히지는 못했지만 십중팔구는 예상을 하고 있었다.

그동안 무흔살수가 행한 몇 번의 자객행은 동방회로서는 목의 가시처럼 여겨지던 사람들이다. 그렇다면 무흔살수는 동방회의 인물임이 분명한데 그가 진우청과 싸웠다면……?

백봉령주는 다시 머리 속이 헝클어짐을 느꼈다.

"정말 알 수가 없는 일이에요. 그 청년의 정체도 그렇고 동방회가 무흔살수의 정체까지 드러내며 비무대회에 출전시킨 것은……."

백봉령주는 결국 머리를 흔들었다.

"무흔살수 그놈은 재수없이 그 청년에게 패하는 바람에 우리에게 정체가 드러났지만 아마도 무흔살수처럼 정체를 드러내지 않고 결선에 올라간 사람들이 더 있을 걸세. 동방회는 그놈들을 이용해 유가검보의 자식들을 공개적으로 해치려 하는 것이 아닌가 하는 생각이 드네."

마부노인이 깊은 안광을 발하며 백봉령주를 쳐다보았다.

노인의 눈빛을 받은 백봉령주의 안색이 긴장으로 물들어갔다.

"그건 좀 더 지켜봐야 할 것 같아요. 그것보다 우선은 동방회가 유가검보와 손잡은 것이 아니란 것은 확실한 것 같아요."

백봉령주는 마부노인에게 단정적으로 말했다.

총단에서는 유가검보가 동방회와 손잡고 무언가 일을 꾸미는 상황도 배제하지 않았다. 그리고 마부노인 역시 아직 그런 의심을 품고 있었다.

"그렇다면 자네는 동방회가 유가검보에서 최종적으로 노리는 것이 무언지 최대한 빨리 알아보게. 그걸 정확히 알아야 좀 더 확실하게 대처할 수 있을 걸세."

마부노인은 자신의 생각을 밝히지 않고 백봉령주를 쳐다보았다.

"잘 알겠습니다, 노야. 현기조장이 최대한 노력을 기울이고 있으니 오늘밤쯤에는 무언가 실마리가 잡힐 겁니다."

마부노인의 말에 답한 백봉령주는 다른 한 사내를 바타보았다.

"광산 쪽은 어떤가요, 적기조장(赤旗組長)님?"

"아직 이거다 할 만한 것은 아무것도 찾아내지 못했습니다. 유황이나 괴이한 물건 등 어느 것 하나 낌새가 없습니다. 특별히 달라진 점이라고는… 유가검보에서도 위기를 느꼈는지 경비를 늘렸습니다."

적기조장이 답했다.

"인가장 쪽은……."

백봉령주는 마지막 남은 사내인 흑기조장(黑旗組長)에게로 눈길을 주었다.

"그건 오늘 내가 좀 도와줄 생각이네. 워낙 경비가 심해 혼자 힘으로 부치는 모양이야. 묵시량 그놈이 다치는 바람에 어렵게 만든 인피면구도 써먹지 못하는 것이 안타깝구먼."

마부노인은 현기조장 묵시량을 통한 반간계를 쓸 수 없음이 안타까운 듯 혀를 차며 흑기조장을 대신해 답했다.

"그럼 더 지체할 수 없으니 이만 가보겠어요. 마차는 언제든 달릴 수 있게 점검해 주세요."

"여부가 있나."

마지막으로 당부한 백봉령주는 마부노인의 대답을 들으며 뒷문으로 은밀히 객실을 빠져나와 유화경이 잠든 방으로 들어갔다.

침상에서 유화경을 일으켜 아까 앉았던 자리에 그대로 앉힌 백봉령주는 다시 양손을 흔들었다.

반지에서 예의 그 영롱한 빛이 흘러나왔다.

"재미있는 게 뭔가요?"

눈을 뜬 유화경은 그간의 일은 전혀 기억 못하는지 호기심 어린 눈으로 백봉령주를 쳐다보았다.

"잘 보세요."

백봉령주가 손을 흔들자 아무것도 없던 손에서 예쁜 장신구 하나가 솟아오르듯 나타났다.

"정말 예쁘군요!"

반지를 보며 내뱉었던 탄성과 똑같은 탄성을 지른 유화경은 장신구에 눈길을 고정시켰다.

"이걸 여기에 이렇게 달면 훨씬 더 예쁘지요."

백봉령주는 장신구를 유화경의 목 아래에 갖다 붙였다.

"무공을 익힌 여인들은 이런 면에 있어서 너무 서툴러요. 보세요, 얼마나 예쁜지. 앞으로는 이렇게 다니세요.”

　백봉령주는 작은 동경으로 유화경의 모습을 비춰주며 말했다.

　“이거… 저 주시는 거예요?”

　유화경은 이리저리 자신의 모습을 비춰보며 들뜬 목소리로 물었다.

　“아니에요. 떠날 때 뺏어갈 거예요.”

　백봉령주는 슬쩍 농담을 던졌다.

　“그럼 절대로 못 떠나게 하죠 뭐. 호호!”

　웃음과 함께 두 여인은 조금 더 담소를 나누다 비무대회장으로 향했다.

　어둑해졌을 때까지 계속되던 이틀째 비무대회는 어둠이 강변을 완전히 삼켰을 때에야 막을 내렸다.

　비무대 주변을 가득 메웠던 관중들은 썰물처럼 강변을 빠져나갔다.

　백운 노인 일행과 함께 비무를 구경하던 진우청도 백운 노인에게 작별 인사를 했다.

　“우리는 오늘도 해천의 집으로 갈 것이네. 그러니 자네도 같이 감세. 이젠 모르는 사람들도 아니고, 해천은 자네를 각별히 생각하니 오히려 반길 것이야.”

　백운 노인은 진우청에게 계속 동행할 것을 권했다.

　진우청은 백운 노인을 따라가 이여옥에게 무슨 일이 있었는지 해천 노인에게 물어보고 싶었지만 제각각의 운명과 제각각의 사정이 모두 다르니 아무것도 묻지 말아달라던 이여옥의 간절한 목소리를 떠올리며 고개를 저었다.

　무슨 이유인지는 언젠가 자연히 알 수 있을 것이다.

그리고 무엇보다 오늘 저녁은 술이 마시고 싶었다.

"그럼 어디 잘 데는 정했는가?"

백운 노인은 아쉬움이 가득한 표정으로 말했다.

"술 약속이 있습니다. 그리고 그 뒤엔 무슨 수가 있겠지요."

진우청은 닭은꼴 사내와의 술 약속을 떠올리며 말했다.

"자넨 참 동에 번쩍, 서에 번쩍 갈피를 못 잡겠구먼. 그럼 내일 이곳에서 보세."

미소를 지은 백운 노인은 조수아와 함께 해천 노인 집이 있는 방향으로 걸음을 옮겼다.

진우청도 가볍게 작별 인사를 하고 다리 건너 연화루라는 주루로 걸음을 옮겼다.

"여기요, 여기!"

연화루 문을 들어섰을 때 구석 자리에서 굵직한 목소리가 울렸다.

닭은꼴 사내 여조명은 먼저 와서 자리를 잡고 있었다.

탁자 한 개를 독식하기는 힘들었는지 다른 두 사람과 합석을 하고 있었지만 진우청의 자리는 마련해 놓고 있었다.

아마도 미리 빠져나와 자리를 잡았거나, 아니면 일찌감치 예약을 해둔 듯했다.

생긴 건 자신과 비슷했지만 꽤나 용의주도한 데가 있는 사내라는 생각과 함께 진우청은 여조명이 권하는 자리에 앉았다.

삐걱—

오래된 나무 의자가 위태로운 소음을 토했지만 부서지지는 않았다.

"무슨 술을 드시겠소?"

여조명은 합석한 사람들에게서 받은 듯한 한 잔 술을 마저 비우고 진우청의 의향을 물었다.

"이분들과 같은 걸로 하지요 뭐."

술에 대한 지식이 거의 없는 진우청은 합석한 사람들이 마시고 있는 술을 쳐다보며 말했다.

옆 자리에 앉아 합석하고 있는 사람은 두 명의 중년인이었는데 진우청이 들어오기 한참 전부터 술을 마셨는지 벌써 취기가 올라 있었다.

여조명이 점소이를 불러 술과 안주를 시켰다.

여조명의 굵은 목소리가 울리자 주루의 손님 대부분이 진우청과 여조명이 앉은 자리로 시선을 모았다. 그들은 진우청이 처음 들어올 때부터, 어쩌면 여조명이 처음 들어왔을 때부터 그 덩치를 힐끔거리다가 진우청이 동석하게 되자 강한 호기심과 함께 웃음을 감추지 못하는 표정으로 계속 시선을 모으는 중이었다.

웃음은 말할 것도 없이 두 사람의 덩치 때문이었고, 호기심은 그들 대부분 여조명과 진우청이 오늘 비무대회에서 승리를 거두고 결선에 진출한 것을 알고 있기 때문이었다.

그때, 합석했던 중년인 두 명이 자리에서 일어섰다.

술을 가져와 진우청과 여조명 앞에 놓은 점소이는 얼른 옆 자리를 치우고 다른 두 명의 손님을 받았다.

새로 합석을 하게 된 손님들은 일남 일녀의 젊은이들이었는데 그들도 진우청과 여조명의 덩치를 의식했는지 의자를 멀찍이 당겨 앉으며 옅은 미소를 지었다.

"이거 참, 진 형하고 같이는 술도 제대로 못 마시겠소."

주루 안의 시선을 의식한 여조명이 술을 진우청의 잔에 따르며 말했다.

"덩치 큰 게 죄도 아닌데 신경 쓸 거 뭐 있소. 목마르니 우선 한잔합
시다."

진우청도 여조명의 잔에 술을 채우며 잔을 들었다.

"진 형은 꽤나 무딘, 아니, 배포가 큰 사람 같구려. 까짓거, 그럽시
다. 나도 먹을 때만은 남 눈치 안 보는 체질이라……."

여조명은 진우청의 무뚝뚝함이 마음에 들었는지 미소와 함께 잔을
들어 올렸다.

진우청도 잔을 들어 벌컥 한 잔을 들이켰다. 그리고 한 잔을 더 부어
들이켰다.

"독한 술이니 천천히 마시는 게 좋을 거요."

한 잔 받은 술을 조금만 비우고 탁자 위에 내려놓은 여조명이 연거
푸 두 잔을 마신 진우청을 보고 말했다.

연거푸 목을 타고 넘어온 술은 여조명의 말대로 꽤나 독해 위장에
도달하자마자 화끈한 열기를 얼굴로 전해주었다.

진우청은 안주로 나온 오향장육 한 덩어리를 씹어 삼킨 후 한 잔을
더 마셨다.

취기인지 열기인지 모를 기운이 얼굴뿐만 아니라 이젠 전신으로 퍼
져 나가는 기분이었다.

'이 맛에 술을 마시는 건가?'

진우청은 전신으로 퍼져 나가는 기분 나쁘지 않은 열기를 잠시 음미
하다 여조명을 보며 불쑥 질문을 던졌다.

"혹시 소림 출신이오?"

자신의 머리에 시선을 두며 던져 온 진우청의 질문에 여조명이 쓴웃

음을 지었다.

시선이나 질문이 조금도 우회하는 기색이 없고 직선적이다.

"머리털이 없다고 모두 소림 출신은 아니오."

여조명은 웃음을 참느라 애쓰고 있는 동석자들의 눈치를 보며 답했다.

"하긴……."

여조명의 대답에 진우청은 고개를 끄덕인 후 한 잔을 더 들이켰다. 그때까지도 여조명은 반만 마신 술잔을 그대로 탁자 위에 놓고 있었다.

"왜 그렇게 급하게 마시는 것이오? 바쁜 일이라도 있는 것 같소."

다시 한 잔 술을 단숨에 비우는 진우청을 보며 여조명이 의아한 표정으로 말했다.

"그런 일은 전혀 없으니 신경 쓰지 마시오. 왠지 오늘은 술이 좀 마시고 싶었소."

진우청은 이제 조금 갈증이 가셨는지 상체를 등받이에 기댔다.

"내일 있을 시합에 부담을 많이 느끼는 모양이구려."

단번에 몇 잔의 술을 연거푸 비우는 진우청의 표정을 잠시 살피던 여조명이 조심스럽게 말했다.

자신과 마찬가지로 진우청 역시 예선을 통과했고, 그 뒤로 비무에 참가하여 결선에 오른 사람들은 전혀 예상 밖의 강자들이었다.

그들을 보며 여조명은 적잖은 부담을 느끼고 있었다. 그래서 진우청 또한 그런 심정일 것이라 짐작하고 있었다.

"고수들이 많은 것 같았지만 그게 부담되어 술이 마시고 싶은 건 아니오."

"그럼?"

"오늘 하루 한꺼번에 너무 많은 일을 겪어서 술이 마시고 싶었소. 와중에 내가 뭔가 실수한 것이 아닌가 하는 생각이 들기도 하고."

진우청의 얼굴에 복잡하고 뭔가 염려스런 표정이 떠올랐다.

'도저히 갈피를 잡을 수 없는 인간이군.'

진우청의 말을 듣고 있던 여조명은 마침내 고개를 흔들었다.

단숨에 사람의 모든 것을 판단할 수는 없지만 낮에 두어 번 마주치며 느낀 진우청에 대한 인상은 걱정이나 고민과는 전혀 거리가 먼 사람 같았다.

그런 진우청의 지금 모습은 갈피를 잡을 수 없었다.

다시 갈피를 잡을 수 없는 진우청의 말이 이어졌다.

"혹시 어린 시절에 참새를 잡아본 적 있소?"

여조명은 진우청의 예상 못한 질문에 눈 사이에 잔뜩 주름을 잡다가 무슨 얘긴지 흘러가는 대로 따라가 보자는 생각과 함께 말을 받았다.

"어릴 때 그런 장난 안 해본 사람이 어디 있겠소. 큰 광주리나 죽립 한쪽에 줄이 달린 작대기를 받쳐 세운 다음 그 밑에 모이를 뿌려두면 참새 떼가 날아들지요. 그때 막대기에 달린 줄을 잡아당기면 어쩌다 눈먼 참새 한 마리쯤 잡힐 때도 있지요."

여조명은 어린 시절을 떠올리며 옅은 미소와 함께 답했다.

"여 형은 그 참새를 어떻게 했소?"

진우청도 그런 장난을 해본 듯 고개를 끄덕이며 물었다.

"글쎄요……. 갖고 놀다가 죽어버렸는지 놓쳐 버렸는지… 몇 마리 잡은 기억은 나지만 그 뒤는 기억이 안 나는구려."

여조명은 고개를 흔들다 눈을 들어 진우청을 바라보았다.

"그런데 왜 난데없는 참새 얘기요?"

　"술을 마시고 보니 왠지 어릴 적 그렇게 손에 쥔 참새 생각이 나서 꺼내본 얘기요. 나도 여 형처럼 그 참새를 어떻게 했는지는 기억이 안 나지만 그때 그 참새의 놀란 눈빛과 손바닥 안에서 조그만 가슴이 콩닥콩닥 뛰던 느낌은 기억에 선명하군요."

　그 말과 함께 진우청은 한 잔을 더 비웠다. 그제야 여조명도 남은 반 잔 술을 입에 털어 넣었다.

　"그 참새의 눈빛과 심장 박동까지 기억하는 걸 보니 진 형은 아마도 그 참새를 날려준 것 같구려."

　안주 한 점을 입에 넣고 삼킨 여조명이 말했다.

　"글쎄, 나도 그건 기억이 안 나오. 날려줬는지 어쨌는지……."

　"아마 날려줬을 것이오. 이왕이면 그렇게 생각하는 게 좋지 않겠소?"

　여조명은 아직도 진우청이 왜 참새 얘기를 하고 있는지 짐작이 안 갔지만 자신도 모르게 대화에 이끌려 들었다.

　"그랬다면 부처님 은덕이라도 입을 텐데……."

　진우청은 다시 한 잔 술과 함께 안주를 삼켰다.

　이젠 제법 열기가 올라 처음 술잔을 들이킬 때의 쓴맛이 느껴지지 않고 술의 달큼한 뒷맛만이 느껴졌다.

　"그런데 말이오……."

　"말해 보시오."

　진우청이 말을 잇자 다시 반 잔만 비운 여조명이 술잔을 내려놓으며 대꾸했다.

　"그렇게 내 손에 있던 참새를 잘 보살펴 주겠다는 어떤 놈의 말만 믿고 그놈 손에 넘겨 버렸다면 그게 잘한 짓인지 못한 짓인지……."

진우청은 혼잣소리처럼 중얼거렸다. 그리고는 긴 한숨과 함께 탁자 위로 시선을 고정시켰다.

"그 어떤 사람이 누군지에 따라 다르지 않을까요?"

"그렇……."

잠시 후 명쾌한 대답이 들려오고, 탁자를 보며 무심결에 응답하던 진우청은 얼른 고개를 돌렸다.

명쾌한 대답은 여조명의 입이 아니라 합석한 여인의 입에서 흘러온 것이었다.

중년인 둘에 이어 옆 자리에서 합석하고 있는 일남 일녀는 이십대 중반쯤의 나이로 보였다. 부부 같기도 하고 그냥 일행 같기도 한 그들 남녀는 깨끗한 백의에 한눈에 보아도 귀티가 흘렀다.

"주제넘었다면 미안해요. 공자님의 말과 표정이 너무 진지해서 나도 모르게 두 분 대화에 이끌렸나 봐요."

여인은 가벼운 목례와 함께 말했다.

진우청은 막무가내로 끼어든 여인 때문에 자신들의 대화가 중단되고 맥이 끊어진 것 같은 기분에 내키지 않는 심정이 되었지만 한 탁자에 합석한 이상 의식하지 않으려야 의식하지 않을 수 없는 일인지라 차라리 술을 마시는 동안 일행처럼 어울리는 게 나을지도 모른다는 생각이 들었다.

잠시 여인을 쳐다본 진우청은 포권을 하며 자신을 소개하려 했다. 그러나 여전히 비무대 위에서 즉흥적으로 지어 발표한 이름은 생각나지 않았다.

"진 공자님이라고 하셨죠? 오늘 공자님 때문에 하도 많이 웃어서 기억에 남아 있어요. 싸우는 모습도 그랬고, 처음에 입었던 옷과 찢어진 옷도······."

여인은 다시 웃음을 참기 힘든 듯 말을 멈추고 입을 가렸다.

"사매!"

마주 보고 있던 사내가 여인에게 질책의 눈빛을 주었다.

"미안해요. 이렇게 합석하고 대화까지 틔었으니 인사도 나누죠. 저는 하미림(何昧林)이라고 해요. 그리고 이분은 제 사형 허경군(許勁君)이에요."

여인은 자신과 동행한 사내의 이름을 간단히 밝혔다.

진우청과 여조명은 포권을 했다.

여인의 소개를 받은 사내 허경군도 입맛을 다시며 인사를 했다. 여인과 달리 사내는 불필요하게 남과 어울리는 걸 싫어하는 성격 같았다.

"두 분께서는 어디서······?"

여조명이 신중한 표정으로 두 사람을 쳐다보며 물었다.

"우린 산서성의 작은 도장에 몸담고 있는 사람들이오. 이곳을 지나가다 재미있는 구경거리에 잠시 머물렀소."

허경군이라 소개된 사내가 마지못해 입을 열었다.

"아까 두 분의 비무 장면은 정말 인상 깊었소. 너무 짧게 끝나 실력을 제대로 견식하지 못한 것이 아쉽지만 내일은 볼 수 있겠지요?"

사내는 진우청과 여조명을 보며 그렇게 덧붙였다.

"실력은 무슨, 아마도 초반 탈락이나 기권하게 되지나 않을까 걱정이 되는 중이오."

여조명이 손사래를 쳤다. 그러나 가히 기분 나쁜 표정은 아니었다.

"진 공자는 어떻소? 내일 시합은 자신이 있는 것이오?"

허경군은 진우청에게 더욱 관심을 가지며 물었다.

“열심히 해볼 생각이오.”

진우청은 건성으로 답했다.

“끝까지 참석할… 생각이구려. 좋은 결과가 있기를 바라겠소.”

허경군은 고개를 끄덕이며 진우청을 묵묵히 응시했다.

“그게 무슨…….”

“그런데… 아까 어디까지 얘기했나요? 아참, 참새를 누군가에게 넘
겼다고 했는데 어떤 사람이었나요, 참새를 넘겨준 그 사람은?”

진우청을 쳐다보는 허경군의 눈빛이 무거워지고 ‘끝까지 참석할 생
각이구려’ 라는 뜻 모를 말에 진우청의 표정이 약간 달라지자 여인은
얼른 입술을 움직여 자신들로 인해 중단된 진우청과 여조명의 대화를
이어주었다.

‘어떤 인간이었던가?’

진우청은 허경군의 말에 잠시 어리둥절해하던 표정을 지우고 임문
정의 모습을 떠올렸다.

겉보기로는 먼지 한 점 묻어 있지 않은 서생 같았다. 그리고 언행도
빈틈이 없고 여유로웠다.

그러나 그 여유로운 언동과 함께 은연중에 풍기는 기운은 얼음보다
더 냉혹하고 경우에 따라서는 한없이 잔인할 수 있을 것 같았다.

진우청은 자신이 느낀 임문정의 성격을 간단히 설명해 주었다.

“그럼 십중팔구는 잘못하신 것 같아요. 차라리 공자님께서 직접 날
려 보내는 게 나았을 것 같아요.”

약간은 취기가 오른 진우청의 얘기를 들은 하미림은 그렇게 잘라 말
했다.

“나도 그런 생각이 들었지만 그 새는 날개를 다쳐서 날 수가 없었소.

그리고 내 능력으로는 도저히 치료해 줄 수도 없었고.”

“그렇다면 얘기가 좀 다르군요. 그 사람은 치료해 줄 능력이 있어 보였나요?”

하미림은 이어진 진우청의 얘기에 조금 고개를 갸웃거리다 다시 물었다.

“나보다는 나을 것 같았소. 그래서 넘겨줄 수밖에 없었지요.”

진우청은 힘겹게 말을 맺었다. 그리고는 술기운 때문인지 복잡한 심경 때문인지 뻣뻣한 움직임으로 술병을 잡아갔다.

술병을 잡아 거칠게 입 안으로 술을 부어 넣던 진우청은 목구멍 아래에서 요동치는 한줄기 쓰디쓴 기운에 인상을 찌푸렸다.

‘젠장!’

진우청은 목구멍 아래까지 가득 차 오른 것 같은 쓴 기운을 욕지기와 함께 꿀걱 삼켰다.

저녁을 굶을 때마다 사부께서 밥 대신 삼키게 한 이상한 가루약.

물과 함께 마시고 나면 아침까지 쓴 기운이 온몸을 감돌아 뱃속에서 소태나무가 자라지 않을까 걱정되었던 그 쓴맛이 뱃속에서 요동치고 있었다.

특히 지금은 그 어느 때보다 쓴맛의 기운이 심했다.

“그만 마시는 게 좋겠소. 진 형 혼자 거의 다 마셨소. 보통 사람 같았으면 한참 전에 뻗었을 것이오.”

여조명이 진우청의 손에 들린 술병을 빼앗았다.

그는 진우청의 지금 표정을 술을 이기지 못해 괴로워하는 것으로 생각하는 것 같았다.

‘차라리 안 마시고 말지.’

인상을 찌푸린 진우청은 나발을 불려던 술병을 탁자 위에 내려놓았다.

한 모금 더 마셨다간 소태 같은 가루약의 기운이 목구멍을 넘어 머리끝까지 뻗칠 것 같았다.

"괜찮은… 가요?"

하미림은 의미심장한 표정으로 물었다.

"술 때문에 그런 건 아니니 걱정 마시오."

입맛을 다신 진우청은 안주 하나를 더 입으로 집어넣었다.

안주를 삼키자 쓴맛의 기운은 사라졌다. 그러나 더 이상 술을 마시고 싶진 않았다.

"사매, 이제 우리는 가봐야지."

반주를 겸한 간단한 저녁을 마친 허경군과 하미림은 자리에서 일어섰다.

"두 분 모두 내일 좋은 결과가 있길 빌겠어요."

하미림은 진우청과 여조명에게 인사를 하고 허경군을 따라 사라졌다.

그들이 일어선 자리는 점소이에 의해 재빨리 치워지고 양해를 구한 점소이는 얼른 또 다른 두 사람을 합석시켰다.

다행히 이번에 합석한 두 사람은 진우청과 여조명에게 간단한 눈인사만 한 채 큰 소리로 자신들만의 얘기에 열중해 진우청과 여조명도 부담없이 서로 얘기할 수 있었다.

잠시 후, 물끄러미 진우청을 쳐다보던 여조명이 조심스럽게 입을 열었다.

"진 형, 혹시 실연당한 거 아니오?"

'실연?'

여조명의 입에서 나온 뜻밖의 질문에 진우청은 헛바람을 내뿜었다.

여덟 살 때 입산하여 산속에서만 살다가 며칠 전에 하산한 사람보고 실연이라니?

그건 남자보고 애 가졌냐는 소리만큼 어이없었다.

"난 산에서만 십 년 동안 있다 며칠 전에 내려왔소. 그 십 년 동안 여자라고는 물 긷는 처자 한 번밖에 본 적이 없소."

진우청은 어이없는 웃음과 함께 답했다.

"아니라니 그런 줄 알겠소. 아까 진 형이 한 얘기와 표정이 꼭 그렇게 느껴져서……. 그런데 늦어도 너무 늦는구먼."

여조명은 술과 함께 시킨 저녁이 아직도 나오지 않자 점소이에게 고함을 질렀다.

빈자리는 하나도 남김없이 손님들이 들어찼고, 식사를 마친 손님이 나가자마자 다른 손님이 줄을 이어 들이닥쳐서 그런지 아직도 자신들의 저녁은 감감무소식이었다.

점소이는 연방 허리를 굽실거리며 주방과 객점 안을 들락거리다 조금 뒤에 기다리던 저녁을 가져왔다.

"저녁 역시 내가 살 테니 마음껏 드시오."

진우청은 여조명에게 음식을 권했다.

"싸구려 옷 한 벌 주고 술에다 저녁까지……. 너무 과분한 것 같소."

여조명은 말과 함께 얼른 손을 뻗어 앞에 놓인 음식을 집어 들었다.

진우청도 뒤질세라 음식을 집어 입으로 쑤셔 넣었다.

막상막하의 대결이 일 다경가량 말 한마디도 없이 벌어졌다.

식탁 위에 푸짐하게 차려졌던 음식이 차례로 사라지고 빈 그릇만 늘어갔다.

앉자마자 자신들의 얘기에 온 정신을 팔고 있던 동석자들도 이때만큼은 잠시 얘기를 중단하고 놀란 눈으로 두 사람의 대결을 지켜보았다.

탁—

마지막 음식마저 사라지자 두 사람의 대결은 막을 내렸다.

"정말 잘 먹었소!"

여조명은 상체를 뒤로 젖히며 긴 한숨을 내쉬었다.

진우청 역시 포만감 가득한 얼굴로 고개를 들었다.

식사가 끝나자마자 점소이가 차를 내왔다.

다른 손님들 같았으면 어서 일어나라고 채근했겠지만 보통 사람에 비해 네 배 이상의 매상을 올려준 두 사람이었기에 차까지 대접한 것이다.

"이번 비무대회를 어떻게 생각하시오?"

한 모금의 차를 마신 여조명이 진우청을 보고 물었다.

"어떻게 생각하다니 뭘 말이오?"

여조명의 질문에 진우청도 뭔가 짚이는 것이 있었지만 모른 체하고 되물었다.

"하긴 진 형은 산에서 내려온 지 며칠 되지 않았다니 뭐가 뭔지 잘 모를 수도 있겠구려."

진우청의 얼굴을 쳐다본 여조명은 진우청의 반응이 이해가 된다는 듯 고개를 끄덕인 후 말을 계속했다.

"우선 예상치 못한 고수들이 너무 많소. 아무리 세상 돈의 반 이상을 주무르고 있는 동방회의 휘주지부가 물주가 되어 개최한 비무대회라 하지만 예년에는 그냥 인근 고을 잔치 수준인 이곳 비무대회에 특

급이라 할 만한 고수들이 몇 명이나 모습을 드러냈소.”

“우승 상금 일만 냥이 결코 적은 돈은 아니지 않소?”

진우청은 여전히 아무것도 모른다는 표정으로 반문했다.

“후후, 큰돈이긴 하지요. 그러나 내가 아는 몇 사람은 그 열 배나 스무 배를 건다고 해도 콧방귀도 뀌지 않을 사람들이오. 그런데 그런 사람들이 오늘 몇 명이나 모습을 드러냈소.”

여조명은 눈을 가늘게 떴다.

그 눈빛은 겉모습과 전혀 다르게 날카롭고 현기가 넘쳤다.

진우청은 잠시 그런 여조명을 쳐다보며 어떤 내력을 가진 사람일까 하는 궁금증이 일었다.

‘소림 출신은 아니라 했으니…….’

그런 생각을 이어가던 진우청은 머리를 흔들었다.

그렇게 만나는 사람마다 모두 내력을 따지다 보면 한도 끝도 없을 것이다.

무엇보다 자신 역서 사부의 내력은 물론 함자도 제대로 모르고 있는 처지가 아니던가?

“동방회가 무엇인가를 꾸미고 있는 것은 확실한데 그게 무언지 짐작이 안 간단 말이오.”

실눈을 만들며 생각에 잠겼던 여조명이 다시 말했다.

“무엇을 꾸미든 무슨 상관이오. 상금만 안 떼어먹으면 되는 것 아니오?”

“그, 그렇기야 하지요. 하하!”

진우청이 퉁명스럽게 말하자 여조명은 언뜻 시선을 돌려 진우청을 쳐다보다가 웃음을 터뜨렸다.

“진 형은 악착같이 우승해서 상금을 탈 모양인가 보오?”

웃음기를 다 지우지 못한 얼굴로 여조명이 물었다.

“글쎄요……. 준다면 마다하지는 않을 것이오.”

“거참, 멋진 대답이오. 하하하!”

진우청의 대답에 여조명은 너털웃음을 터뜨렸다.

“그러는 여 형은 어떻소?”

“나야 뭐, 경험 삼아 참가하긴 했지만 솔직히 겁이 나는 중이오. 혹 사편 동태승 같은 사람이나 탈명철검 조탁의 한 팔을 자른 그런 실력자를 초반부터 만나게 되면 도저히 자신없소. 까닥하다가는 병신이 되어 평생 자리보전하고 누울 수도 있는 일이니…….”

여조명은 자신없는 얼굴로 답했다.

“허리가 굵어서 그럴 일은 없을 것 같은데…….”

“쿡! 농담도 할 줄 아시는구려. 겉모양이 아무리 튼실해 보여도 고수들을 만나 제대로 당하면 속에서부터 문드러진다오. 그럼 평생 누워 지낼 수도 있는 일이오. 그럴 바에야 차라리 죽는 것이 낫지.”

진우청의 말에 실소를 흘린 여조명이 지나가는 말처럼 중얼거렸다.

‘그럴 바에야 차라리 죽는 것이 낫다……?’

여조명의 마지막 말을 되뇌던 진우청의 뇌리 속으로 평생 그렇게 살아왔을 이여옥의 눈빛과 한 번만 더 춤을 추게 해달라던 간절한 목소리가 울려왔다.

술과 함께 저녁을 끝낸 진우청은 여조명과 헤어지고 천천히 강변으로 걸어왔다.

용의주도한 데가 있는 사내 여조명은 방도 미리 잡아놓았는지 갈 데가 없으면 같이 가자고 했지만 고개를 흔든 진우청은 천천히 강변으로 걸어나왔다.

달빛이 교교히 내리는 강변은 낮 동안의 소란은 간데없고 적막감만 감돌았다.

진우청은 술로도 달래어지지 않는 허전한 기분과 함께 발길이 이끄는 대로 제방을 따라 걸었다.

한참을 제방을 따라 걷던 진우청은 저쪽 자갈밭에서 점점 가까워져 오는 인기척에 걸음을 멈추었다.

자갈밭을 따라 자신처럼 걷고 있는 사람들은 뜻밖에도 안면이 있었다.

"또 만났구려."

연화루에서 합석했던 허경군이 반갑게 인사를 했다. 그 옆에서 하미림도 고개를 까닥거렸다.

"제가 방해를 한 모양이오."

두 사람의 호젓한 분위기를 깬 기분에 진우청은 뒤통수를 긁적거리며 말했다.

"전혀 그렇지 않소. 오히려 우리가 진 공자를 따라왔소."

허경군이 달빛보다 더 차가운 웃음을 배어 물며 답했다.

〈3권에 계속〉

청 어 람 신 무 협 판 타 지 소 설

제1회 신춘무협 공모전에 『보표무적』으로
금상을 수상한 작가 장영훈의 신작!!

한 겹 한 겹 파헤쳐지는
음모의 속살을 엿본다!

『일도양단』
(一刀兩斷)

일도양단(一刀兩斷) / 장영훈 지음

그의 이름은 기풍한.

천룡맹(天龍盟) 강호 일급 음모(一級陰謀) 진압조(鎭壓組)
질풍육조(疾風六組)의 조장이다.

임무를 위해 출맹한 지 사 년이 지난 어느 겨울날 새벽,
돌아온 그에게 천룡맹 섬서 지단 부단주가 말했다.

"질풍조는 이미 해체되었네."

그리고…
그의 존재를 알던 모든 이들이 죽었다.